Blossom, 봄이 온다

Blossom, 봄이 온다

초판 1쇄 찍은 날 | 2018년 8월 17일
초판 1쇄 펴낸 날 | 2018년 8월 23일

지은이 | 김선민
펴낸이 | 서경석

편 집 책 임 | 조윤희
편　　　 집 | 이예진
디 자 인 | 고성희

펴 낸 곳 | 도서출판 청어람
등록번호 | 제387-1999-000006호
등록일자 | 1999. 5. 31
어람번호 | 제5-473호

주소 | 경기도 부천시 부일로 483번길 40 서경B/D 3F
　　　(우) 14640
전화 | 032-656-4452 팩스 | 032-656-4453
http://www.chungeoram.com
E-mail | chungeorambook@daum.net

ⓒ 김선민, 2018

ISBN 979-11-04-91798-1　03810

※ 파본은 구입하신 서점에서 교환하여 드립니다.
※ 저자와 협의하여 인지를 붙이지 않습니다.
※ 이 책은 도서출판 청어람과 저자와의 계약에 의해 출판된 것이므로, 무단 전재 및 유포·공유를 금합니다.

Chungeoram romance novel

Blossom, 봄이 온다

김선민 장편소설

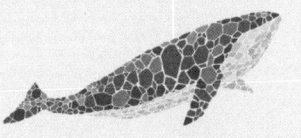

목차

프롤로그 ♠ 007

01. 봄이 온다 ♠ 022

02. 울어도 돼요 ♠ 045

03. 이름 불러도 돼요? ♠ 074

04. 5분 ♠ 100

05. 우리의 시간 ♠ 132

06. 온기 ♠ 155

07. 연애하는 사이 ♠ 185

08. 내가 있잖아 ♠ 219

09. 봄날의 선물 ♠ 249

10. Home ♠ 288

에필로그 ♠ 310

작가 후기

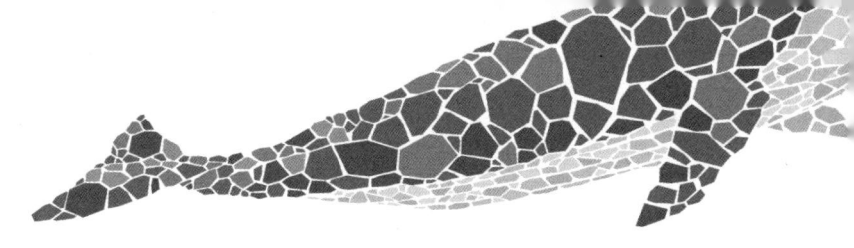

프롤로그

모든 인생에는 굴곡이 있기 마련이지만, 수연의 할머니에게는 유독 아프고 서러운 일이 많았다.

가끔씩 소주를 한잔하는 날이면 수연을 붙잡아 앉혀두고 신세한탄을 하곤 했는데, 그녀는 그런 할머니의 옛날이야기를 듣는 게 좋았다.

수줍음 많던 열여덟 살 처녀는 논 서 마지기에 열네 살이나 많은 남자의 재취 자리로 시집을 왔다. 신랑은 배 속의 아이가 태어나기도 전에, 그녀와 동네에서 형님 동생 하며 동기간처럼 지내던 과부와 배가 맞아 떠났다고 했다.

그 후 그녀는 꼬장꼬장한 늙은 시어미를 모시며 저보다 고작 여섯 살 많은 딸과 갓난쟁이를 데리고 시장에서 나물과 고추를 팔아 생계를 유지했단다.

그렇게 사는 동안 남자는 돈 떨어지면 기어들어 와 논과 밭을 팔아 치웠고, 결국 남은 건 다 쓰러져 가는 기와집 한 채뿐.

그들은 좋은 곳 유랑 다니며 등 따습고 배불리 먹고 사는 건 바라지도 않았다. 무엇보다 서러웠던 건 새까만 흙이 빠질 틈 없는 제 벌어진 손톱이라서 참 많이도 울었다고 했다.

그래도 그곳을 떠나 다른 인생을 선택하는 건 꿈도 못 꿨단다. 그땐 그렇게 사는 게 전부였고, 그저 먹고살 걱정에 내일이 오는 게 두려웠을 뿐이라고. 살던 집을 떠나면 세상이 무너지는 줄 알 정도로 어리석었다고…….

수연은, 그때의 할머니는 시모와 자식을 두고 나갈 만큼 모질지도 못했기에 집을 떠나지 못했을 거라 생각했다.

그러던 어느 날, 덥수룩한 청년이 찾아와 아버지의 자식이라며 그의 부고를 전하고 떠났단다. 그걸로 할머니와 할아버지의 인연은 끝이었다. 고작 일곱 달쯤 살을 맞대고 살았던 게 전부였다.

없는 살림에 아들딸 키워 시집, 장가보내고 시어미 죽고 나서 그제야 한숨 돌리나 했더니, 이번엔 그 아들이 서른이 되던 해에 말 못하는 며느리와 핏덩이 손녀를 두고 비명횡사하고 말았다.

그녀에게 인생은 고난과 시련, 아픔의 연속이었다.

어쩔 수 없이 그 핏덩이 손녀를 또다시 등에 업고, 시장에서 장사한 돈을 끌어 모아 시장통에 전 집을 열었다.

일 년 열두 달 제사를 지냈기에 눈 감고도 부치는 게 전이었단다. 전을 부쳐 팔다가 나물도 무쳐 팔고, 강정도 튀겨 팔고, 돈이 되는 대로 다 만들어 장사를 했단다.

그러다 보니 전집은 어느새 반찬 가게가 되었다. 동네 제일가는 음식 솜씨 덕에 큰돈은 못 만져도 먹고살 만큼은 벌었다고 했다. 제 멋대로 삐죽이는 억양으로 '음마'라고 저를 부르는 며느리와 하루 벌어 하루를 먹고살았다.

손녀는 대학까지 가르치겠다는 욕심에 동상 걸린 손을 마늘 삶은 물에 녹여가며 이제껏 일을 해왔다. 하루도 쉬지 않고, 지독하게 말이다.

그러면서도 귀한 손녀딸 손에는 물 묻는 게 싫어, '야야, 찬물에 손대지 마라.' 하고 살갑게 말을 해주곤 했다. 수연은 그 사랑을 받고 자랐다.

손녀딸 시집가는 건 보고 죽어야 한다며 버릇처럼 말하던 그녀는 결국 그걸 보지 못한 채, 심근경색으로 쓰러져 일주일 동안 혼수상태에서 사경을 헤매다 엊그제 세상을 떠났다.

"수연아, 저기 가서 밥 먹어. 세상에, 아가씨 얼굴이 이게 뭐야?"

"아냐, 이모. 나 괜찮아. 밥 생각 없어."

"밥을 생각으로 먹냐? 그냥 먹는 거지. 잔소리 말고 얼른 이모부 앞에 가서 앉아."

수연은 방앗간 이모 미선의 손에 붙들려 빈자리 하나 없이 손님들로 가득 찬 테이블 한쪽 구석에 찌그러져 앉았다.

맞은편에 앉아 술잔을 기울이던 미선의 남편 민우가 술에 취해 벌건 얼굴로 수연의 수저를 챙겨주었다.

"술 한 잔 주랴?"

수연이 고개를 가로젓자 민우가 웃으며 소주병을 건넸고, 그녀는 그 술병을 받아 그의 빈 잔을 채워주었다.

할머니가 쓰러지던 날 밤부터 시작된 시장 사람들의 병문안은 장례식장으로 이어졌다. 그들은 마치 자신의 가족 일처럼 일손을 거들며 상주가 되기도 하고, 손님이 되기도 했다.

수연은 부고를 알리기도 전에 소식을 듣고 한걸음에 달려와 준 그들이 고마웠다. 그들 덕분에 할머니가 떠나는 길이 외롭지 않을 것 같아서 더 고마웠다.

그러다 문득 드는 생각은, '우리 할머니 참 잘 살았구나.'였다.

빈소가 마련되자마자 몰려온 동네 손님이 너무 많아서, 그들과 인사와 위로를 주고받느라 수연은 할머니가 돌아가신 게 실감이 안 날 정도였다.

지금 이 순간에도 고인의 영정 앞에 마지막 인사를 건네는 사람들이 끊임없이 찾아오니 수연은 마음이 급했다. 그녀는 시뻘건 육개장 국물에 밥 한술을 말아 입에 넣더니 몇 번 씹지도 않고 꿀꺽 삼켰다.

제집의 든든한 보호자였던 할머니 장례식의 상주가 된 수연은 많은 사람들에게 도움을 받고 있지만, 자신이 결정해야 할 것들 앞에서 무거운 책임감을 느끼기도 했다.

이 기분은 뭘까. 슬프고 가슴 아픈데, 분주해서 자꾸 뒤로 밀어두는 이 감정.

이래도 되는 건가. 이렇게까지 이성적이어도 괜찮은 건가.

더 슬퍼하고 더 많이 울어야 하는 건 아닐까.

수연은 고개를 돌려 엄마 정희와 인사를 나누는 조문객을 바라보았다.

마치 자신의 부모를 잃은 듯 엉엉 우는 모습이었다. 수연은, 나 대신 더 많은 사람들이 슬퍼해 주고 눈물을 흘려주니, 난 내가 해야 할 일을 하는 게 옳은 것 일지도 모른다고 생각했다.

이제 하늘 아래 엄마와 나 둘뿐이고, 내가 엄마의 보호자가 되었으니까.

그런 나를 할머니도 이해해 주겠지. 여기 있는 많은 사람들도 날 이해해 주겠지.

서른한 살, 어른이잖아.

급히 식사를 마친 수연은 양치질을 하러 화장실로 향했다. 칫솔을 입에 문 채, 그녀는 거울에 비친 제 모습 살펴보았다.

어깨 위에 찰랑이던 어정쩡한 길이의 단발머리를 하나로 끌어다 묶은 탓에 머리칼이 제법 흘러내려 와 있었다. 다시 실핀을 찔리 단단히 고정하면서 마음도 굳게 조였다.

다시 빈소로 돌아가니 검은 정장 차림을 한 키가 큰 두 남자가 우두커니 서서 할머니의 영정사진을 멍하니 바라보았다. 이내 두 사람은 누가 먼저랄 것도 없이 대성통곡을 했다.

주저앉아 꺼이꺼이 숨이 넘어가게 울어대 순간 사람들의 시선이 그 두 남자에게 향했고, 옆에 서 있던 정희도 손수건으로 입을 막은 채 눈물을 흘렸다.

신기한 건 다른 문상객들의 반응이었다. 다들 그들의 눈물을 충분히 이해한다는 듯 고개를 끄덕이며 안타까워했다.

이게 대체 무슨 상황인지 의아하기만 한 건 수연 혼자뿐이었다.

"이모. 저 남자들은 누구야?"

"카페 사장 형제잖아."

"카페?"

"왜, 그 있잖아. 서울에서 내려온 총각들. 할매한테 얘기 못 들었어?"

미선의 설명에 수연이 작게 아, 하며 고개를 끄덕였다.

"젊은 아들이 을매나 야물딱진지 말도 모한다. 나서서 시장 청소도 하고, 벽에따 그림도 그려주고 하대. 갸들 오고 나서 시장이 억수로 훤해졌다 안하나. 복댕이가 둘이나 굴러 들어온 기다."

할머니가 그들에 대해 이야기하던 것이 하나둘 떠올랐다.

수도도 고쳐 주고, 전기도 수리해 주고, 올겨울엔 김장도 같이 했다고 들었다. 부지런하고 성실한 젊은 형제는 해뜰시장에서 제법 인기 있다는 이야기도, 형제의 이야기를 꺼낼 때면 마치 친손주 자랑을 하듯 연신 웃던 할머니의 모습도 함께 떠올랐다.

수연은 그들에게 좀 더 가까이 다가섰다.

할머니와 인사를 마치고 정희와 인사를 나누는 중이었다. 그들은 눈물에 흠뻑 젖은 얼굴을 연신 손으로 훔치며 널찍한 어깨가 들썩이도록 서럽게 울었다.

그렇게 정이 많이 들었던 건가.

어쩐지 손녀인 자신보다 더 슬퍼하는 두 남자의 모습에, 수연은 민망하기도 하고, 고맙기도 했다.

"인사해. 여기는 할머니 손녀. 처음 보지?"

미선이 나서서 수연과 형제를 인사시켜 주었다.

여전히 울먹이는 남자와 눈물을 삼킨 남자. 수연은 그들과 차례로 인사를 나누었다.

"안녕하세요. 도건우입니다."

"저는 동생 남우예요."

형제가 먼저 손을 내밀었고, 머뭇거리던 수연은 눈인사를 건네며 그들과 악수를 나누었다.

"이수연입니다."

수연은 두 남자의 얼굴을 차례로 보았다.

동생이라고 밀한 남우는 이제 갓 어른 남자 느낌이 나기 시작했고, 대학생쯤 되어 보였다. 형인 건우도 그리 나이가 많진 않아

보였다. 풋풋하고 건강한 느낌이었다.

작은 얼굴 안에 시원시원하게 자리 잡은 이목구비와 훤칠한 키가 꼭 닮은 형제는 마른 듯하지만 다부진 체격 역시 비슷했다.

한마디로, 빚어놓은 것처럼 잘생긴 얼굴이었다. 언젠가 할머니는 그들이 일일연속극 남자주인공보다 잘생겼다고 이야기한 적이 있었는데 수연은 그 말을 이해할 수 있었다.

"할머니께 손녀분 얘기 많이 들었는데, 이제야 뵙네요."

"저도 얘기 많이 들었어요. 바쁘실 텐데 와주셔서 감사합니다."

"당연히 와야죠. 그동안 저랑 동생이 할머니께 신세를 많이 졌거든요. 제가 도울 일이 있으면 뭐든 다 말씀하세요."

"말씀만이라도 감사합니다. 이미 너무 많은 분들께 도움을 받고 있어서요."

자신의 얼굴을 빤히 보는 건우 때문에 수연은 헛기침을 하며 자연스레 시선을 옮겼다. 때마침 미선이 형제에게 어서 밥을 먹으라며 손짓을 했고, 그들은 이내 걸음을 옮겼다.

수연은 정희의 옆에 서서 문상객의 인사를 받으면서 틈틈이 건우와 남우가 앉아 밥을 먹고 있는 모습을 바라보곤 했다. 다들 형제를 반기며 살뜰히 챙겨주었다.

두 남자는 어렵지 않게 그 안에서 대화를 나누고, 사람들과 시선을 마주하고, 고개를 끄덕였다. 서로에게 아주 익숙한 모습이었다. 시장 이모, 삼촌들이 예뻐한다더니 그 말이 사실인 모양이다.

그들의 자연스러운 모습을 한참 동안 바라보던 수연은 다음 조문객을 맞이하면서 눈길을 거뒀다.

수연은 시끌벅적한 시장통 같은 장례식장을 빠져나와 건물 옆 벤치로 향했다. 가로등 불빛 아래 가장 환한 곳에 앉아, 손톱달이 걸린 새까만 하늘을 보며 긴 한숨을 내쉬었다.

수연은 난생처음으로 담배 딱 한 모금만 피우고 싶다는 생각을 했다. 필터를 깊게 빨아들였다가 내뱉고 나면 마음속에 부유하고 있던 정체를 알 수 없는 감정의 찌꺼기들이 연기와 함께 빠져나갈 것만 같아서다.

수연은 오늘, 시간이 어떻게 흐르는지도 모를 만큼 정신없는 하루를 보냈다. 몇 시인지도 모르고 조문객을 받고, 인사를 나누고, 대접을 하고, 끊임없이 분주히 움직였다. 도와주는 사람들이 아니었다면 버텨내지 못했을 것이다. 생각만 해도 아찔했다.

수연은 시큰해진 코끝을 살짝 쥐었다가 놓으며 걸치고 있던 코트를 단단히 여몄다.

다음 주면 3월인데 봄은 더디게 오고 있었다. 차가운 밤공기와 커다란 나무 아래 녹지 않은 눈 무덤이 그 증거였다.

수연에게 버티고 견디는 건 너무나 익숙하고, 가장 잘하는 일 중 하나였다. 하지만 할머니의 죽음 앞에서까지 초연할 순 없었다.

다만, 내색하지 않을 뿐.

수연은 누군가의 눈에 딱하고 안쓰러워 보이고 싶지 않아서 안간힘을 다하는 중이다. 알량한 자존심 때문이 아니라 그것은 그녀의 본성이었다.

그런 수연을 너무도 잘 아는 사람들은 눈물 어린 위로보다는 곁에서 일을 돕고 밥을 챙겨주고, 잠깐이라도 쉬었다 오라며 그녀의 빈자리를 대신해 주었다. 그것은 말로 전하는 위로보다 더 진하고 뜨거웠다.

"여기 계셨네요?"

그때, 수연의 시선 안으로 손이 불쑥 튀어나왔다. 정확하게는 종이컵을 쥔 손이었다.

고개를 들어보니 그 남자였다. 아까 대성통곡을 하던 두 남자 중 형이라고 자신을 소개한 도건우.

수연이 건우가 건넨 컵은 받은 후 옆으로 살짝 비켜 앉았고, 그가 그녀의 옆자리를 차지했다.

"고맙습니다."

손바닥에 전해지는 따스한 온기가 수연을 조금 말랑하게 만들었다.

간만에 마셔보는 달달한 자판기 커피 한 모금에 수연은 뜬금없이 코끝이 찡했다.

"어떤 위로의 말을 전해야 할지……."

"위로받을 사람은 내가 아니라 도건우 씨 같던데요?"

"네?"

"아까, 많이 울던데."

수연의 말에 건우는 머쓱한 듯 뒷머리를 긁적이고는 쑥스러워하며 웃었다.

"죄송해요. 너무 볼썽사나웠죠?"

"아뇨. 오히려 고마웠어요."

대신 울어주는 것 같아서, 수연은 그런 건우를 보며 오히려 속이 시원하기도 했다.

수연 역시 그렇게 무너져 앉아 펑펑 울고 싶었는데, 그게 마음처럼 되지 않았다. 그렇게 하지 못하는 제 자신이 답답했다.

"할머니가 저희 형제를 많이 예뻐해 주셨어요. 끼니때마다 밥이며 국이며 다 챙겨주셨고요."

"우리 할머니가 원래 그래요. 누가 밥 굶는 걸 못 봐."

오래전 본인이 수도 없이 굶어봤기에 배고픔이 진절머리 나게 싫어서 그랬을 수도 있고, 아들이 병을 얻은 게 제대로 챙겨 먹지 못해 생긴 탓이라고 여겨서일 수도 있다.

할머니는 항상 만나자마자 묻는 게 '밥은?'이었고, 마지막으로 하는 당부도 늘 '밥 잘 챙겨 묵으라.'였다.

"시장 분들이랑 빨리 친해질 수 있었던 것도 다 할머니 덕분이었는데……."

건우는 조용히 아랫입술을 꾹 깨물었다. 말갛게 빛나는 그의 눈동자는 조금 젖어 있었다.

사실 수연은 궁금했다. 젊은 사람들이 왜 굳이 이 시골까지 내려왔는지.

하지만 수연은 묻지 않았다. 그건 조금 더 시간이 지난 후에 물어도 된다고 생각했다.

"전에 할머니가 건우 씨가 만들어주는 미숫가루 엄청 맛있다고 말씀 많이 하셨어요."

"그거 할머니가 가르쳐 주신 거예요. 검은콩가루 섞으면 훨씬 더 맛있다고. 과일 청 담그는 것도, 생과일 맛있는 거 고르는 법도 다 가르쳐 주셨어요."

"그랬구나."

우리 할머니, 참 다정도 하시지. 얼마나 예뻤으면 그렇게 살뜰히 챙겨주었을까.

수연은 살짝 고개를 숙여 건우의 옆모습을 빤히 보았다.

내 눈에도 예뻐 보이긴 하네.

그 순간 수연은, 제가 별생각을 다 하는구나 싶었다. 잠을 며칠 동안 못 자서 정신이 오락가락하는가 보다 생각했다.

할머니는 수연이 서울에서 내려올 때마다 요 앞 카페에 총각이 타주는 미숫가루가 맛있다며 같이 가자고 하곤 했다. 하지만 일이 바쁘다는 핑계로 내려와 얼굴 보자마자 다시 올라가기 바빠서 한 번도 함께 가보지 못했다.

수연은 그게 못내 마음에 걸렸다. 할머니가 좋아하시던 거 하나 사드리지 못한 것도, 차 한 잔 마시는 그 짧은 시간조차 함께 보내지 못했던 것 모두.

"다음에 꼭 먹으러 갈게요."

"언제든지 오세요. 기다리고 있을게요."

건우는 이내 말간 미소를 지으며 수연을 바라보았다. 짙은 속 쌍꺼풀이 자리한 크고 또렷한 눈매가 휘어지면서 강아지처럼 온순하고 순진한 얼굴이 되었다.

"우리 할머니랑 친구 해줘서 고마워요."

수연의 말에 건우가 입술을 꾹 다물며 고개를 끄덕였다. 수연은 그의 얼굴에 서서히 번지는 슬픔이 안쓰러웠다.

수연은 그런 건우의 모습에서 눈을 떼지 못했다. 저 표정은 가식이 아니라 진심이었다.

이방인에게 쉽게 마음을 열지 않는 편인 작은 시골 마을, 그 틈에 자리를 잡을 수 있었던 건 어쩌면 저런 모습 때문일지도 모른다고 생각했다.

수연은 자판기 커피가 차갑게 식어버린 후에도 그 자리에 앉아 건우의 옆을 떠나지 않았다. 대신 슬퍼해 주는 그로 인해 큰 위로가 되었다.

❈

여자는 울지 않았다.

아니, 울지 못했다. 그럴 겨를이 없어 보였다. 어쩌면 참고 있는 건지도…….

 건우는 평소 할머니를 통해 수연에 대한 이야기를 귀에 딱지가 앉도록 들어왔다.

 유독 달이 커다랗던 밤, 스무 시간이 넘는 진통 끝에 태어났고, 어렸을 적 열 경기를 자주 일으켜 울보 엄마를 더 울보로 만들었으며, 철물점 황 씨 아저씨가 요구르트를 너무 많이 먹여서 빨대 자리대로 앞니가 썩어서 났다는 이야기까지도 모두 알고 있었다.

 학교 다닐 때 단 한 번도 1등을 놓친 적 없다던 이야기도, 우리나라에서 제일가는 대학에 장학생으로 들어가 졸업하자마자 좋은 직장을 다니고 있단 얘기도 들었다. 그리고 이젠 그저 반듯한 사람 만나 결혼하는 걸 보고 싶다던 할머니의 소원도 들었다.

 수연은 할머니의 가장 아픈 손가락임과 동시에 생각만 해도 가슴이 미어지는 손녀이자 자부심이고, 자랑이고, 삶의 근원이었다.

 그래서 낯설지 않았다. 경계를 늦추지 않던 수연은 할머니에 대한 이야기를 나누면서 조금씩 말랑해졌다.

 그러나 어느 선 이상으로 본인 이야길 하지 않았고, 사람들이 타인에게 별 망설임 없이 질문하는 것조차 수연은 묻지 않았다. 건우가 예상했던 대로 조심성이 많고 신중해 보였다.

 건우는, 그동안 할머니에게 들었던 이야기를 토대로 제멋대로 그려본 모습 그대로인 수연에 왠지 모를 친근함까지 느껴졌다.

물론 그녀는 자신을 전혀 그렇게 생각하지 않을 테지만······.

건우는 아무런 말없이 옆에 앉아 가만히 생각에 잠긴 수연의 모습을 슬쩍 훔쳐보며 생각했다.

조금 더 이대로 있었으면······.

왜 그런 생각이 들었는지는, 건우 자신도 정확하게 알 수 없었다.

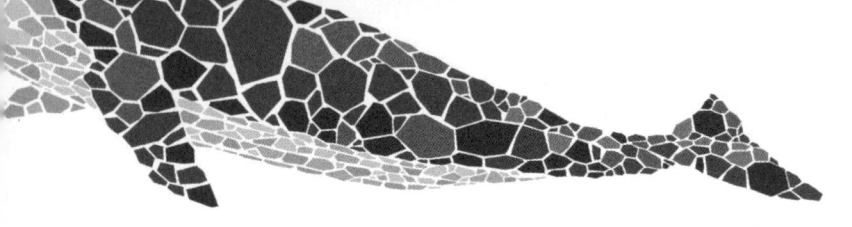

01
봄이 온다

　도시의 봄은 백화점으로부터 오지만, 시골의 봄은 땅에서부터 시작된다. 시골의 봄은 도시의 봄 못지않게 화려하고 분주하다.
　겨우내 꽁꽁 얼어붙었던 시냇물은 따뜻한 봄 햇살을 받아 서서히 녹아내리고, 기어이 언 땅을 뚫고 올라온 생명은 새싹을 틔운다. 부지런한 할머니들은 새벽부터 나물을 캐고, 모자를 눌러쓴 할아버지들은 밭을 갈고 고랑을 파며 한 해 농사를 준비한다.
　봄이 가까워지자 정희의 된장국에는 향긋한 달래가 추가되었다. 봄동 겉절이와 된장에 무친 냉이, 다진 양념에 버무린 꼬막이 오성 해뜰시장의 터줏대감 격인 반찬 가게 '해뜰찬' 냉장진열장에 자리를 잡았다.

수연은 도톰한 크라프트지에 반찬 이름과 가격을 손수 적어 네임텍 꽂이에 꽂아두고, 한 걸음 뒤로 물러서서 가지런히 진열된 반찬을 바라보며 흐뭇하게 웃었다.

할머니가 세상을 떠난 후, 해뜰찬의 주인은 강애순에서 이수연으로 바뀌었다.

바뀐 것은 그뿐만이 아니었다. 계산기 대신 포스단말기가 들어왔고, 주방의 낡은 인테리어도 깔끔하게 바뀌었다. 매장 안도 최대한 비워 널찍해 보이도록 만들었고, 포장 용기도 바꿔 정갈한 정희의 요리가 더욱 돋보이도록 했다.

수연은 할머니의 장례를 마치자마자 서울 생활을 정리하고 곧장 이곳으로 내려왔다. 작년 겨울부터 진작 마음먹고 있었지만, 할머니가 갑자기 세상을 떠나게 되면서 예정보다 서두른 참이다.

오성에 내려오자마자 2주 간 가게를 재정비하고 새 집으로 이사도 했다. 수연의 일상은 완전히 바뀌었다.

수연이 정희와 함께 다시 장사를 시작한 건 지난주부터다. 요리야 그전에도 정희가 도맡아 왔기에 수연은 재료를 다듬는 보조 일과 판매를 담당했다.

서울로 대학을 가기 전까지, 아주 꼬마였을 때부터 할머니 옆에서 장사를 도왔던 수연이기에 딱히 어려울 것도 없었다. 꽤 오랜 시간 공부와 회사 일로 책상 앞에만 앉아 정적으로 일했던 그녀는 몸을 움직이며 장사를 하는 것에 서서히 적응 중이다.

수연이 오성으로 내려왔을 때 그녀를 가장 먼저 반긴 건 할머니의 빈자리였다. 그 빈자리를 인정해야만 하는 여러 행정 절차들을 척척 처리하면서, 그녀는 자신이 진짜 어른이 된 것 같은 기분이 들었다.

모든 게 순조롭지는 않았다. 수연은 할머니의 보험금이 탐나 기웃거리는 고모와 한차례 소란도 겪었다. 고모는 낳아준 엄마가 아니라고, 배운 것 없이 시장에서 장사나 할 줄 아는 여편네라고 평생을 무시하며 엄마라 부르지도 않아놓고는, 이제 와 할머니의 보험금을 욕심냈다.

수연이 대학 동창인 상속 관련 소송 전문 변호사에게 이 일을 맡기려 하자, 고모는 가족 사이에 법을 들이미는 정 없는 년이라고 욕을 퍼부은 뒤 종적을 감췄다. 그 덕분에 보험금은 큰 무리 없이 보험수익자인 정희에게 돌아갔다.

다만, 고모는 제 손님들이 내고 간 부조금을 악착같이 찾아갔다. 그거라도 받아가야겠다며 시장 한복판에 주저앉아 고래고래 소리 지르는 그녀의 모습에, 수연은 진짜 어른들의 세계는 이런 것인가 하는 씁쓸한 생각이 들기도 했다.

경사 말고 애사를 겪을 때 비로소 그 사람의 본심이 보이는 법이라던 할머니의 말이 조금도 틀리지 않다는 걸 알았을 때, 수연은 조금 서글펐다.

그렇게 고모와의 연이 완전히 끊어졌다. 뭐, 어차피 그전에도 딱히 교류라고 할 만한 게 없었기에 수연으로서는 아쉬울 것도 없었다.

그것 외에는 헤매지 않고 제법 똑 부러지게 일을 처리했다. 그런 수연의 모습에 정희는 무척이나 뿌듯해했고, 그렇게 다시 고요한 일상으로 되돌아갔다.

수연은 한때 사회 부조리, 차별, 부당한 것에 목소리를 내 맞서 싸우며 세상을 변화시키는 사회운동가의 꿈을 가지기도 했다.

하지만 수연은 결국 현실을 선택했다. 전액 장학생으로 대학에 들어가 4년 내내 과 수석을 놓친 적 없었고, 오직 취직을 위해 설계한 로드맵을 따라 퀘스트를 클리어 하듯 차근차근 걸어 나갔다.

그러면서도 방학 때마다 과외를 하며 돈을 벌어 생활비까지 충당했다. 적당한 대외활동으로 학연을 쌓고, 각종 공모전에서 수상을 하며 스펙도 쌓았다. 수출입은행에서의 인턴 생활을 거쳐 대학 졸업과 동시에 대한은행 본점에 입사했다.

지금 돌이켜 보면, 수연은 숨 고를 틈 없이 악착같이 살았다.

할머니는 동네 농협과 우체국을 들를 때마다, 은행 다니는 우리 손녀는 잔돈 바꿔주고 통장 만들어주는 일 같은 건 하지 않는 본점 직원이라며 으쓱해하곤 했다.

사실 수연은, 소도시 출신에 별 볼일 없는 중고등학교를 나왔다는 사실 때문에 강남학군 출신 선배들에게 비웃음거리가 되었고, 여자라는 이유로 남자 동기들과 다르게 부당한 차별도 당했으며, 상사의 은근한 성추행을 견디면서까지 근근이 버티고 있었다.

봄이 온다   25

술자리에서 가랑이 사이로 쓱 손을 넣고, 실수인 척 가슴을 턱 만져 대는 팀장의 따귀를 때린 뒤 함께 징계위원회에 회부되었지만, 억울하게 수연만 감봉 징계를 받고서도 어쩌지 못했다.

한때 사회운동가를 꿈꾸던, 당차고 씩씩한 이수연은 대체 어디로 사라진 걸까.

기러기 아빠라던 그 팀장 놈이 늦은 밤 수연의 집까지 찾아와 문을 두드리며 돈은 얼마든지 줄 테니 한 번만 하자고 고래고래 소리를 지르던 날, 그녀는 귀향을 결심했다.

수연은 모든 게 지긋지긋했다. 다 때려치우고 싶었다. 거대한 회사와 맞서 싸우기에는 제 전투력이 보잘 것 없었다.

제 풀에 지쳐 고꾸라졌다. 누군가는 그런 수연을 나약하다고 말할지 모르겠지만, 그때 그녀는 너무 많이 지쳐 있었다. 더는 그곳에 남아 있기 싫었다.

대한은행 본점 자산운용부 대리라는 타이틀은 할머니와 엄마의 자랑이기에 놓지 않으려 했는데, 어떻게든 참아보려 했는데 더는 버틸 수가 없었다.

서러워서 우는 것도 하루 이틀이다. 어느 날부턴가 출근할 생각만 하면 심장이 빠르게 뛰고 아랫배가 꼬이는 것처럼 아팠다. 사람을 마주하는 것 자체가 무서워지고, 그렇게 수연은 점점 많은 것들을 멀리하게 되었다.

수연은 서서히 병들어가는 제 자신이 가여웠다. 이것밖에 안 되는 나약한 인간인가 하는 생각에 자존감이 바닥을 드러낼수록 두려운 마음마저 생겼다.

그래서 인정하기로 했다. 난 이 정도밖에 안 되는 인간이라고. 더는 오기부리지 않았다. 정신과 상담도 받았다. 담당 의사는 수연에게, 너무 많이 지친 것 같다며 한 템포 쉬어가라고 했다.

하지만 직장인에게 그게 어디 쉬운 일인가. 반차를 내고 병원 가는 것조차 쉽지 않은데 휴식이라니.

더는 물러설 곳이 없었던 수연은, 계속 이렇게 살다가는 우울함에 잠식되거나 내가 나를 갉아 먹어 아무것도 남지 않은 빈껍데기가 될 것만 같았다. 무언가를 새롭게 시작하고 싶은 아주 작은 의지라도 남아 있을 때, 결심을 실천하기로 했다.

"할머니. 나 내려가서 할머니랑 엄마랑 같이 살까?"
"니 무슨 일 있나?"
"아니, 그냥……. 조금 힘들어서."
"……그래. 내려온나. 우리 애기, 할매랑 같이 살자."

할머니는 아무것도 묻지 않았다. 대한은행 본점에서 일하는 손녀를 그렇게나 좋아했으면서, 힘들다는 울먹임에 곧장 내려오라고만 했다. 다정하던 그 목소리가 수연은 아직도 생생했다.

서울 생활을 정리하기로 한 수연은 앞으로 살아갈 방향부터 정했다.

그동안은 정말 이 악물고 열심히 살았으니까, 최선을 다해 살

봄이 온다

앉으니까, 이제는 하고 싶은 거 하고, 먹고 싶은 거 먹고, 자고 싶을 때 자면서 조금만 덜 최선을 다해 살고 싶었다.

마음의 여유를 갖고 싶었고 지금보다 아주 조금만 더 행복해지고 싶었다. 수연은 딱 그 정도의 목표를 세웠다.

좋은 직장 그만두고 나중에 후회하면 어쩌나 하는 미련이 뒤에서 잡아당길 때면, 내 생애 가장 훌륭한 결정을 내린 것이라고, 그동안 내가 선택한 것 중 가장 잘한 일이라고 되뇌었다.

수연이 후회하는 건 할머니가 돌아가신 후에야 내려왔다는 사실뿐이었다. 이렇게 좋을 줄 알았으면, 더 일찍 내려와서 진작 할머니랑 같이 살았을 텐데…….

'밥 먹자.'

포스기에 봄을 맞아 새로 만든 반찬 이름을 등록하고 있는데 정희가 뒤에서 어깨를 톡톡 두드렸다. 수연이 돌아보니 그녀는 수화와 함께 입술을 뻐끔거렸다.

"응. 다 했어, 엄마. 금방 갈게."

수연은 서둘러 작업을 마무리하고 정희의 뒤를 따라 주방 쪽으로 향했다. 홀과 주방 사이에 작은 휴게 공간을 마련해 두었는데, 두 사람은 늘 그곳에서 작은 상을 펴고 마주 앉아 식사를 했다.

오늘 점심 반찬은 들기름에 부친 두부와 새콤하게 무친 돌나물, 콩나물과 무를 듬뿍 넣고 끓인 시원한 동태찌개였다. 보기만 해도 입안에 군침이 돌았다.

"뭘 이렇게 많이 차렸어? 상다리 부러지겠다."

수연은 돌나물부터 한 젓가락 가득 집어 입에 넣었다. 아삭아삭 씹힐 때마다 코끝에서부터 시작된 상큼함이 입맛을 돋우었다. 그사이 정희는 국그릇에 찌개를 덜어 놓아주었고, 수연은 그 안에 담긴 동태 한 토막에서 두툼한 살을 떼어 입에 넣고 국물 한 수저도 떠먹었다.

'어때? 맛있어?'

"당연히 맛있지. 누가 만든 건데."

정희는 씨익 웃으며 그제야 수저를 들었다.

"나 계속 이렇게 하루 세끼 다 챙겨 먹으면 살찔 거 같아."

'잘됐다. 이번 기회에 좀 찌우자.'

수연의 볼멘소리에 정희는 오히려 신난 것 같았다.

혼자 살 땐 허기를 채우기 위한 식사만을 하다 보니 끼니를 거르거나 대충 때울 때가 많았는데, 집에 내려온 후로는 하루 세끼 꼬박꼬박 집밥을 먹었더니 수연은 살이 토실토실 오르는 기분이 들었다.

이전에 하던 일보다는 몸을 더 쓰는 일이라 그런지 식욕도 점점 생기고, 일단 스트레스를 받지 않아서인지 마음이 편안해 밥이 잘 넘어갔다.

어느새 하루 세끼에 적응한 수연의 위장은 때가 되면 밥을 달라고 보채는 것이, 무서운 적응력이었다.

"봄동 겉절이 무쳤네? 수연 엄마! 나 이거 좀 줘!"

손님의 인기척에 수연이 수저를 놓고 일어서자, 정희가 한발 먼저 움직이며 그녀를 도로 앉혀두고 나섰다.

"점심 먹고 있었구나? 반찬 뭐 해서 먹었어? 아, 돌나물하고 동태찌개? 찌개 맛있겠다! 그것도 사 가야지. 찌개 한 그릇 싸줘 봐. 영감탱이가 입맛 없다고 하도 귀찮게 해서 뭘 해줄까 고민하다가 와봤는데, 오길 잘했네."

가게를 찾는 손님들의 대다수가 단골이다 보니 다행히 정희와의 의사소통을 어려워하진 않았다. 정희는 말을 하지 못할 뿐, 듣는 것에는 문제가 없었다.

"나이 드니까 끼니마다 밥 해먹는 것도 귀찮아 죽겠어. 아이구! 더 안 줘도 돼! 아휴, 참……. 고마워, 잘 먹을게. 수연 엄마, 저기 대접 이리 줘봐. 딸기 좀 가져가. 되긴 뭐가 돼! 양이 많아서 나랑 영감이랑 둘이 다 못 먹어. 맨날 절반은 썩어서 버리는 걸. 나 간다!"

정희는 가게를 나서는 손님의 비닐봉투 안에 기어이 방금 무친 돌나물을 끼워주었고, 손님은 딸기를 절반이나 덜어놓고 갔다.

환한 미소를 지으며 손님 배웅을 마친 정희가 다시 돌아와 맞은편에 앉았다. 수연은 그런 정희의 얼굴을 가만히 보다가 눈이 마주치자 옅게 웃으며 다시 식사를 했다.

어른이 되어 이곳에서 지내다 보니 비로소 알게 된 할머니와 엄마의 삶. 수연은, 아무리 힘들고 고되어도 이 시장을 떠나지 않았던 두 분의 삶이 이제야 보였고, 그 이유를 조금은 알 것 같앉다.

사람들과 함께 어울려 산다는 것. 그들과 눈을 맞추고, 이야기를 하고, 정을 나누며 사는 건 마치 매일 누군가의 응원을 받는 것만 같았다.

같이 힘내자고, 우린 지금 아주 열심히 최선을 다해 살아가고 있다고.

몸이 힘들어도 생기가 넘치고 살아 있는 기분이 들었다.

"엄마. 제육볶음 도시락 주문 들어온 거 몇 시부터 작업 시작할 거야?"

'5시에 찾으러 온다고 했으니까, 4시부터 시작하면 돼.'

"너무 바쁘지 않겠어?"

'미리 해두면 식어서 맛없어. 따뜻하게 먹어야지.'

만드는 이의 편의보다는 늘 먹는 사람부터 고려하는 그녀의 마음가짐 때문에 이 동네 여러 반찬 가게 중 해뜰찬에 가장 많은 손님이 꾸준히 찾아오는 건지도 모르겠다.

눈물 많고 마음 여린 정희는 그만큼 씩씩하고 부지런했다. 할머니를 도와 그 누구보다 열심히 살았다.

절름발이 아버지와 벙어리 엄마 밑에서 자랐다며 수연을 놀리던 철없는 동네 아이들 때문에, 정희는 어린 딸이 가엽고 미안해서 홀로 많이도 울었다. 하지만 수연은 울지도, 주눅 들지도 않았다. 그런 놀림도 이러서 잠깐이지, 고학년이 될수록 수연의 성적 앞에 다들 입을 다물 수밖에 없었다.

봄이 온다

그때 수연은 묘한 승리감을 느꼈다. 내가 이들의 놀림을 이겨 낼 방법은 바로 이거구나, 생각한 것이다. 그래서 더 악착같이 공부에 매달렸고, 성공하고자 했다. 하지만 어른이 된 수연은 다시 한 번 깨달았다.

성공이 곧 삶의 행복으로 직결되는 건 아니라는 사실을. 결국 수연은 다 내려놓고 다시 이곳으로 돌아왔다.

"사장님, 계십니까?"

이번에는 수연이 한 발 빨랐다. 귀에 익은 목소리다 싶었는데, 아니나 다를까 철물점을 운영하는 황 씨 아저씨, 병구였다.

"안녕하세요, 아저씨."

"벌써 밥 먹었어?"

병구는 윤기가 좔좔 흐르는 회 한 접시를 내밀며 물었다.

"또 바다낚시 다녀오셨구나?"

"그냥 손맛만 보고 왔지. 하하."

"식사 안 하셨죠? 이리 오세요."

"아이, 괜찮은데……."

병구는 못 이기는 척 수연의 손에 끌려 상 앞으로 왔다. 정희와 눈이 마주친 그의 귀가 곧 빨갛게 달아올랐다. 쑥스러워하는 두 사람의 모습에 수연은 자꾸만 웃음이 났다.

수연은 어렸을 때 가게에 있기 지루해지면 종종 병구의 철물점을 찾았다. 신기한 것투성이인 그곳은 시장이 놀이터였던 수연이 가장 마음에 들어 하던 장소였다.

게다가 뭐든 뚝딱 만들거나 고치는 병구를 곁에서 지켜보는 게 흥미로웠다. 그가 건네주던 요구르트도 맛있었고.

정희를 남몰래 좋아했던 병구는 통조림 과일이 가득 올라간 새하얀 생크림 케이크나 값비싼 소고기를 어린 수연의 손에 쥐어 보내곤 했다. 왜 이렇게 비싼 걸 애한테 보냈냐고 물으면 그간 얻어먹은 밥과 반찬이 많아서, 라고 말하곤 했지만, 그가 정희에게 주고 싶어서 핑계를 대는 것이라는 건 하늘도 알고 땅도 알고 있었다.

그때 수연은 황 씨 아저씨가 귀하고 맛있는 걸 엄마에게 주고 싶어 하는구나, 하고 느낄 수 있었다. 사랑이 뭔지도 모르는 어린 나이였지만 그 정도는 눈치를 채고도 남았다.

그게 벌써 이십여 년 전의 일이니, 그 후로도 두 사람의 관계에 진척이 없어서 지켜보기 답답할 정도였다. 온 동네 사람들도 다 알고, 정희도 아는데 진전이 없다.

몇몇 사람들은 할머니 때문일 거라고 말했다. 다른 사람은 몰라도 정희는 시어머니랑 같이 살면서 다른 남자를 받아들일 만큼 뻔뻔한 사람이 아니라고 말이다.

"잘 먹었습니다."

수연이 젓가락을 내려놓고 일어서자 두 사람이 동시에 그녀를 바라보았다.

"더 먹어, 수연아."

"배불러요. 저 커피 사러 다녀올 테니까 천천히 드세요."

봄이 온다

수연은 슬쩍 자리를 피해주고 가게를 나서 카페로 걸음을 옮겼다. 수연의 가게는 시장 입구 쪽에 위치해 있었고, 카페는 길 건너 대각선 맞은편 방향이었다.

카페 그늘나무.

할머니의 장례식장에 찾아와 눈물을 펑펑 쏟았던 건우와 남우 형제가 운영하는 그 카페였다.

카페가 위치한 곳은 원래 목욕탕이 있던 낡은 건물 1층이었다. 그 때문인지 여전히 외벽에는 하얀색 작은 타일이 촘촘히 붙어 있었다. 하지만 한쪽 벽면에 큼지막하게 낸 전면 폴딩 도어와 세련된 어닝, 심플하고 모던한 간판만으로 드라마틱한 변신을 이뤄냈다.

카페 건물 오른쪽에는 작은 텃밭이, 왼쪽으로는 2인용 테이블 하나가 겨우 들어간 좁은 테라스가 있었다. 그곳은 손님보단 잠시 걸음을 쉬어가는 할머니, 할아버지들이나 학원 차를 기다리는 동네 꼬마들이 차지하곤 했다.

"어서 오세요."

출입문을 열고 들어가자마자 형제 중 건우가 환한 미소로 반겼다. 수연은 그와 가볍게 눈인사를 나누며 카운터로 다가갔다.

"오늘은 뭐 드실 거예요?"

"어……. 뭐가 좋을까요?"

"자몽 맛있는 거 사 왔는데, 자몽 주스 어떠세요?"

"네. 그럼 그걸로 주세요."

커피를 사 가지고 가려던 수연은 오늘도 건우가 추천해 주는 메뉴로 결정하고 돈을 건넸다. 그는 거스름돈을 내어주고 카운터 옆 조리대로 향했다.

"식사는 하셨어요?"

"아, 네. 방금 먹었어요."

"오늘 날씨 엄청 좋죠? 어제 비가 와서 그런지 미세먼지도 싹 걷혔더라고요."

건우는 일상적인 이야기로 대화의 물꼬를 텄다. 그는 늘 그랬다. 낯선 사람과 대화하는 법을 잘 아는 사람 같았다.

그렇다고 능글맞게 치근대는 건 전혀 아니다. 상대방이 불편함을 느끼지 않는 적당한 선에서 부담 없는 이야기로 말문을 열게 만들었다.

수연이 지난 2주간 지켜본 바에 의하면, 건우는 모두에게 친절한 사람이었다. 인사도 잘하고, 잘 웃는다. 그래서인지 이 시장 안 모든 사람들에게 예쁨받고, 환영받았다.

가볍게 나눈 짧은 대화로 상대방의 성향을 완벽하게 파악할 순 없지만, 그간 사회생활을 하며 다양한 사람을 접해온 수연이 느끼기에 건우는 마음이 건강한 사람 같았다. 좋은 기운이 느껴졌다.

"앉아 계세요. 제가 가져다 드릴게요."

포장해서 나갈 생각이었지만, 수연은 차마 그 말을 꺼내지 못하고 창가 쪽 테이블로 향했다.

봄이 온다

카페 안의 인테리어는 전부 형제가 손수 한 것이라고 했다. 각기 다른 모양의 테이블과 의자들이 무질서 속에서 조화를 이루고 있어 묘하게 감각적이었다. 미니멀하고 심플한 인테리어 소품이 곳곳에 놓여 있는데, 그것들은 모두 이 건물 2층에서 공방을 운영하는 동생 남우가 직접 만들었단다. 소란한 듯하면서도 차분한 이 카페는 뭔가 묘했다.

젊은 남자 사장 솜씨가 얼마나 야물까, 큰 기대 없이 먹어본 여러 음료들 역시 맛이 제법이었다. 커피도 훌륭하지만 직접 담근 청으로 만든 에이드와 할머니가 그토록 칭찬했던 미숫가루 라떼도 맛이 좋았다. 커피를 입에 달고 살았던 수연이 아메리카노 대신 선택할 만큼.

"자몽 주스 나왔습니다."

건우는 테이블 위에 싱그러운 자몽 주스가 든 유리컵과 조각 케이크가 담긴 작은 접시를 놓았다.

"당근 케이크예요. 동생이 직접 만들었어요."

"감사합니다. 잘 먹을게요."

밥을 많이 먹고 와서 배가 불렀지만 거절하는 건 예의가 아닐 것 같았다.

수연이 포크를 집어 들자, 건우가 무릎을 굽혀 앉아 시선을 맞추더니 그녀를 빤히 보았다. 무슨 할 말이 남은 건가 싶어 슬쩍 내려다보았지만 그는 입술을 열지 않았다.

설마, 이 케이크 다 먹을 동안 계속 그렇게 앉아서 쳐다보진 않겠지.

수연은 연한 갈색빛이 도는 당근 시트와 하얀 치즈 크림을 함께 떠 입에 넣었다. 입안에서 사르르 흩어지는 부드러운 당근 시트와 적당히 달달하면서도 촉촉한 치즈 크림이 혀끝에 계속 맴돌았다.

"음. 아주 맛있어요."

"동생한테 전해줄게요. 되게 뿌듯해할 거예요."

건우는 그제야 미소를 지으며 일어섰고, 수연은 내심 안도했다.

건우는 수연의 테이블을 떠나 흐트러진 의자를 정리한 뒤 테이블을 닦고, 창가에 늘어선 이름 모를 화분에게 물을 주었다. 수연의 시선은 의도치 않게 계속 그에게 닿았다.

건우는 늘 외모만큼이나 깔끔하고 단정한 옷차림을 하곤 했다. 흰색 라운드 티셔츠 위에 데님 셔츠를 덧입은 그는 소매를 접어 팔목을 드러냈고, 허리에는 무릎까지 오는 검정색 앞치마를 두르고 있었다. 발목 길이에 딱 떨어지는 검은색 바지와 편안한 슬립온을 신고 매장 곳곳을 분주하게 돌아다녔다.

창가에 가만히 서서 바깥을 내다보는 건우에게 눈부신 봄 햇살이 쏟아져 들어왔다. 그는 살짝 눈매를 구기더니 이마에 손을 얹어 작은 그늘을 만들고, 창밖의 누군가에게 다정한 인사를 건넸다.

건우에게선 빛이 났다. 싱그럽고, 밝고, 환했다. 청량한 초여름의 초록이 연상되는 사람이었다. 그를 관찰하는 짧은 시간이 수연에겐 아주 작지만 분명한 행복, 소확행이었다.

그렇다고 해서 수연이 건우를 이성으로 좋아하고 있는 건 아니었다. 멋진 풍경을 보면 감탄이 나오듯, 아름다운 꽃 앞에서 탄성이 터지듯, 너른 바다를 보면 마음이 평온해지듯, 그와 비슷한 맥락이었다. 눈 정화, 단지 그뿐이었다.

건우가 카페 밖으로 나가더니 교복을 입은 한 무리의 여학생들에게 다가갔다. 아이들은 뭐가 그리 신나는지 까르륵 숨이 넘어갈 듯 웃으며 그의 주변에 몰려들었다. 아마 그 아이들도 눈 정화가 필요했나 보다.

유리창 너머에서 그들이 어떤 대화를 나누는지 정확히 들을 순 없지만, 그들은 꽤나 친근해 보였다. 아이들을 바라보는 건우의 시선은 따스했고, 그를 바라보는 아이들의 눈빛은 봄 햇살보다 찬란하게 빛나고 있었다.

"좋을 때다."

교복 입고 공부할 시기가 좋을 때라는 걸 아이들은 모르겠지?

수연은 그런 생각을 하는 게 왠지 서글펐다. 자신도 아직 젊고, 충분히 반짝일 수 있는데 마치 인생 다 산 사람처럼 처연하게 구는 게 마음에 들지 않아서다.

수연은 남은 자몽 주스를 단숨에 비우고 빈 컵과 접시를 카운터 위에 올려둔 후 카페를 나섰다.

"어? 벌써 가시는 거예요?"

곁을 슬쩍 지나치려는데 건우가 불러 세웠다. 수연은 그를 향해 고개를 끄덕여 인사를 건네고 계속 걸음을 옮겼다. 그러자 그가 그녀의 뒤를 따랐다.

"잠깐만요, 수연 씨."

건우의 부름에 수연은 돌아설 수밖에 없었다. 그는 바지 뒷주머니에서 지갑을 꺼내더니 명함 한 장을 내밀었다.

"저번부터 말하고 싶었는데 타이밍을 못 잡았어요."

건우의 명함인가 싶어 가만히 읽어보니, '해뜰시장 청년 모임'이라고 적혀 있었고 그 아래 대표 SNS 계정 주소와 회원들의 이름, 가게 이름이 차례로 나열되어 있었다.

"해뜰시장 내 젊은 사장님들이 모인 모임이에요. 시장 활성화 방안도 논의하고, 환경미화도 하고, 친목도 다지고요. 수연 씨도 우리 모임에 들어오지 않을래요?"

건우는 눈매가 살짝 쳐질 정도로 말갛게 웃으며 물었고, 수연은 어깨를 으쓱이며 고개를 갸웃거렸다. 가게 일을 시작한 지 얼마 되지 않아 좀 더 배우고 익혀야 할 것들이 많았고, 아직까지는 다른 생각을 할 겨를이 없어서였다. 하지만 차마 그의 웃는 얼굴을 마주한 채로 단칼에 거절할 수가 없었다.

"생각해 볼게요."

"감사합니다. 수연 씨가 함께해 주시면 정말 큰 도움이 될 거예요. 정말 감사합니다."

수락을 한 것도 아닌데 건우는 황송할 정도로 고마워했고, 수연은 그런 그에게 어색한 미소를 지으며 슬금슬금 걸음을 옮겼다.

"아, 이러면 안 되는데……."

일 더미에서 해방된 지 얼마 되지도 않았는데 스스로 일거리를 찾아가다니. 그냥 가게 일이나 살살 하면서 모든 걸 내려놓고 마음 편히 살아보려 했는데.

그러면서도 수연은 다시 한 번 건우에게 받은 명함을 보았다.

"우리 시장에 젊은 사장님이 이렇게 많았나?"

모임의 인원은 건우를 포함해 총 일곱 명. 만약 수연이 합류하게 되면 여덟 명. 그녀는 일단 이 모임이 어떤 일을 하는지 알아봐야겠다고 생각하면서 길을 건넜다.

가게로 들어가려던 수연은 무심결에 뒤를 돌아 카페를 바라보았다. 건우를 둘러싸고 있던 여학생들은 그새 사라졌고, 그는 테라스 테이블에 앉아 그녀 쪽을 보고 있었다.

'설마, 날 보고 있는 건 아니겠지?'

슬쩍 주변을 둘러보았지만 건우가 시선 줄 만한 곳은 마땅히 없어 보였다. 그때, 그런 수연의 속마음을 읽기라도 한 듯 그가 머리 위로 팔을 들고 좌우로 힘차게 흔들었다. 그는 분명 그녀에게 인사를 건네고 있었다.

순간 당황한 수연은 주저주저하다 소심하게 어깨 높이로 손을 들어 살짝 흔들었고, 그녀의 인사를 받은 건우는 아까보다 더 크게 팔을 휘젓다가 카페를 찾은 손님과 함께 매장 안으로 들어갔다.

'내가 지금 뭘 한 거지…….'

수연은 목덜미가 뜨끈하게 달아오르는 게 느껴져 양손으로 얼굴에 손부채질을 했다. 등줄기에 삐질 땀이 배어나오는 느낌이 드는 게 열기를 식힐 필요가 있었다.

수연은 도로 시장을 나와 인도를 걸었다.

한창 하교 시간이라 그런지 인도에는 인근 중고등학교 학생들이 연신 스쳐 지나갔다. 삼삼오오 무리 지어 지나는 아이들, 둘씩 짝을 이뤄 걷는 아이들, 홀로 걸음을 재촉하는 아이들 모두 봄처럼 예쁘고 싱그러웠다.

봄이다.

사계절 내내 기계가 알아서 적정 온도를 맞춰주던 네모난 건물 안에서 더운지, 추운지도 모르고 시간을 흘려보내던 때가 이제는 아득하게 느껴진다. 이렇게 손끝에 봄바람이 닿고, 코끝에 봄 향기가 닿고, 두 눈에 봄 햇살이 닿으니 수연은 이제야 비로소 사람 사는 것 같았다.

"감사합니다. 맛있게 드세요."

손님이 매장을 나서자마자 건우도 잽싸게 창가로 달려갔다. 그의 시선은 곧장 길 건너 시장 입구 첫 번째 가게인 해뜰찬으로 향했고, 수연의 모습을 찾으려 안간힘을 써봤지만 그녀는 보이지 않았다.

곧장 가게로 들어간 줄 알았는데 아닌 모양이다. 매장 밖으로 나가 주변을 둘러보았지만 어디에도 없었다. 건우의 표정은 금세 시무룩해졌다.

"그래도……."

오늘은 모임에 대한 이야기를 꺼낼 수 있어서 다행이라고 건우는 생각했다. 주문이 몰리거나, 수연이 음료를 들고 곧장 나가는 바람에 매번 그 이야기를 꺼낼 타이밍을 놓쳐 너무나 아쉬웠는데 말이다.

수연은 하루에 한 번, 혹은 이틀에 한 번 꼴로 카페에 들렀다. 처음엔 그녀의 할머니가 좋아하던 미숫가루 라떼를, 그 후로는 건우가 추천하는 음료를 차례로 하나씩 마시는 중이다.

수연을 처음 보았을 땐 차갑고 도도해 보이는 외모에 말 걸기가 쉽지 않았다. 사람들과 이야기를 나누는 게 세상에서 가장 즐겁고 쉬웠던 건우도 수연은 왠지 모르게 어려웠다. 그답지 않게 긴장하기도 했다.

그런데 막상 말을 걸어보니 수연은 칼같이 벽을 세우는 타입은 아니었다. 다만, 이야기를 나눈다고 해서 거리가 가까워지진 않았다. 쉽게 곁을 주지 않는 사람인 건 분명했다. 건우가 느끼기에, 수연에겐 보이지 않는 선이 존재했다.

할머니를 통해 수연에 대한 이야기를 워낙 많이 들어서일까.

건우는 수연을 처음 보았을 때부터 그녀가 낯설지 않았다. 그녀가 선을 그을수록 오히려 조금 더 가까워지고 싶은 마음이 들었다. 그녀가 곁을 주는 사람에게 환하게 웃는 얼굴을 보고 싶었다. 그 웃음을, 곁을 주는 이가 자신이 되었으면 하는 마음도 드는 건우였다.

건우는 왜 그런 마음이 드는 건지 알 수 없었다. 왜 점점 더 수연에게 호기심이 생기는 건지, 그 또한 알 수 없었다. 그저 사람이 사람에게 관심을 갖게 되는 건 당연한 게 아닐까 하고 생각할 뿐이었다.

나와 닮아서, 반대로 나와 달라서 자연스레 생기는 관심.

단순히 '친해지고 싶다'에서 시작된 건우의 작은 바람은 '어떤 사람인지 알고 싶다.'로 자라고 있었다.

자꾸 수연에게 향하는 시선에 대한 정의를 끊임없이 규정하면서, 건우는 매일 그녀를 기다리고 있었다.

화장기 없는 말간 얼굴이 봄처럼 아름다운 그녀를.

초콜릿빛 머리칼을 하나로 모아 느슨하게 묶고 해사하게 웃는 그녀를.

소매를 걷어 올린 맨투맨 티셔츠에 청바지만 입어도 세련된 그녀를.

눈이 마주치면 멋쩍은 듯 입술을 오므리며 쭈뼛거리는 그녀를.

오늘은 수연에게 어떤 말을 건네볼까 내내 고민하고, 허무하게 보내고 난 후에는 아쉬움에 한숨짓는 매일이 그저 즐거운 건우였다.

그래도 건우는, 내일은 오늘보다 딱 한 뼘만 더 수연과 가까워지고 싶었다.

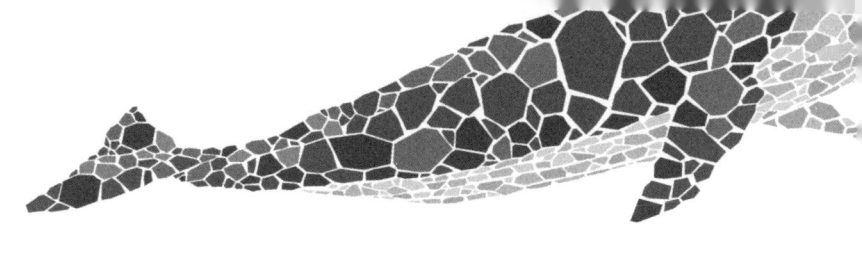

02
울어도 돼요

오전 6시. 수연은 출근길에 나섰다. 여전히 잠이 잔뜩 묻어 있는 눈두덩을 비비며 새벽의 찬 공기로 잠을 깨웠다.

정희는 새벽 4시쯤 나가 요리를 시작하고, 수연은 9시에 맞춰 출근하곤 했다. 그 대신 정희는 저녁 도시락 주문이 없으면 일찌감치 낮에 퇴근을 하고, 수연은 저녁 8시쯤 뒷정리를 한 뒤 가게 문을 닫았다.

오늘은 두부가 나오는 날이라 이른 아침에 출근하는 참이다. 해뜰찬에서는 일주일에 딱 두 번만 직접 두부를 만들어 파는데, 두부 나오는 날에는 이른 아침부터 손님이 몰려 정희 혼자 판매까지 감당할 수 없어서 수연 역시 이른 출근을 하는 것이었다.

하루 종일 손님이 마구 몰리는 장사가 아니기에, 평소 수연은 한가한 시간엔 책을 읽거나 노트북으로 영화를 보곤 했다. 직장에 다닐 땐 상상도 못했던 여유였다.

고된 업무는 기본이었고, 은행에 입사한 후로도 수연은 끊임없이 공부를 해야 했다. 주기적으로 토익 시험을 보고, 업무와 관련된 자격증을 따고, 스터디 모임도 빠지지 않았다. 거기에 야근과 회식까지, 지금 생각해 보면 그 시간들을 어떻게 견뎠나 싶을 정도다.

수연은 노트북을 끌어안고 걸음을 재촉했다. 오늘은 어제 새벽까지 보다 만 영화를 마저 감상할 생각이었다.

"안녕하세요!"

그때, 뒤에서 귀에 익은 목소리가 인사를 건넸다. 돌아보니 건우가 환하게 웃으며 다가왔다.

수연은 건우의 말간 얼굴을 보며 생각했다.

이 남자는 아침부터 반짝반짝하구나.

"안녕하세요."

"지금 출근하시는 거예요?"

"네. 건우 씨는······."

수연의 눈에 건우가 양손에 들고 있던 컵라면 두 개가 보였다.

"아침부터 라면이에요?"

"어제 어머니가 챙겨주신 무생채랑 같이 먹으려고요. 밤새 라면이랑 같이 먹고 싶은 거 꾹 참았거든요. 아침에 눈 뜨자마자

라면 사러 나왔어요."

건우는 멋쩍은 듯 웃으며 어깨를 으쓱였다.

어제 오후, 반찬을 사러 온 건우에게 정희가 뭔가를 덤으로 얹어주었는데 그게 무생채였던 모양이다.

"수연 씨는 좋겠다. 반찬 가게 해서."

혼잣말 같은 건우의 중얼거림에 수연은 웃을 수밖에 없었다. 그 말을 꺼낸 그의 표정이 너무나 진심처럼 보였기 때문이다.

"아침 맛있게 드세요. 저 먼저 가볼게요."

"네. 오늘도 좋은 하루 보내요!"

건우의 기분 좋은 인사에 무어라 더 덧붙여야 하나 잠시 고민했지만, 수연은 고개를 끄덕이고 돌아서서 다시 걸음을 옮겼다.

자꾸 뒤를 돌아보고 싶었지만, 그럴수록 걸음은 빨라졌다. 왠지, 아직 그가 그 자리에 서 있을 것만 같은 착각이 들었기 때문이다. 수연은, 한편으론 그런 착각을 하고 있는 제 자신이 너무 우습기도 했다.

누군가의 작은 호의와 사소한 친절에도 이렇게나 쉽게 마음이 일렁일 만큼, 나는 참 팍팍하게 살았던가 보다. 웃음기 번진 그 인사에도 이토록 가슴이 두근대니 수연은 퍽 난감했다.

수연은 달리듯 걸어 가게에 도착했다. 문을 열고 들어가니 미선이 그녀를 맞이해 주었다.

"이모, 좋은 아침."

"그래, 굿모닝이다. 커피 한 잔 주랴?"

"응. 달고 진하게."

"달고 진하게, 접수!"

미선은 종이컵에 믹스커피 두 개를 뜯어 가루를 털어 넣고, 설탕 한 스푼을 더 첨가했다. 수연은 본래 믹스커피를 마시지 않는 편이지만, 오늘 아침은 왠지 달달한 게 마시고 싶었다.

해뜰시장 정중앙에서 방앗간을 운영하는 미선 역시 거의 매일 새벽에 출근해 가게 문을 열었다. 아마 정희와 미선이 이 시장에서 가장 먼저 가게 문을 여는 사람일 것이다.

미선과 정희는 눈빛만 봐도 속마음을 읽어낼 정도로 절친한 친구 사이다. 그녀는 오성지구대 대장인 민우와 부부 사이인데 금슬은 동네 으뜸이지만 안타깝게도 아이가 생기기 않았고, 대신 수연을 친딸처럼 아껴주고 예뻐해 주었다.

수연은 카운터에 노트북을 내려놓고 앞치마를 허리에 단단히 묶었다. 주방으로 들어가니 정희가 한창 두부를 자르고 있었다.

"이리 줘. 내가 할게."

정희에게 칼을 건네받은 수연은 목장갑 위에 위생 장갑을 겹쳐 낀 후, 뜨끈한 두부를 네모반듯하게 잘랐다.

"사장님 커피 드세요옹."

"감사합니다."

미선이 애교 섞인 목소리와 함께 커피를 가져다주었다. 수연은 달달한 커피 한 모금을 마신 후 다시 두부를 자르기 시작했다. 미선은 그 옆에서 능숙하게 비닐 팩에 두부를 한 모씩 담아 가지런히 놓았다.

"수연 엄마! 두부 나왔어?"

그때, 가게 문을 열고 연세 지긋한 아주머니 손님이 들어섰다. 아직 간판도 켜지 않았는데 그녀는 허겁지겁 들어와 두부부터 찾았다.

"어? 방앗간 집도 여기 와 있네? 알바하는겨?"

"예. 방앗간 접고 여기서 알바나 하려고요."

미선의 우스갯소리에 정희와 수연을 비롯해 손님까지 웃음을 터뜨렸다.

"하나 드릴까요?"

"두 모 줘유. 우리 집에 여기 두부만 찾는 화상이 있거든."

손님은 알아서 하얀 비닐 봉투 안에 비닐 팩에 담긴 두부 두 모를 챙겨 넣었고, 수연에게 돈을 건넸다.

"그나저나, 수연 엄마는 좋겠네. 이렇게 이쁜 딸내미가 옆에서 다 도와주구. 맞지?"

손님의 말에 정희는 고개를 끄덕이며 해맑게 웃었다.

"수연이 안 내려왔으면 할매 없이 혼자 적적해서 어쩔 뻔했어. 에휴."

할머니에 대한 그리움은 가족들과 주변 상인뿐 아니라, 손님들도 가지고 있었다. 가게를 찾는 손님들은 대부분 할머니의 이야기를 꺼내며 지금처럼 눈시울을 붉히곤 했다.

수연은 그때마다 감사했다. 할머니를 그리워해 주고, 기억해

울어도 돼요　49

줘서…….

"아참, 형님이 점 한 번 쳐 줘요. 형님 그런 거 잘 보잖아."

"할머니 생년월일시가 어떻게 되나? 돌아가신 날짜하고."

미선의 부추김에 손님은 지금 당장 점을 봐주려는 듯 눈동자를 반짝이며 물었다. 옆에서 듣고 있던 정희가 젖은 손을 앞치마에 급히 닦더니, 종이에 날짜를 적어 건넸다.

"가만 있어보자……. 아이고, 내가 이럴 줄 알았지!"

잠시 손가락을 곱으며 송아지같이 큰 눈을 데굴데굴 굴리던 손님이 수연의 손을 덥석 잡았다. 점괘 같은 걸 믿지 않는 수연이지만 내심 긴장이 되었다.

"선녀가 되셨네."

"선, 선녀요?"

수연이 되묻자 손님은 아주 확신에 찬 표정으로 고개를 끄덕였다.

선녀라니. 생각지도 못한 대답에 수연은 저도 모르게 안도했다.

"그러니 식구들은 전혀 애달파 할 필요가 없어."

사실인지 아닌지를 떠나서, 이상하게도 위안이 되는 말이었다. 수연은 왠지 그녀의 말이 믿고 싶어졌다. 예쁜 비단옷을 입고 천상에서 훨훨 날아다닐 선녀 모습을 한 할머니를 상상하니, 우습게도 마음이 놓였다.

우리 할머니, 이제 드디어 자유를 얻었구나. 자식 걱정, 손주 걱정 없이 이제 훨훨 날고 있겠구나.

"감사합니다."

수연의 인사에 손님이 인자하게 웃으며 어깨를 다독여 주었다.

"손녀가 고생 많았겠다."

"저는 한 거 없어요. 여기 시장 분들이 전부 다 자기 일처럼 도와주셔서……."

"이 동네에 할머니 반찬 한 번 안 먹어본 사람이 어디 있다고. 그게 당연한 거지. 다들 엄마처럼, 친할머니처럼 따랐잖여."

손님의 말에 정희의 눈물샘이 결국 터져 버렸다. 미선은 그런 정희를 주책이라며 타박했지만, 그녀 역시 돌아서서 소맷자락에 눈물을 훔쳤다.

손님이 가게를 떠난 후, 세 판의 두부가 모두 다 팔려 나갈 때까지 수연의 머릿속엔 할머니의 모습이 구름처럼 떠다녔다.

서너 걸음쯤 앞서 걸으며 정희에게 빨리 오라고 채근하던 등이 굽은 할머니의 뒷모습과, 냇가에서 함께 다슬기를 주우며 아이처럼 즐거워하던 모습.

그리고, 그 뒤를 따르는 할머니와의 추억들…….

무더운 여름밤, 할머니의 무릎을 베고 마루에 누워 수박을 먹던 기억.

배앓이를 하던 수연의 둥근 배를 거친 손바닥으로 문지르며 '수연이 배는 똥배' 하던 목소리.

할머니를 끌어안으면 풍기곤 하던 옅은 땀 냄새까지.

수연의 두 눈에서 눈물이 후두둑 떨어졌다. 손끝으로 눈물을 닦아낸 후 빈 두부 판을 들고 돌아서는데, 가게 문이 열렸다.

"어서 오세요."

코를 훌쩍이며 고개를 들어보니, 그곳에 건우가 서 있었다. 미소 띤 얼굴로 들어오던 그는 수연과 눈이 마주치자 서서히 표정이 굳었다.

"……무슨 일 있어요?"

"아뇨. 아무 일도 없었는데요?"

"근데 왜 울었어요?"

수연은 애써 웃으며 고개를 가로저었다.

"안 울었어요."

수연의 대답에 건우는 물끄러미 보기만 했다. 그가 눈꺼풀을 깜빡일 때마다, 수연은 심장이 조금씩 내려앉는 기분이었다.

"진짜 안 울었는데……."

그 말을 하고 돌아서는데, 수연은 순간 그런 생각이 들었다.

나는 왜 그에게 거짓말을 하고 있는 걸까.

울면 좀 어때서.

굳이 울지 않았다고 우기는 이유는 뭐지?

굳이 솔직할 필요가 없으니까?

그렇다면 굳이 거짓말을 할 이유는?

누군가를 그리워하고 슬퍼하는 걸 부끄러워하거나 창피해할 필요는 없잖아. 난 아직까지 할머니를 떠나보낸 슬픔을 온전히 내려놓지 못했는데…….

여전히 남의 시선이 먼저 신경 쓰이는 건, 누군가에게 안쓰러워 보이는 걸 참지 못하는 나의 쓸데없는 자존심 때문이겠지.

수연은 걸음을 멈췄다.

"할머니 생각이 나서…… 그래서……."

누군가 괜찮냐고 물으면 괜찮다고 답했다. 너무 보고 싶고, 여전히 가슴 아프고, 감당하기 버거울 만큼 슬프다고 솔직히 말하지 못했다. 아니, 그렇게 말하지 않았다. 수연은 담담한 척, 충분히 감당할 수 있는 척, 어른인 척 굴었다.

나 때문에 엄마가 마음 아파하는 건 싫었으니까. 약해 보이고 싶지 않았다. 엄마가 미안해하거나, 걱정하는 건 더 싫었다. 그게 어른다운 거라고 수연은 생각했다.

수연은 마음껏 울지도 못했다. 가슴에 묻어두고 혼자 몰래 꺼내보곤 금세 다시 묻었다. 할머니의 부재가 실감날 때마다 마음이 무너졌지만 버텼다.

수연에게 할머니는 부모였고, 울타리였고, 유일하게 기댈 수 있는 곳이었다. 평생을 의지해 왔기에, 수연의 세상을 단단하게 지탱해주었기에, 할머니와의 갑작스러운 이별을 받아들이기에 그녀는 여전히 약했다.

괜찮은 척, 아무렇지 않은 척하는 데는 도가 텄다고 생각했다.

하지만, 안간힘을 쓰며 버티는 수연의 모습을 할머니는 눈치를 챘던 걸까? 그래서 힘들다는 그녀의 말에 내려오라고 답했던 건 아닐까.

수연은 두 손으로 얼굴을 감싼 채 조용히 울었다. 소리 내지 않았다. 하지만 들썩이는 어깨는 감출 수가 없었다. 갑자기 터져 버린 감정의 둑은 그 무엇으로도 막을 수가 없었다.

뒤에서 건우가 지켜보고 있다는 사실을 알면서도 참아지지 않았다.

건우는 지금 얼마나 황당할까. 갑자기 제 앞에서 펑펑 울고 있으니……. 이러지도 못하고 저러지도 못할 테지.

수연은 지금 이 순간에도 남의 시선을 생각하는 스스로가 어이없으면서도, 그런 시선들로부터 여전히 자유롭지 못한 자신이 딱했다. 다 내려놓으려면 한참 멀었구나 싶었다.

"울어도 돼요. 그리운 만큼, 보고 싶은 만큼…… 울고 싶은 만큼 울어요. 난 못 본 걸로 할게요."

건우는 울지 말라고 하지 않았다. 대신, 울고 싶은 만큼 울어 보라고 했다.

어깨를 다독이며 건넨 건우의 나지막한 목소리와 따뜻한 그 말이 계속해서 수연의 머릿속을 맴돌았다.

수연은 건우의 말대로 할머니가 그리운 만큼, 보고 싶은 만큼, 울고 싶은 만큼 하염없이 눈물을 쏟아냈다.

건우는 대학교 3학년 때까지 농구를 했다. 부상으로 그만두기 전까지만 해도 그는 꽤 촉망받는 선수였다.

당시의 건우는 할 줄 아는 게 농구밖에 없던 사람이었다. 전부였던 운동을 그만둔 그를 찾아온 건, 숨이 턱 막힐 정도로 아득한 공허함이었다. 그는 앞으로 뭘 해야 할지 정하지 못한 채 한동안 방황했다.

그런 건우를 붙잡아준 건 동생 남우와 절친 명호였다.

대학 동기이자 팀 동료, 룸메이트였던 명호는 초등학교 4학년 때 농구를 본격적으로 시작하면서 혼자 서울로 올라왔다고 했다. 명호는 늘 부모님과 고향을 그리워했는데, 자신이 농구에 큰 재능이 없다고 판단한 뒤로 그는 늘 대학만 졸업하면 고향으로 내려갈 거라고 입버릇처럼 말했다.

이십대 초반의 건우는 그런 명호를 이해할 수 없었다. 아들을 프로 농구 선수로 만들기 위해 지원을 아끼지 않았던 그의 부모가 결사반대하는 건 당연한 일이었다. 하지만 명호는 고집을 꺾지 않았고, 대학 졸업을 앞둔 어느 날 갑자기 아버지가 병으로 세상을 떠나면서 그는 무작정 고향으로 내려갔다. 그러곤 정육식당을 운영하는 엄마를 도와 정육점을 운영하고, 어린 동생의 보호자를 자처했다.

고향으로 내려간 명호는 농구를 할 때와는 정반대로 무척이나 행복해 보였다. 서울에서 지내다가 그 작은 동네에서 사는 게 답답하지 않느냐는 건우의 물음에 시골 체질이라 답하기도 했다. 용기가 대단하단 말에 그는 별거 아니라는 듯, 어떻게든 행복하게만 살면 되는 거라며 우쭐댔다.

군복무 후 뒤늦게 학업을 마친 건우는 앞으로 뭘 하면서 살까 고민하던 끝에, 농구 다음으로 좋아하던 커피를 배워 카페를 차리기 위해 준비를 시작했다. 그때 자기가 사는 동네에서 카페를 열라며 적극적으로 건우를 꼬드긴 게 명호였다.

조금은 충동적인 결정이었다. 굳이 서울에 남아야 할 이유도, 그렇다고 딱히 다른 지역에 연고가 있는 것도 아니었던 건우에게 절친 명호가 있는 작은 동네는 이미 호감의 장소였다. 몇 번 와본 적도 없었으면서, 사람들도 좋고 살기도 괜찮은 도시로 인식이 되어버렸다.

그렇게 1년 전, 건우는 서울 생활을 정리하고 이곳에 내려왔다. 명호와 그의 가족이 최면이라도 건 것처럼, 이끌리듯 이곳에 자리를 잡았다. 동네 토박이인 명호의 엄마가 카페 자리와 집을 알아봐 주고, 정착에도 큰 도움을 주었다.

다행히 남우도 이 도시를 마음에 들어 했다. 도예를 전공한 그는 작은 공방을 운영하길 소원했는데, 목욕탕으로 쓰이던 2층짜리 건물을 싸게 매입해 위층에 공방을 만들어주자 무척이나 기뻐했다.

귀향한 명호는 중학교에서 방과 후 수업으로 농구를 가르치고 있었는데, 그의 소개로 건우도 방과 후 수업 농구 선생님이 되었다. 현재 명호는 남학생을, 건우는 여학생을 가르치는 중이었다.

다신 농구를 하지 못할 거라 생각했는데, 이렇게라도 못다 피운 꿈을 대신 이루게 되어 건우는 행복했다. 주 2회 2시간씩, 그는 학생들에게 농구를 가르치는 시간이 즐거웠다.

학생들에게서 뿜어져 나오는 활기와, 얼굴이 벌겋게 달아오를 때까지 뛰는 아이들의 모습을 보는 것, 농구화와 바닥이 마찰될 때마다 나는 끽끽 소리가 건우의 가슴을 뛰게 만들었다.

이곳에서의 생활은 건우는 물론이고 남우도 만족도가 높았다. 형제가 함께 카페를 운영하면서도 건우가 방과 후 수업이 있는 날은 남우가, 남우가 인근 초등학교의 방과 후 수업이나 시청에서 운영하는 문화센터에 강의를 나가면 건우가 혼자 카페를 봤다. 그 외에도 한가한 시간에는 건우 혼자 카페 일을 하고 남우는 공방에서 작업을 하곤 했다.

그렇게 형제는 서울에서 살 때와는 비교할 수 없을 만큼 심적으로 여유로운 생활을 만끽하고 있다. 물론 체력적으로 힘이 드는 건 마찬가지지만 말이다.

"도건우! 빨리 와!"

방과 후 수업을 마치고 체육관을 나서는데, 먼저 마친 명호가 밖에서 기다리고 있었다. 그의 재촉에 건우는 걸음을 서둘렀다.

"아직 안 갔어?"

"혼자 가면 심심하잖아."

"아, 징그러! 왜 이래!"

어깨동무를 하며 능글맞게 웃는 명호를 밀어내지만, 그는 그럴수록 더 들러붙었다. 건우는 진저리를 치며 학교를 나섰다.

"저녁에 생맥 한 잔 어때?"

울어도 돼요

"맥주가 마시고 싶은 거야, 아니면 그 호프집 알바가 보고 싶은 거야?"

"겸사겸사지, 자식아."

명호가 쑥스러운 듯 귀를 붉히며 어깨를 툭 치자, 건우는 어이가 없어서 웃고 말았다.

동네 유일의 호프집. 그곳에서 일하는 알바생은 호프집 사장님의 딸인데, 휴학을 하고 내려와 있다고 했다. 명호는 몇 달째 그녀의 주변만 맴돌고 제대로 말 한 번 걸지 못하고 있었다. 건우는 그런 명호가 진심으로 답답했다.

"갈 거지?"

"알았어. 카페 문 닫고 갈게."

건우가 비비적거리는 명호를 멀찌감치 떨어뜨리고 앞서 걷자, 그가 또 다시 옆에 찰싹 붙어 치댔다.

"도건우."

"왜."

"고기 좀 사 가."

"싫어."

"내가 갈비를 아주 기가 막히게 숙성시켜 놨어."

"별로 안 당겨."

"그럼 남우 해줘. 남우 소갈비 좋아하잖아. 갈비찜 해먹으면 되겠다!"

"야, 갈비찜을 내가 어떻게 만들어? 밥도 간신히 해 먹는데."

건우의 대꾸에 명호는 입술을 씰룩였다.

"그냥 솔직하게 말해. 재고 떙처리 한다고."

"그럼 사 갈 거야?"

"어휴, 웬수야."

"싸게 줄게."

"알았다. 너희 가게로 가자."

명호는 신이 나서 콧노래까지 부르며 걸음을 서둘렀다.

명호네 정육점에서 고기를 산 날이면, 건우는 해뜰찬에 들러 할머니에게 요리 방법을 묻곤 했다.

제육볶음은 어떻게 해요? 불고기는요? 갈비찜 할 건데 양념은 뭐뭐 들어가요? 그러면 할머니는 '고기 이리 가져온나. 할매가 해주께.' 하시며 척척 음식을 만들어주셨다. 양념값을 드리려 하면 절대 받지 않으려 하셨고, 죄송함에 반찬 몇 가지를 사면 기어이 덤을 끼워 넣어주시던 분이다. 뻔뻔하게도 정말 많은 신세를 지었다.

건우는 문득 아까 오전에 보았던 수연의 모습이 떠올랐다.

작은 두 손으로 얼굴을 감싼 채 하염없이 울던 그녀를 생각하니 건우는 지금도 마음 한쪽이 시큰했다. 안쓰러웠다. 위로해 주고 싶었고, 안아주고 싶었지만 친분도 없는 사이에 주제넘게 그럴 수가 없었다.

수연의 아픔을 완벽히 안다고 할 순 없지만, 그 결은 충분히 느껴졌다. 슬픔 앞에 무너지는 그녀를 바라보는 건 건우에게 무척 힘든 일이있다.

이제는 좀 괜찮아졌을까.

그냥…… 미친 척하고 안아줄걸. 좀 더 따뜻하게 다독여 줄걸.

건우는 후회가 앞섰다.

"명호야. 갑자기 내 앞에서 누가 울면 달래주는 게 맞는 거지?"

"응? 누가 울었어?"

"오지랖 넓은 짓인가?"

"오버라고 생각하는 사람도 있을 거고, 고마워하는 사람도 있을 거고. 그래서 누가 네 앞에서 울었는데?"

명호가 되물었지만 건우는 아무런 대꾸 없이 계속해서 아까 보았던 수연의 모습을 떠올렸다.

건우가 지나치게 수연을 가깝게 느끼는 건, 처음 보았을 때부터 그녀가 낯설지 않았기 때문이다. 그녀에 대해 이미 많은 이야기를 들어 알고 있었으니까. 하지만 그런 일방적인 이유로 수연에게 불쑥 다가갔다가 그녀가 불편해할까 봐 신경이 쓰였다.

분명한 건, 수연에 대해 생각하는 시간이 점점 늘어가고 있다는 것이다.

좀 더 가까이에서 보고 싶고, 한 마디라도 더 말을 섞고 싶었다. 건우는 수연에게 관심을 받고 싶었다.

이유가 뭘까.

혹시, 그 사람을 좋아하게 된 건가?

누군가를 좋아해 본 게 너무 오래전의 일이라, 건우는 지금 수연에게 느끼는 인간적인 호감이 이성에게 느끼는 감정과 같은 것인지 헷갈렸다. 분명하게 구분 지을 수가 없었다.

자꾸 신경 쓰이고, 계속 생각나는 건 어쩌면…….

"흐음. 도건우 수상한데……."

명호가 눈을 가늘게 뜨며 건우를 위아래로 훑어보았다. 제법 촉이 좋은 그이기에, 건우는 말을 돌리려 적당한 대화거리를 찾아야 했다.

"아까 아침에 다빈이 왔다 갔어."

"아주 출근 도장을 찍는구나?"

"고구마 라떼 줘서 보냈다. 돈은 너한테 받으라던데?"

"어휴, 황다빈 진짜!"

올해 고3인 명호의 늦둥이 동생 다빈은 매일 아침 등굣길에 카페에 들러, 오픈 준비를 하는 건우에게 조잘조잘 수다를 늘어놓다 가곤 했다.

"하라는 공부는 안 하고 맨날 거울 앞에 앉아서 화장하고, 머리 만지고……."

"한창 꾸미는 거 좋아할 나이잖아."

"걔가 왜 두 시간씩 화장하고 고데기 마는지 알지? 너한테 예쁘단 소리 듣고 싶어서 그런 거잖아. 너한테 시집갈 거라고 고등학교 졸업할 날만 기다리고 있어."

울어도 돼요 61

건우는 웃으며 고개를 가로저었다. 처음 그 이야기를 들었을 때는 당황했지만 만날 때마다 오빠 색시 할 거라고 말했던 아이이기에, 그런 소리에 내성이 생긴 지 오래였다. 명호네 식구들 역시 이젠 그러려니 했다.

"대학 가면 난 기억도 못 할걸? 어리고 잘생긴 애들이 수두룩한데, 뭘."

"몰라. 네가 섹시해서 좋대. 완전 미쳤어."

혀를 끌끌 차는 명호의 모습에 건우는 또 한 번 웃었다. 어려서 잠깐 오빠 친구를 좋아하다 마는 것일 테니 심각할 것 없다 생각했다. 더 넓은 세상에 나가서 좋은 사람 만나면, 어차피 다 추억이 되고 말 일이다.

그나저나 섹시라니. 조그만 게…….

"건우야, 그래서 말인데……. 너 그냥 내 매제 할래?"

"미친 건 다빈이가 아니라 너야. 헛소리 그만하고, 고기 값에서 고구마 라떼 값은 빼고 받아라."

투닥거리다 보니 어느새 시장 후문에 위치한 명호네 정육식당에 도착했다. 건우는 가게 안으로 들어가, 저를 반겨주는 명호 엄마에게 다정히 인사를 건네며 환한 미소를 지었다.

수연은 잠시 가게 밖으로 나와 햇볕을 마주 보고 섰다. 이른 아침부터 나와서인지 점심을 먹고 난 후부터 졸음이 쏟아졌다.

수연은 팔을 머리 위로 쭉 뻗어 기지개를 켜고, 가게 출입문 옆에 놓아둔 나무 의자에 앉아 앞치마 주머니에 넣어두었던 휴대폰을 꺼냈다.

수연은 건우가 알려주었던 청년 모임의 SNS 계정에 들어가 보았다. 매회 모임 때마다 함께 찍은 사진과 모임의 의제가 간략히 정리되어 있었다. 한 장 한 장 넘기다 보니 시장 주변 환경미화 봉사 사진도 보였다.

"어?"

그렇게 몇 장의 사진을 훑어보는데 할머니 사진이 게시되어 있었다. 사진 촬영이 낯설었는지 수줍게 웃고 있는 할머니의 모습과 '점심 도시락 협찬 해뜰찬'이라는 해시태그가 보였다. 수연은 코끝이 찡했다.

"여기서 뭐 해?"

알은 체를 해온 사람은 병구였다. 수연은 웃으며 병구에게 인사했고, 그는 옆에 있던 의자를 끌어다 앉으며 손에 쥐고 있던 피로회복제를 건넸다.

"아저씨 이 모임 알아요? 오성 해뜰시장 청년 모임이라는데."

수연이 휴대폰을 내밀자, 병구는 화면 속 사진을 보며 고개를 끄덕였다.

"알지, 그럼. 작년에 이 동네 대형 마트 들어서고 나서 시장이 많이 힘들이졌잖아. 그때부터 적극적으로 나서서 시장 활성화에 큰 도움 줬지. 시장 주변 환경미화도 하고, 상인회에 도움도 많이 주고."

울어도 돼요

"그래요?"

"지난 설 명절에는 상인회랑 같이 할인 행사를 기획했는데, 젊은 사람들이라 그런가 확실히 발상이 신선하더만. 그 덕에 여기 시장에 발 디딜 틈 없이 손님들로 가득했잖아."

시장 상인회에서 기발한 할인 이벤트를 진행했단 이야기는 수연도 들은 적 있었다. 물건을 구입한 점포 수대로 할인율을 적용해, 할인 금액만큼의 시장 상품권을 증정했다고 들었다. 신용카드로 치면 포인트백 개념인데, 그렇게 발행한 상품권이 다시 시장 내에서 매출로 이어지게 한 것이다.

그 기획을 청년 모임에서 추진했던 모양이다. 각자 자기 매장 영업하기도 바쁠 텐데, 시장 활성화를 위해 나서주니 고마운 마음이 들었다.

"그리고 그 친구들이 지금 시에서 추진하는 시장 현대화 사업도 많이 도와주고 있어."

몇 년 전, 대형 마트의 입점이 결정된 후 시장 상인들은 극심하게 반대했다. 그러나 피할 수 없는 현실이었기에 시청에서 먼저 조율에 나서서 시장 현대화 추진 사업을 제안했다.

시장의 경쟁력을 갖추기 위해 시장 상인회에서는 만장일치로 시청의 제안을 받아들여 현재 한창 준비 중이었다. 시장 거리는 그대로 보존하되, 각 점포의 실내외 리모델링과 건물 재건축, 주차장과 공공화장실 등의 편의시설을 마련하기로 했다.

젊은 상인들이 주축이 되어 시장의 새로운 변화를 이끌어가고 있었다. 옛것을 보존하는 것도 중요하지만, 소비자가 편리하게 이용할 수 있는 방안을 마련하는 것 역시 관건이라고 판단했기 때문이다. 하지만 여전히 그 결정을 아쉬워하는 사람들도 있었다.

"너도 알다시피 여기 시장 상인들 대부분이 고령의 노인들이고, 나이 오십이 넘은 내가 청년으로 불리고 있잖니. 자연스럽게 시장도 나이 들어가고 있는 거지."

"……."

"우리가 변하지 않고, 이곳에 새로운 사람이 들어오지 않으면 이 시장도 결국 사라지고 말 거야."

인근 지역의 아파트 단지 개발과도 시기가 맞물려 변화는 피할 수 없었다. 무조건 거부만 하던 어르신들을 설득하는 일이 꽤 힘겨웠지만, 결국은 모두의 노력으로 시장은 서서히 변화하고 있었다.

시장은 단순히 물건을 사고파는 곳이 아니었다. 사는 사람과 파는 사람 모두의 삶 그 자체인 공간이었다.

2층을 넘기지 않는 고만고만한 높이의 키 작은 건물들이 어깨를 나란히 하고 있는 주변을 둘러보며, 수연은 새롭게 변화할 시장의 모습을 머릿속으로 그려보았다.

그러다 어느 한 곳에서 수연의 시선이 멈췄다. 그곳은 '카페 그늘나무'였다.

"아저씨. 근데 저 카페 사장 형제는 왜 이 동네에 내려온 거래요?"

"궁금하면 직접 물어봐."

병구의 짓궂은 대답에 수연은 그가 준 피로회복제를 단숨에 비우고 병뚜껑의 철심을 별 모양으로 구겼다.

수연은 궁금했다. 그들이 이곳에 연고가 있어서 온 건지, 단순히 동네가 좋아서인지.

유명하지도 않은 작은 동네에 어쩌다 자리를 잡았을까? 젊은 사람도 많지 않고, 재미도 없고 잔잔한 곳인데.

혹시, 그들도 나처럼 지쳐서 내려온 건가? 그건 내가 너무 내 위주로 생각한 건지도……

그러다 수연은 문득 건우 앞에서 펑펑 울었던 게 떠올라 창피했다.

잘 아는 사이도 아닌데, 얼마나 황당했을까.

그래도 고마웠다. 등을 다독여 주던 것도, 더 울어도 된다던 따뜻한 말도. 수연에겐 그것만으로도 위로가 되었다.

"수연아. 혹시 서울에 남자친구 있니?"

"아뇨. 없어요."

"사람들이 자꾸 나한테 물어본다. 너 애인 있냐고. 없으면 남자 소개시켜 주고 싶다고."

"그럴 땐 아까 저한테 했던 것처럼 '궁금하면 직접 물어봐.'라고 하셨어야죠."

"하하, 그러게. 다음부턴 그렇게 말할게."

갑자기 등장한 결혼 적령기의 여자에게 관심을 갖는 건, 특히 비슷한 또래의 자녀를 둔 사람들에게는 지극히 자연스러운 일이었다. 한데 수연에게 직접 묻진 못하고 주변 사람들만 괴롭힌 모양이다. 병구가 털어놓을 정도면, 미선이나 정희도 꽤 시달리지 않았을까 싶었다.

"결혼 생각은 있는 거지?"

"글쎄요. 지금은 생각 없는데, 결혼하고 싶을 만큼 좋은 사람 만나면 마음이 생기겠죠?"

"우문현답이네."

수연은 옅게 웃었다.

"시청 도시개발과 김 계장이라고, 시장 현대화 사업 담당자가 있거든? 그 사람은 너 소개해 주고 싶더라."

"어떤 사람인데요?"

"너랑 많이 닮았어. 부부는 닮아야 잘 산다잖아."

"결혼도 안 해보셨으면서 그건 어떻게 아셨을까?"

"이 녀석이 아저씨를 놀려?"

병구가 발끈했지만 수연은 전혀 주눅 들지 않았다.

"난 나 닮은 사람은 싫은데."

나보다 더 단단한 사람이길, 나보다 더 좋은 사람이길, 더 밝고 빛나는 사람이길 수연은 바랐다.

"할머니께서 생전에 마음에 들어 하셨어."

"정말요?"

"할머니 공무원 좋아하시잖아."

수연은 안정된 직장을 가진 성실한 남자, 가능하면 공무원을 만났으면 좋겠다고 말하던 할머니가 떠올랐다. 아마 그래서 그가 소개해 주고 싶다고 말하는 듯했다.

"저 카페 갈 건데, 아저씨 뭐 드실래요?"

"난 생각 없다."

병구가 자리에서 일어나 손을 흔들며 멀어졌고, 수연도 카페로 향했다.

"어서 오세요!"

매장 안으로 들어가자마자 남우가 인사를 건넸다. 수연은 미소를 지으며 카운터로 다가가다가 주변을 살폈다. 건우가 보이지 않았기 때문이다.

건우는 가끔씩 자리를 비우곤 했다. 한가한 낮 시간이라 남우와 번갈아 가며 휴식을 취하는 모양이다.

"오늘은 뭐 드실 거예요?"

"어……. 어떤 걸 마셔볼까요?"

"따뜻한 거 괜찮으시면 매화차 어떠세요? 직접 꽃 따다 말려서 만들었는데, 향이 되게 좋아요."

"그럼 그걸로 주세요."

형제가 어쩜 이렇게 둘 다 공손하고 예의가 바른지. 잘 웃는 것도, 밝은 기운마저도 꼭 닮은 형제였다. 이들의 부모님은 형제를 보고 있으면 밥을 먹지 않아도 배가 부를 것 같았다.

"형은 학교에 수업하러 갔어요."

"네? 아……."

"찾으시는 거 같아서."

남우가 생글생글 웃으며 말을 하는 바람에 아니라고 말할 타이밍을 놓쳐 버렸다. 수연은 민망함에 입술을 질끈 깨물었다.

"오성중학교로 주에 두 번씩 방과 후 수업 하러 가거든요."

그래서 동네 여학생들과 친했던 거구나.

"쉬는 시간에는 주로 뭐 하세요?"

"책도 읽고, 영화도 보고 그래요."

"심심하면 2층 공방에도 놀러오세요."

"네. 그럴게요."

손재주도 없고, 시간도 없으면서 '네'라는 대답이 먼저 나와 버렸다. 무언가를 거절하는 건 수연에겐 어려운 일이었다.

"매화차 나왔습니다. 3분 후에 드세요."

"고마워요. 잘 마실게요."

잔돈을 받아 앞치마 주머니에 넣은 수연은 따뜻한 종이컵을 양손으로 감싸 쥐었다.

"아참! 형한테 청년 모임 얘기 들으셨죠?"

막 돌아서려던 수연은 남우의 말에 멈칫했다.

"네. 명함 받았어요. 아직 고민 중이구요."

"그러시구나. 부담 드리려는 건 아니지만, 꼭 함께했으면 좋겠어요. 긍정적인 방향으로 고려해 주세요."

"네."

저렇게나 말갛고 무해한 얼굴로 부탁을 하면, 도무지 거절을 할 수가 없었다.

마치 '이런 표정으로 말하면 저 사람은 절대 거절하지 못할 거야.' 하는 생각을 한 게 아닐까 싶을 정도로 수연은 이 형제에게는 늘 수를 읽히고 만다.

카페를 나선 수연은 작게 한숨을 몰아쉬며 조심스레 차 한 모금을 마셨다. 은은한 매화향이 코끝을 스쳐 지나 입안에 가득 맴돌았다.

이른 아침부터 출근하기도 했고, 반찬이 모두 팔려 일찌감치 가게 문을 닫고 퇴근하려던 수연의 계획은 어긋나 버렸다. 남편이 일찍 퇴근해 아이를 봐주기로 했다는 친구 효정의 호출에, 동네 유일의 호프집에서 술자리를 갖게 된 것이다.

해뜰시장의 '해뜰수산' 외동딸 효정은 수연과 꼬꼬마 시절부터 함께 시장 곳곳을 누비며 뛰놀았던 단짝 친구다. 중학교 때까지 매일 붙어 다녔지만 다른 고등학교에 진학을 하고, 효정이 졸업과 동시에 결혼과 출산을 하는 바람에 자연스레 멀어졌다.

효정이 아이 셋을 낳는 동안 수연은 대학을 다니고 취직을 했다. 그러다 보면 대화의 공통분모가 줄어들어 연락이 뜸해질 만도 한데 둘은 그러지 않았다.

멀어진 건 물리적 거리뿐, 심적인 거리는 그대로였다. 수연은 집에 내려올 때마다 꼭 효정을 만났다. 아무에게도 속마음을 쉽게 털어놓지 못하는 수연의 고민 상담은 늘 효정의 차지였고, 효정은 늘 그 자리에서 그녀의 이야기를 들어주었다.

"수연아, 너 진짜 회사로 안 돌아갈 거야?"

"안 가."

"다시 생각해 봐. 너 그렇게 힘들게 공부해서 취직해 놓고 이 시골짝에서 반찬 팔면서 살겠다고? 안 돼. 넌 그러면 안 돼."

"왜 난 그러면 안 되는데?"

"넌 우리의 자랑이니까! 넌 시장이 아니라 대한은행 본점이 훨씬 더 잘 어울려!"

"치. 은행에서 일하는 거 본 적도 없으면서."

"안 봐도 다 알아!"

수연은 웃으며 효정의 빈 잔을 채워주었다.

수연은 알고 있다. 효정이 어떤 마음으로 하는 말인지. 진짜 친한 친구이기에 할 수 있는 말이란 것도 알고 있다. 곁에서 보기 안타까운 마음에 하는 말일 것이다.

"효정아. 난 여기가 너무 좋아. 나 요즘 엄청나게 행복해."

"여기서 이러고 있는 널 보는 난, 속에서 열불이 터져."

효정은 또다시 술을 들이켰다. 술고래인 건 진즉에 알고 있었지만 초장부터 달리는 그녀가 수연은 걱정스러웠다.

"나랑 아무 때나 전화 통화할 수 있고, 밤에 이렇게 술도 한잔하고, 너무 좋지 않아?"

효정이 육아 스트레스에 울면서 전화를 걸어오면 야근 중이라,

울어도 돼요 71

회식 중이라 급히 끊어야 했던 게 한두 번이 아니다. 절친의 전화를 그렇게 끊고 나면 수연은 내내 마음이 좋지 않았고, 너무도 미안했다. 술 한잔하면서 풀어주고 싶어도, 내 하소연을 하고 싶어도 그럴 여유조차 없었던 지난날은 너무도 우울한 시간이었다.

"네가 얼마나 힘들게 그 자리까지 올라갔는지 다 아니까 너무 아까워서 그래. 사람들이 다 너보고 독하다고 말해도, 난 알잖아. 네가 얼마나 마음이 여리고 약한 앤지."

"효정아."

"그런 네가 두 손 두 발 다 들고 포기했을 땐 어떤 심정이었을지 짐작은 하는데, 그래도 너무 아까우니까……."

결국 효정은 눈물을 보였다.

"아, 왜 네가 울고 난리야!"

수연이 일부러 투덜거리며 효정의 등을 다독였다. 그러자 그녀는 이젠 아예 소리 내어 엉엉 울었다.

"뚝 안 하면 나 그냥 간다?"

수연의 협박이 빈말인 줄 알면서도, 효정은 눈물을 그쳤다. 통통 부어오른 눈두덩과 빨개진 입술이 볼만했다.

수연은 웃으며 맥주를 한 모금 마셨다.

"효정이 누나!"

낯선 목소리에 효정과 수연이 옆을 돌아보니, 그곳에 명호와 건우가 서 있었다.

"수연 누나도 같이 계셨네요? 안녕하세요."

"어, 안녕."

명호의 인사를 받은 수연이 건우를 바라보자, 그도 살짝 고개 숙여 인사를 건넸다.

"황명호, 너 진짜 웃긴다. 나한테는 반말하면서 수연이한테는 왜 존대하냐?"

"그야…… 수연이 누나는 좀 어려우니까. 하하."

어색하게 웃는 명호의 순한 얼굴이 수연은 그저 귀여웠다. 수연보다 세 살이 어린 명호는 어렸을 때 그녀를 제법 잘 따랐던 아이였다.

"같이 한잔할래? 수연아 그래도 되지?"

"어? 어. 난 괜찮아."

효정의 제안에 두 남자는 고개를 끄덕였다. 효정이 잔을 들고 수연의 옆으로 자리를 옮겼다. 그러자 건우가 수연의 맞은편에 앉게 되었다. 수연은 스치듯 그와 눈길이 닿을 때마다 자꾸만 입 안이 바짝 마르고 뺨이 뜨겁게 달아올랐다.

'고작 생맥주 반 잔에 술기운이 오르는 건가.'

수연은 흠흠 헛기침을 하며 땅콩 한 알을 입에 넣었다.

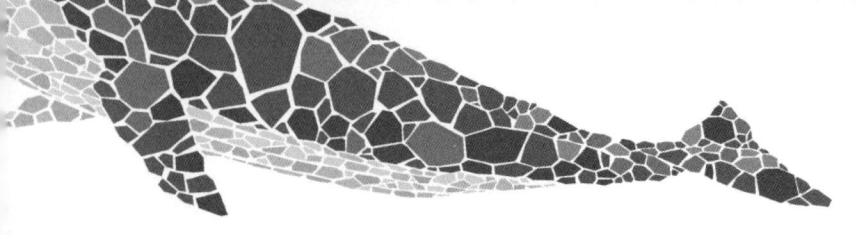

03
이름 불러도 돼요?

   테이블을 사이에 두고, 네 사람 사이에는 잠시 어색한 기운이 돌았다.
   건우는 맞은편에 앉은 수연의 표정을 살폈다. 살짝 불편해 보이기도 하고, 긴장한 듯도 하여 마음이 쓰였다.
   건우의 시선은 맥주 컵 손잡이를 만지작거리는 수연의 희고 가는 손가락에 한동안 머물렀다.
   다행히 새 술과 안주가 도착한 후, 효정과 명호가 자연스레 어린 시절 이야기를 꺼내며 분위기는 화기애애해졌다.
   같은 추억을 공유하고 있는 세 사람의 이야기를 듣는 것만으로도, 건우는 그들과 함께 그 순간을 보낸 것 같은 착각마저 들

정도였다.

주로 수연이 어떤 아이였는지에 대한 이야기가 오갔다. 수연은 본인의 이야기라 그런지 무척 쑥스러워하며 그만하라고 말렸지만, 건우는 좀 더 듣고 싶었다. 그녀의 이야기는 왠지 모르게 듣고 또 들어도 궁금했다.

"차라리 나뭇잎으로 조각배를 만들고, 피리를 불면 온 동네 아이들이 따라다녔다고 해."

세 살에 한글을 떼고 다섯 살에 구구단을 20단까지 줄줄 외웠다는, 마치 위인전에나 쓰여 있을 법한 과장된 이야기로 명호와 효정이 수연의 칭찬 배틀을 이어갔다. 그러자 듣기 민망했는지 수연이 어이가 없다는 듯 코웃음을 치며 고개를 가로저었다.

꽤 많은 양의 맥주를 마신 탓에 수연의 하얀 얼굴은 발갛게 달아올랐고, 평소보다 좀 더 잘 웃게 된 데다 목소리 톤까지 높아졌다. 맨 정신으로 있을 땐 쉽게 볼 수 없는 그녀의 상기된 표정과 웃음소리가 덩달아 건우까지 미소 짓게 만들었다.

"야, 네가 그러면 사람들이 거짓말인 줄 알잖아! 명호야 넌 기억나지? 수연이 오성에서 제일 유명한 신동이었던 거."

"당연히 알지, 그럼. 오성에서 그거 모르는 사람이 어디 있어? 전설이지, 전설. 오성의 자랑, 이수연!"

장난스러운 두 사람의 대화에 수연은 이젠 포기하기로 했는지 맥주만 벌컥벌컥 마셨다.

"수연아. 난 내 친구 이수연이 너무나 자랑스러워. 오성시장에서 반찬 파는 이수연도, 대한은행 본점 다니던 이수연도, 네가 어느 자리에 있어도 넌 잘나고 예쁜 이수연이야."

친구에 대한 애정이 가득 담긴 효정의 말에, 수연이 옅게 웃으며 잔을 마저 비웠다.

"다…… 부질없다."

빈 잔을 테이블에 내려놓던 수연은 마치 이 세상 다 살아본 사람처럼 해탈한 표정으로 입을 열었다.

"나보다 학벌 좋은 애들은 수없이 널렸고, 내가 갖지 못한 많은 것을 이미 지니고 있는 그 사람들은 아무리 용을 써도 이길 수가 없어. 나는, 그 잘난 사람들 따라잡으려다가 가랑이가 찢어져서 고향으로 돌아온 뱁새야."

"수연아."

"난 이제 더 이상 아등바등 살기 싫어. 조금만 덜 열심히 살래."

수연이 담담한 목소리로 제 이야기를 꺼내는 내내, 건우는 단 한 순간도 그녀에게서 시선을 떼지 못했다. 내가 들어도 되는 건가 싶을 만큼, 그녀는 아주 솔직한 이야기를 툭 털어놓았다.

모두가 동경하고 부러워했다던 수연. 정작 그녀는 행복하지 않았던 모양이다. 많이 지친 것 같았다.

끌어안고 내려온 수연의 상처는 치유되고 있을까? 조금은 아물었을까?

건우는, 손녀 자랑을 하면서도 늘 마음 한편에는 미안함을 가지고 있다던 할머니의 말이 떠올랐다. '우리 수연이가 진짜로 고생 많이 했다.' 하시며 눈시울을 붉히던 모습도 눈앞에 선명했다. 너무 기특해서 더 아픈 손가락이라던 할머니의 말을 건우는 조금은 이해할 수 있을 것 같았다.

건우는 수연을 직접 만나기 전에 머릿속으로 그려보았던 그녀의 이미지와 실제 모습에 많은 차이를 느꼈다. 이야기를 나눌수록, 친분이 쌓일수록 더 그랬다.

그 어떤 시련에도 꼿꼿함을 잃지 않고 늘 이성적일 거라 생각했지만 아니었다. 상처받으면 아파하고, 힘들면 주저앉기도 하는 보통의 사람이었다.

"두 사람은 좀 친해졌어?"

"네."

"아직……."

효정의 물음에 건우와 수연은 전혀 다른 대답을 내놓았다. 미안했는지, 수연이 건우의 눈치를 살피며 입안에 뻥튀기를 밀어 넣고 오물거렸다.

"저만 가까워졌다고 생각했나 봐요."

"아니, 난 그게 아니라……."

건우는 일부러 서운한 기색을 여과 없이 드러냈다. 그러자 수연이 더욱 미안해하며 손사래를 쳤다. 한층 더 붉게 달아오른 두 뺨을 양손으로 지그시 누르기도 하고, 식은땀이라도 나는지 손으로 부채질을 하기도 했다. 건우는 당황한 그녀의 모습이 귀여워서 더 짓궂게 굴고 싶었다.

"미안해요, 건우 씨."

"아니에요. 장난한 거예요. 앞으로 더 친해지면 되죠."

수연은 거의 매일 카페를 찾고, 건우 역시 거의 매일 반찬을 사러 갔다. 그때마다 가볍게 안부를 묻거나 오늘 날씨 같은 시답지 않은 이야기를 나누며 경계를 늦추지 않은 채 서로를 탐색하는 중이다. 그녀는 동의하지 않을지 모르겠지만, 건우는 그렇게 생각하고 있다.

그러니 수연의 말대로 아직은 친하다고 할 수 없는 관계다. 하지만 오늘 일을 핑계로 조금 더 가까워질 수 있다는 생각에, 건우는 차라리 잘된 일이다 싶었다.

"두 사람 호칭 정리부터 해야겠다. '건우 씨, 수연 씨' 이래서 언제 친해져?"

"그래! 명호도 오늘부터 수연이한테 말 놨잖아. 수연아, 네가 먼저 말을 놔줘야 건우가 편하게 할 거 같은데?"

명호가 환상적인 크로스를 올리고 효정이 기가 막힌 킬 패스를 찔러 넣었다. 건우는 공을 눈앞에 둔 수연을 물끄러미 바라보았다.

"그럼 내가 먼저 말 놓을게. 너도 누나라고 편하게 불러."

수연이 골을 넣었다. 허락이 떨어진 것이다. 괜히 딴청을 부리는 그녀의 모습에, 건우는 가슴이 미친 듯이 두근거렸다.

"이름 불러도 돼요?"

"……뭐?"

"난 이름으로 부르는 게 좋은데."

건우의 도발에 수연의 시선이 거칠게 일렁였다. 늘 차분해 보이는 그녀의 이런 의외의 모습은 자꾸만 건우를 기대하게 만든다.

"예쁜 이름 두고 왜 누나라고 불러? 그리고 누나라고 부르면, 왠지 남매 같잖아."

건우는 제법 그럴듯하게 포장을 했다. 효정과 명호는 흥미진진한 표정으로 건우와 수연을 번갈아 가며 지켜보았다.

"그래도 꼭 누나라고 불러달라고 하면…… 그렇게 부르고."

건우가 수연에게 선택권을 넘겼다. 그러자 그녀가 슬쩍 시선을 맞추더니 미소를 지었다.

"너 하고 싶은 대로 해."

다시 한 번 공이 넘어왔고.

"그래. 수연아."

건우는 기어이 공을 받아 안았다.

건우가 수연의 이름을 부르자 지켜보던 효정과 명호가 소란스레 박수를 치며 웃었고, 수연은 작은 손으로 연신 부채질을 하며 열을 식히려 애썼다.

애써 아무렇지 않은 척하는 수연의 행동 하나하나에 건우는 예민하게 반응하고 있었다.

이름 불러도 돼요?

효정이 잠시 남편과의 전화 통화를 위해 자리를 비운 사이, 명호도 마침 화장실을 다녀오겠다며 일어나 자리에는 건우와 수연 둘만 남게 되었다.

수연은 맞은편에 앉은 건우를 힐끔거리며 마른 한치를 잘게 찢었다. 자꾸만 목이 말라 맥주가 담긴 컵에 손이 갔지만, 이대로 더 마시면 취할 것 같아 자제해야 했다.

그 속사정을 알 리 없는 건우는 맛있게도 맥주를 들이켰다. 수연은 얼음이 가득 담긴 찬물로 갈증을 달래며 옅게 웃고 있는 그의 단정한 얼굴을 연신 훔쳐보았다. 스치듯 시선이 닿을 때마다 그녀는 저도 모르게 움찔하기도 했다.

"이름 불러도 돼요?"

눈을 질끈 감아봐도, 머리를 흔들어봐도 계속 머릿속을 떠다니는 건우의 목소리가 수연의 갈비뼈 아래 어딘가를 간지럽혔다. 이러다간 잠들 때까지, 아니, 꿈에도 나올 것만 같았.

"그래. 수연아."

그냥 허락하지 말걸 그랬나.

세 살 어린 명호는 수연에게 꼬박꼬박 누나라고 불렀고, 건우도 효정에게는 누나라고 잘만 부르는데 왜 자신에겐 이름으로 부르겠다는 건지…….

수연은 다시 한 번 건우를 바라보았다. 그는 아주 편안해 보였다.

나는 왜 여전히 아까 그 말에서 벗어나지 못하고 있는 걸까. 괜히 자존심이 상했다.

"뭐야. 둘이 눈싸움하고 있었어?"

자리로 돌아온 명호가 웃으며 물었고, 수연은 그제야 자신이 건우를 빤히 쳐다보고 있었다는 걸 자각했다.

수연이 황급히 시선을 다른 곳으로 옮기자 건우가 조용히 웃었다.

"누나 피곤하지? 오늘 새벽부터 나왔다며."

"어. 효정이 들어오면 일어나려고."

"그럼 우리도 같이 일어나야겠다. 가는 길에 바래다줄게."

"괜찮아. 너희 집 정반대 방향이잖아."

"에이. 그래도 시간이 이렇게 늦었는데 어떻게 누나 혼자 보내? 내가 효정이 누나 바래다줄 테니까, 건우 네가 수연이 누나 바래다줘."

수연이 외투를 걸치고 가방을 챙기는 사이, 명호의 말에 건우가 고개를 끄덕이며 일어섰다.

"난 우리 신랑이 데리러 오기로 했어. 수연이 잘 부탁한다."

어느새 돌아온 효정이 건우의 어깨를 다독였고, 그는 수연을 보며 미소를 지었다.

왜 저렇게 해맑게 웃는 건지…….

그 웃음에 수연은 자꾸만 가슴이 뛰어 곤란했다. 아무래도 술을 너무 많이 마신 모양이다.

"건우 넌 어디 살아?"

"우리 집 3층."

효정의 물음에 명호가 손가락 세 개를 펴며 대신 답했다.

"어? 그럼 수연이네 집이랑 반대 방향인데?"

"상관없어요."

괜찮아요, 도 아닌 상관없어요. 그 앞에 생략된 것만 같은 '어디라도'는 내가 너무 확대해석한 거겠지?

수연은 마른침을 삼켰다.

그나저나, 건우가 명호네 집 3층에 산다면 병구가 그에 대해 모를 리가 없는데 왜 자세히 말해주지 않았던 걸까. 수연은 의문이 들었다.

병구는 명호의 삼촌이고, 바로 옆집에 살고 있었다. 그렇다면 병구는 건우에 대해 알고 있는 게 있으면서도 수연에겐 직접 물어보라고 잘라 말한 것이다. 수연은 내일 병구를 만나면 따져야겠다고 생각하며 출입문 쪽으로 걸음을 옮겼다.

"어? 명호 오빠!"

그때, 호프집 문을 열고 들어온 한 젊은 여자가 명호에게 알은체를 했다.

"어머! 건우 오빠도 같이 있었네?"

반갑게 인사를 건네는 걸 봐선 세 사람이 아는 사이 같았다. 수연은 앞장서서 일어나 후다닥 계산을 마치고 효정과 함께 호프집을 빠져나왔다. 여전히 가게 안에서는 세 사람이 대화를 나누고 있을 것이다.

"낯이 많이 익은데, 누구지?"

"예은이잖아. 오성주유소 딸."

효정의 설명에 수연은 그제야 예은을 기억해 냈다. 동네 제일가는 부자인 오성주유소의 외동딸. 그녀의 부친이 괴팍하고 인정 없기로 유명한 것도 떠올랐다.

"네가 돌아오기 전까진 이 동네에서 제일 예쁜 애였지."

"뭔 소리야. 지금도 나보다 훨씬 예쁜데."

"내 눈엔 네가 더 예쁘거든?"

"너 많이 취했구나? 빨리 집에 가야겠다."

스물 서넛쯤 되었을까.

수연은, 객관적으로 만개한 꽃처럼 예쁘고 화사한 미소가 사랑스러운 예은과 자신을 비교하기에는 무리가 있다고 생각했다.

"금방 안 나올 거 같지?"

효정의 말대로 대화가 길어질 것 같은 예감이 들어 수연은 고개를 끄덕였다. 집 방향을 향해 뒷걸음으로 걸으며 효정에게 손을 흔들었다.

"우리 신랑 금방 올 거야. 같이 가자! 내가 바래다줄게."

"됐어. 신랑이랑 둘이 오붓하게 가."

"어휴, 기지배. 집에 도착하면 메시지 보내! 꼭!"

"알았다."

수연은 효정에게 또 한 번 손을 흔들어 인사를 건네고 돌아섰다.

밤이라 그런지 봄답지 않게 바람이 제법 찼다. 옷 틈새를 파고드는 봄바람에 절로 어깨가 움츠러들었다. 수연은 걸치고 있던 트렌치코트를 단단히 여미며 팔짱을 꼈다.

뒤에서 들려오는 효정의 웃음소리에 슬쩍 돌아보니, 남편의 손을 잡고 함박웃음을 짓는 그녀의 모습이 눈에 들어왔다. 수연은 저도 모르게 덩달아 웃었다.

여전히 신랑이 좋으냐고 물으면, 효정은 당당하게 오성에서 제일가는 잉꼬부부라고 으스대곤 했다. 고등학교 졸업하자마자 덜컥 임신을 해 결혼하게 되었단 소리를 들었을 땐 내심 걱정했는데, 지나고 보니 괜한 우려였다. 아이 셋을 낳고 잘 살고 있는 그녀를 볼 때면, 비혼주의자에 가까웠던 수연도 결혼 생각이 절로 들었다.

우습게도, 효정은 행복하다고 하면서도 수연에겐 절대 결혼하지 말고 혼자 살라고 말하곤 했다. 하고 싶은 거 다 하고 살라면서 말이다.

"이수연!"

뒤에서 그녀의 이름을 부르는 남자는 99퍼센트의 확률로 도건우였다.

수연은 팔짱을 풀고 주먹을 꽉 움켜쥐며 뒤돌아섰다.

건우가 달려온다. 웃음기 가득한 얼굴로 수연을 바라보던 모습은 온데간데없고, 조금은 굳은 얼굴을 하고 있었다.

왜, 그런 건우의 표정이 더 반가운 걸까.

"나 혼자 가도 되는데."

그 말을 꺼내면서, 수연은 스스로 여우 같다고 생각했다.

바래다주겠다는 건우가 조금은 부담이 됐고 정말로 혼자 가도 상관없다 여겼지만, 마음 한구석에는 그와 좀 더 이야기를 나누고 싶단 생각을 담아두고 있었다. 수연은 내심 무관심한 척 구는 제 자신이 유치했다.

"그냥 가버릴 줄 몰랐어."

건우는 가쁜 숨을 크게 한번 몰아쉬곤 가만히 눈을 맞춰왔다.

"금방 안 나올 거 같아서."

살짝 당황한 것 같은 건우의 표정을 읽자마자 수연은 자신이 너무 냉정했나 싶었다.

사실 조금 더 기다릴 수도 있었는데 그러지 않았던 건, 내심 건우의 이런 반응을 기대한 게 아니었을까.

"기다리게 해서 미안."

"미안해할 일까진 아니고……."

바래다주겠다고 말한 건우를 두고 제멋대로 판단하고 가버린 사람은 수연이었다. 미안해도 그녀가 미안해할 일이었다.

수연은 괜한 심통을 부린 것 같아 민망했다.

"가자."

수연의 복잡한 속내를 알지 못하는 건우는 덤덤하게 말했다. 수연이 앞장서자, 그가 조금 거리를 두고 옆에서 함께 걸었다.

머리 위에서 비추는 가로등 불빛 때문에 발아래 긴 그림자가 아른거렸다. 수연은 건우의 그림자에 시선을 고정한 채 걸었다. 술자리에서 조금 가까워졌다고 생각했는데 도로 어색해졌다. 수연은, 내가 왜 그랬을까, 하는 후회가 들었다.

수연은 무슨 말이라도 꺼내서 이 숨 막히는 고요함을 깨고 싶었으나 쉽게 입술이 떨어지질 않았다.

춥지 않느냐고 물어볼까. 오늘따라 유독 커다란 달에 대한 이야기를 해야 하나. 명호 이야기를 하는 게 가장 자연스럽겠지? 아니면, 진짜 궁금했던 걸 물어봐도 될까?

"궁금한 거 하나만 물어봐도 돼?"

"많이 물어봐도 돼."

조금의 경계도 하지 않고 받아들이는 건우의 모습에 수연은 옅게 웃었다.

"어떻게 이 동네에 오게 됐어?"

건우는 명호와 함께 농구를 했고, 프로 농구선수가 되고자 했지만 부상으로 포기할 수밖에 없었다고 했다. 그런 그가 이곳까지 흘러온 게 생각할수록 뜬금없어서 수연은 묻고 싶었다.

제법 친해지고 나면 물어보려 했는데 지금이 딱 좋은 타이밍이라고 생각했다.

"명호가 꼬드겨서."

건우는 어떤 스토리를 함축적으로 담았는지 전혀 감이 오지 않는 대답을 꺼냈다. 수연은 궁금증을 해소하기 위해 다시 한 번 물어야 했다.

"친구가 꼬드긴다고 넙죽 내려와? 가족들은 반대 안 했어?"

순간, 수연은 너무 주제넘은 물음이 아닐까 싶었지만 건우는 대수롭지 않다는 듯 어깨를 으쓱이며 웃었다.

"반대할 가족이 없어. 부모님 이혼하시고 남우랑 둘이 살았거든."

"아…… 미안."

'역시 괜한 걸 물었어.' 수연은 작게 탄식하며 입술을 질끈 깨물었다.

"괜찮아. 사실 언제 물어봐 주나 기다리고 있었거든."

생각지 못한 대답에 수연의 걸음이 점차 느려졌다. 집은 점점 가까워지는데, 아무래도 이야기가 길어질 것만 같아서다.

"부상당하고 다신 선수로 뛸 수 없게 됐을 때 방황도 했지만, 명호랑 남우가 곁에 있어서 오래 헤매진 않았어. 천만다행이지."

스물 두 살의 건우는 어떤 모습이었을까. 수연은 문득 궁금해졌다.

지금은 이렇게 웃으면서 이야기해도, 당시에는 감당하기 버거운 시간을 보냈을 것이다. 한때, 내가 괜찮다고 우기며 말했던 것처럼.

이름 불러도 돼요?

하지만 건우는 지금처럼 밝고 건강하게 이겨냈을 것만 같다. 그러면서 더욱더 단단해졌겠지.

"모든 걸 새롭게 시작하고 싶었어. 물론 그럴 수밖에 없기도 했고. 그러기엔 여기가 딱 이더라고."

"명호가 되게 적극적으로 꼬드겼구나?"

수연의 말에 건우가 고개를 끄덕이며 웃었다.

"아직 젊으니까 해보고 싶은 거 다 해볼 거야. 건강한 몸과 멀쩡한 정신이 있는 한 뭐든 할 수 있지 않을까? 지금은 카페 일이 가장 재밌지만, 나중에 또 재밌는 게 생기면 다른 것도 해보려고."

수연이 성공하고 싶었던 이유는 안정적인 삶을 꿈꿨기 때문이다. 그래서 서울 생활을 정리하고 이곳에 내려오기까지 많은 고민을 했고, 여전히 미래에 대한 불안함을 안고 있다. 현재 수연이 선택한 삶은, 그녀의 삼십일 년 인생에 가장 큰 도전이었다.

하지만 또 다른 꿈을 꾸는 건우는 도전이 두렵지 않은 모양이다. 해보고 싶은 거 다 해볼 거라고 말하는 그의 반짝이는 두 눈과 환한 미소에서 새로운 흥밋거리에 대한 설렘마저 느껴졌다. 겁 많은 수연에겐 그가 무척 용감해 보였다.

"그래. 하고 싶은 거 하면서 살자."

너도, 나도. 그래서 행복해져야지. 나도 그러고 싶어서 이곳에 내려왔으니까.

수연은 이곳에 내려오기로 결정하기까지 제법 진지한 고민을 거듭했다. 만약 결정을 후회하게 되었을 때와 같은 부정적인 상상을 온갖 경우의 수에 넣어보곤 했다.

하지만 막상 결정하고 나니 머릿속으로만 상상하고 두려워하고 염려하며 시간을 허비하는 게 얼마나 부질없는 짓인지 깨닫게 되었다. 불안함을 마음 한편에 안고 있다 해도, 수연은 지금 그저 하루를 충실하게 살아가며 작은 여유와 소소한 일상에서 행복을 찾아가는 중이다.

"근데 솔직히 그런 걱정은 안 해봤어? 망하면 어떻게 하지, 같은……. 돈 잃고 멘탈 무너지고 나면 회복하는 게 쉽지 않을 텐데."

수연은 건우의 내면이 궁금했다. 시련 앞에서 얼마나 단단한 사람인지 확인해 보고 싶었다. 그래서 수연은 언젠가 한번쯤 해봤던 그 부정적인 경우의 수를 건우에게 내밀었다. 그러면 어떤 해답을 찾게 될지 궁금했다.

"넘어지면 일어나면 돼. 팔꿈치 까지고 무릎에 피 나면 눈물 찔끔 흘리겠지만, 상처는 아물게 돼 있어."

"그럼 그 자리에 흉터가 남잖아."

"자신의 실수로 넘어져 놓고 흉터까지 완전히 사라지길 바라는 건 욕심 아닐까? 흉터 볼 때마다 '앞으로 넘어지지 않게 조심해야겠다' 생각할 거 같아. 내가 좀 단순하지?"

건우는 쑥스러운 듯 뒷머리를 긁적였다. 그는 스스로 단순하다고 말했지만, 때론 복잡하게 생각하지 않는 게 현명한 일이라고 수연은 생각했다.

흉터조차 남지 않길 욕심내는 수연과 흉터를 볼 때마다 앞으로 조심해야겠다고 생각하는 건우.

수연은 묘하게 다른 건우와 자신을 비교하며 고개를 끄덕였다.

생각해 보면, 겁이 많은 수연은 아예 달릴 생각도 하지 않은 적이 많았다. 넘어져서 다치면 어쩌나, 달리기도 전에 지레 걱정하고 포기했다.

그런 수연의 눈에 건우는 단단하고, 용기 있고, 씩씩한 사람이었다.

건우는 수연이 되고 싶은 사람에 가까웠다.

짧은 대화 속에서도 건우가 평소 지니고 있는 생각들이 은연중에 드러났다. 수연은 그의 속마음을 살짝 훔쳐본 것 같은 기분이 들었다.

"나도 궁금한 거 있어."

"뭔데?"

바지 주머니에 양손을 찔러 넣은 건우가 고개를 삐딱하게 옆으로 기울이며 수연과 눈을 맞췄다.

"이 동네에서 이수연으로 사는 건 어떤 기분이야? 모두의 기대를 한 몸에 받고 사는 거, 피곤하지 않아?"

건우의 물음에 수연은 조용히 웃었다.

건우의 표현대로, 수연은 모두의 기대와 관심을 받고 살아왔다. 아주 어렸을 땐 딱한 가정환경 때문이었고, 커서는 공부를 잘해서, 지금은 멀쩡한 직장 때려치우고 시장에 내려와 반찬을 팔아서다.

누군가의 자랑이고, 자부심이 된다는 건 감사한 일이지만, 수연이 한 일이라곤 성공 욕심에 열심히 공부한 것뿐이었다. 그렇다고 성격이 엄청나게 좋거나 착하지도 않은데 과분한 관심을 받았다.

마냥 좋지만도, 그렇다고 싫지만도 않았다. 대신 수연은 길에 쓰레기 한 번 버려본 적 없을 정도로 남의 시선을 많이 의식하고 살았던 것 같다. 그게 피곤했나? 돌이켜 보면 그저 일상이 된 지 오래라 딱히 생각해 본 적 없었다.

"부담스럽긴 했지. 근데 이젠 너무 익숙해져서 잘 모르겠어."

"어깨가 무거웠겠다."

"조금?"

수연은 고개를 갸웃하며 옅게 웃었다. 그러다 문득 내가 왜 이 사람에게 이런 얘길 하고 있는 걸까, 하는 생각이 들었다. 누군가에게 속에 담아둔 이야기를 쉽게 꺼내지 않는데, 오늘 유독 말이 길어졌다.

술에 취해서인가.

봄바람이 좋아서인가.

달이 밝아서인가.

아니면, 건우가 내 속마음을 알아봐 줘서인가.

분명한 건, 지금 수연은 평소보다 마음의 벽을 바닥까지 끌어

내려 둔 상태라는 것이다.

"우리 집 다 왔어."

일부러 느리게 걸었는데도 금세 도착하고 말았다. 수연은 코트 주머니에 양손을 집어넣은 채 건우를 마주 보았다.

"궁금한 거 많은데, 나중에 또 물어봐도 돼?"

건우가 눈을 맞추며 물어보았다.

살짝 웃음기가 묻어나는 매끈한 입매와 보기 좋게 휘어진 기다란 눈매가 유독 매력적이었다.

"뭐가 궁금한데?"

그래도 된다고 대답하려던 수연은 저도 모르게 속으로만 생각했던 말을 불쑥 뱉어버렸다.

"전부 다."

수연은, 묻고 싶은 게 많다고, 전부 다 궁금하다는 건우의 말에 어떤 의미가 담겨 있는지 눈치채지 못할 정도로 바보는 아니었다. 마주할 때면 그가 늘 호기심 가득한 눈을 하고 연신 미소 짓는 이유가 무엇인지도 대충은 알고 있었다.

상대에 대한 호감이 없다면 애초에 무언가가 궁금할 이유가 없기 때문이다.

돌려 말하지 않는 건우의 솔직함 때문에 심장이 너무 빠르게 뛰었다. 이대로 입을 열면 목소리가 떨릴 것만 같아서, 수연은 대답 대신 고개를 끄덕였다.

"나한테 궁금한 거 있으면 언제든 물어봐. 다 알려줄게."

제발 물어봐 달라는 듯한 건우의 표정에, 수연은 웃으며 또 한 번 고개를 끄덕였다.

나도 실은 너에게 궁금한 게 많다고, 묻고 싶은 게 아주 많다고, 그래서 더 많은 이야기를 나누고 싶고 친해지고 싶다고 말하고 싶었지만 차마 입술이 떨어지질 않았다. 수연에게는 용기가 부족했다.

"들어가. 춥다."

"먼저 가."

"들어가는 거 보고."

건우의 말에 수연은 주머니에 찔러 넣었던 오른손을 꺼내 살며시 흔들었다. 그대로 들어가려던 수연은 다시 뒤돌아 그를 보았다.

"고마워. 바래다줘서."

얼마나 긴장을 했는지, 하마터면 고맙단 인사도 빼놓을 뻔했다. 건우는 여전히 말갛게 웃으며 수연을 바라보았다.

"이수연."

다시 돌아서는데, 건우의 목소리가 들렸다. 한동안 '수연 씨' 하고 공손하게 부르던 그가 자신의 이름을 부르는 게 아직 낯설어서인지, 수연은 자꾸만 심장이 덜커덩하고 내려앉는 것 같았다.

"어?"

"제일 좋아하는 노래 하나만 알려주고 가."

이름 불러도 돼요? 93

"좋아하는 노래? 음······."

수연은 재빠르게 휴대폰 음악 어플에 담겨 있는 곡목을 떠올려 보았다.

"call you mine."

"응."

단지 노래 제목을 말했을 뿐이고, 건우가 알았다고 대답했을 뿐인데 왜 얼굴에 열기가 모이는 건지······.

"고마워. 잘 들을게."

수연은 쭈뼛거리며 대문을 열었고, 건우는 여전히 그 자리에 서 있었다.

수연은 문을 닫자마자 담벼락에 등을 기댄 채 입을 틀어막았다. 긴장이 풀려서인지 다리에 힘이 빠져 그대로 주저앉았다.

귓가에 심장박동이 들릴 정도로 수연은 좀처럼 마음이 진정되지 않았다. 확실히, 술기운이 올라서 그런 건 아니었다.

왜 하필 그 노래를 말했을까. 아니, 적어도 가수 이름까지 같이 말했으면 더 좋았잖아.

수연은 조심스레 일어나 담 너머로 빼꼼 눈을 내밀었다. 함께 걸어온 길을 건우가 되돌아가고 있었다.

호프집에서 건우를 만나 말을 놓고, 그가 집까지 바래다주며 나누었던 대화를 하나둘 떠올릴수록 수연은 오늘 짧은 시간 동안 자신에게 벌어진 일이 마치 꿈만 같았다.

분위기에 휩쓸린다는 게 이런 건가.

처음이었다. 알고 지낸 지 얼마 되지 않은 사람과 이토록 많은 대화를 나눈 것도, 그에게 점점 더 호감을 느끼는 것도…….

그나저나, 내일 맨 정신으로 어떻게 보지?

걱정스레 한숨을 내쉬는 수연의 얼굴엔 여전히 미소가 걸려 있었다.

집에 돌아온 건우는 수연이 좋아한다고 말했던 노래를 재생시키고 핸드폰을 블루투스 스피커에 연결했다. 갈아입을 옷을 챙겨 욕실에 들어간 건우는, 아까 담벼락에 붙어 조그만 머리를 쏙 내민 채 그가 갔나 안 갔나 지켜보던 그녀의 모습이 떠올라 웃고 말았다.

건우의 부모님은 그가 열두 살이 되던 해에 이혼했다. 치과의사였던 어머니와 대기업 임원이었던 아버지 덕에 그는 꽤 풍요로운 어린 시절을 보냈다. 수영장과 넓은 정원이 있는 고급 빌라에서 살았고, 집안일을 해주는 가사도우미도 몇 명 있었다.

부모의 이혼 통보는 갑작스러웠고, 열두 살의 건우에겐 무척이나 충격적인 소식이었다. 그들은 이혼을 결정했다며 앞으로 함께 살 수 없다고 했다. 그 말을 담담하고 무감하게 꺼내던 부모의 얼굴을, 건우는 여전히 기억하고 있었다.

건우의 부모님은 늘 각자의 일로 바빴다. 친구의 부모님과 비교했을 때 조금 차갑다고 느끼긴 했지만 한결같이 그래왔기에 그저 부모님의 성격이 그러하기 때문이라고 생각했다. 어쩌면 그렇게 믿고 싶었는지도 모른다.

그렇다고 해서 부모님이 건우와 동생을 방치한 건 아니었다. 다만, 마치 임무를 수행하듯 부모의 역할을 충실하게 해왔을 뿐이다.

건우는 그런 부모에게 관심받고 싶고 사랑받고 싶어서 늘 웃고 살갑게 굴었다. 싹싹한 건우를 보며 사람들은 저렇게 냉정한 부부에게서 어떻게 저런 곰살맞은 자식이 태어났을까? 하고 궁금해했다.

그건 건우의 후천적인 노력임을 모르고 하는 소리였다. 그는 늘 최선을 다했고, 돌이켜 보면 눈물겨운 시간이었다.

부모는 서로를 죽일 듯이 미워해서가 아니라 더 이상 자신들의 삶이 불행해지지 않도록 헤어지기로 했다고 말했다. 건우는, 그들이 애초에 애정 없는 결혼을 하고 꾸역꾸역 가정을 꾸렸다는 사실을, 고등학교에 입학할 때쯤 알게 되었다.

건우는 부모의 이혼을 이기적인 결정이라고 생각했다. 두 자식을 두고 자신들의 행복만을 찾아 떠났다는 게 생각할수록 억울했다. 하나도 아니고 둘이 어쩜 그렇게 똑같을 수가 있을까 싶었다.

부모의 냉정함과 무책임의 컬래버레이션으로 형제는 결국 덩그러니 둘만 남게 되었다.

미성년자였던 형제는 부모의 이혼과 동시에 할아버지의 보살핌 아래에서, 좀 더 구체적으로 말하자면 할아버지가 얻어준 집에서 그가 고용해 준 입주가정부의 도움을 받으며 살다가 건우가 대학생이 되면서 완전히 독립했다.

이혼 후 일 년이 조금 지났을 때 어머니가 먼저 재혼해서 미국으로 떠났고, 그로부터 삼 개월 후 아버지도 재혼했다.

형제는 명절이면 가끔 아버지 댁을 찾았지만 그에게 새로운 가족들이 생기면서 조심스러워졌고, 결국 자연스레 멀어졌다. 아버지가 새 가족과 함께 캐나다로 이민을 간 뒤로는 그마저도 보지 않게 되었다.

일 년에 한두 번쯤, 부모님에게 안부 전화를 하곤 있지만 이젠 가족으로 함께 보냈던 시간보다 떨어져 지낸 시간이 길어져 서로가 불편했다. 그렇게 형제와 그들의 부모는 남이 되어갔다.

죄책감, 혹은 미안함, 아니면 의무감 때문인지 그들은 건우와 남우 형제에게 차고 넘칠 만큼의 재산을 넘겨주었다. 학비와 생활비도 넉넉히 챙겨주었고, 각자 재혼하기 전 유산도 일찌감치 나눠주었다. 그들은 그것으로 책임감을 덜었을 것이다.

부모의 빈자리를 대신해, 건우는 남우의 형으로서 늘 긴장하고 살았다. 남우가 워낙 착하고 바른 아이라 속 한 번 썩이지 않고 자신을 잘 따라주어 건우는 너무나 감사했다.

받은 사랑이 없어서인지, 건우는 사랑을 잘 알지 못했다. 정확히게 무엇을 사랑이라 말하는지, 실제가 있는 감정인지 알 수 없었다. 다만 단 한 가지, 남우를 아끼는 제 마음이 사랑이라는 것 정도는 분명하게 알고 있다.

누군가를 좋아하는 감정을 단순히 사랑이라 착각한 적도 있고, 몇 번의 연애를 하면서도 이게 맞는 건가 헤맸다. 결국 건우의 모든 연애는 실패로 돌아갔고, 점점 더 어려웠다.

그래서 늘 목말라 했는지도 모른다. 그렇게 건우는 정말 사랑하는 사람을 만나 원 없이 사랑하고, 사랑받고 싶단 생각을 갖게 되었다.

몇 번의 실패를 겪으며 건우가 터득한 한 가지는, 애매한 감정에 움직이지 않는 것이었다. 확실하지 않거나 불분명한 건 싫었다. 사람과 사람 사이의 감정이라는 게 좋다, 싫다, 같이 이분법적으로 답이 딱 떨어지는 게 아니란 걸 알지만, 상처가 거듭될수록 신중해지는 건 어쩔 수 없었다.

마음의 벽이 점점 견고해질 무렵, 건우는 이곳에 내려와 많은 사람들을 만나며 서서히 변해갔다. 그들의 친절이 불편하고 낯설었지만 점점 동화되었고, 뾰족하던 마음도 둥글어졌다.

그 중심에 수연의 할머니가 있었다. 조건 없이 내어주는 넉넉한 마음은 건우가 난생처음 접해본 것이었다. 수연의 할머니는 그가 알고 있는 이들 중 가장 따뜻하고 좋은 사람이었다. 그래서 진심으로 존경하게 되었고, 할머니 같은 사람이 되고 싶다고 생각했다.

건우는 그런 할머니의 사랑을 듬뿍 받고 자란 수연에 대한 부러움을 가지고 있었다. 그곳에서부터 시작된 호기심은 호감으로 자랐다. 겉으로 보기엔 곁을 쉽게 주지 않아 도도한 것 같아 보여도, 사실은 겁이 많고 생각이 많아서라는 걸 알게 되었다.

한 걸음 다가가면 두 걸음 도망치는 수연과의 실랑이는 늘 건우의 마음을 설레이게 했다. 이 기분 좋은 떨림이 자꾸만 그녀와의 거리를 좁히고 싶은 욕심으로 자랐다.

다음엔 또 뭘 알려달라고 할까?

건우는 샤워기 아래에 선 채 따뜻한 물을 온몸에 맞으며 흘러나오는 노래에 맞춰 콧노래를 흥얼거렸다.

'Call you mine'이란 노래 제목을 말하자마자 짐짓 당황하던 수연의 표정이 눈앞에 아른거려, 건우의 입에서는 자꾸 웃음이 새어 나왔다.

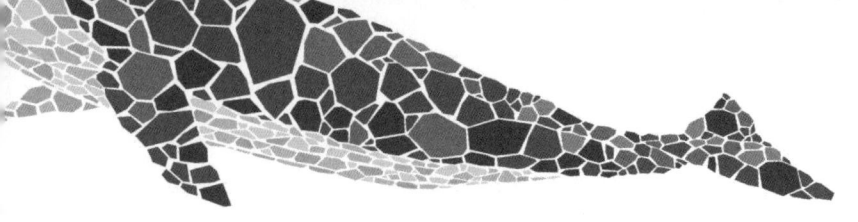

04
5분

    결국 수연은 '해뜰시장 청년 모임'에 합류했다.

    어떻게 알았는지, 시장 상인회 홍 회장을 비롯한 운영위원들이 수연에게 청년 모임 활동을 통해 힘을 보태달라며 여러 차례 부탁을 해온 것이다.

    나중에 알게 된 사실이지만, 상인회를 구성하는 대부분의 상인들이 연세 지긋하신 분들이다 보니 젊은 대표들로 구성된 청년 모임에서 시장 현대화 사업을 주도적으로 이끌어주길 바란다고 했다. 실제로 상인회에서는 시장 내 상인들의 의견을 모으는 일을 전담하고, 청년 모임에서 시청 관계자와 회의를 진행하고 있었다.

사실 수연은, 이런 일을 하기에는 관련 업무 경험이 전무하다 보니 당장 큰 도움이 될 순 없을 거라 생각했다. 하지만 어르신들 눈에는 국내 최고라고 손꼽히는 대학의 경영학과를 수석으로 졸업해 은행 본점에서 근무했던 수연이 꽤 듬직해 보였던 모양이다.

게다가 건우 남우 형제와 명호의 시도 때도 없는 끈질긴 설득과 회유를 당해낼 재간이 없었다. 거절하는 게 세상에서 가장 어려운 수연은 그렇게 어쩔 수 없이, 모두의 기대를 안고 청년 모임의 일원이 되었다.

그 후 수연은 시장 현대화 사업에 관련된 자료들을 건네받아 틈틈이 읽으며 진행 상황을 파악하는 중이었다. 직장 생활에 지쳐서 나가떨어진 주제에, 또다시 서류 더미를 마주하게 되었다. 그것도 자의로 말이다. 수연은 생각할수록 헛웃음이 나왔다.

오늘 수연은 시청에서 진행되는 도시개발과 담당 공무원들과의 회의에 처음으로 참석한 참이다.

시장 상인회와의 논의를 통해 결정된 사항을 매달 셋째 주 수요일에 담당 공무원들과의 정기 회의에서 이야기한다고 했다. 그 자리에는 병구가 수연에게 소개해 주고 싶다던 김현준 계장도 있었다.

회의 1시간 째.

수연은 주로 듣기만 했다. 서류를 뒤적이며 누군가 대화를 나누면 그 모습을 지켜보았다. 그러다 보니 자연스레 현준과 건우를 계속해서 번갈아 보게 되었다.

현준은 정적인 사람인 듯했다. 감정의 고저가 크지 않고, 단정하고 차분한 겉모습에서 느껴지는 그대로였다. 수연과 닮은 것 같다던 병구의 말대로, 그녀는 현준이 자신과 비슷한 부류라는 걸 금세 알아챌 수 있었다.

현준은, 온도로 치면 뜨뜻미지근한, 마치 잔잔한 호수 같은 사람이었다.

반면 건우는 현준과 정반대의 결을 가진 사람이었다. 상냥하고 활발한 성격에, 표정에는 감정이 고스란히 묻어났다. 그는 감정을 드러내는 게 아주 자연스러운 사람이었다. 잘 웃고, 그러다 금세 진지해진다.

또 애매하게 돌려 말하지 않는다. 아닌 건 아니라고 반드시 짚고 넘어가고, 좋은 건 좋다고 수긍하며 상대방을 치켜세우기도 한다. 건우는 솔직하고 시원시원했다.

온도로 치면 0도와 100도 사이를 오가는, 마치 변화무쌍한 파도가 치는 바다 같은 사람이었다.

"은행 일보단 좀 더 말랑하지?"

"분위기는 그런데, 이쪽 일은 처음이라 아직 낯설어서……."

"오늘은 그냥 분위기 파악한다 생각하고 부담 갖지 마. 지루하면 밖에 나가서 바람 쐬고 와도 돼."

건우는 수연이 첫 회의 참석에 부담을 갖고 겉돌까 봐 계속해서 다정히 챙겨주었다.

그런 건우의 노력 덕분인지 수연은 건우와 꽤 짧은 시간 안에 많이 친해졌다.

건우는 정말 수연의 모든 걸 알아내기라도 하려는 듯 매일같이 많은 것을 물었다. 대답 안 해주기 뭐한 아주 사소한 것들 위주로 물었고, 그 질문 안에는 대부분 그녀의 취향에 대한 궁금증이 담겨 있었다.

수연은 건우의 물음에 늘 순순히 대답해 주었다. 그렇게 하트 시그널을 주고받으며 가까워지는 중이다.

"흐음······."

수연은 손에 쥐고 있던 펜을 검지와 중지 사이에 끼우고 휘휘 돌리며 나지막한 한숨을 내쉬었다.

수연이 회의에 온전히 몰입하기에는 아직 무리였다. 집중해서 눈으로는 회의 자료를 보고, 귀로는 대화를 들어도 자꾸 딴생각이 드는 건 어쩔 수 없었다.

건우는 부담 갖지 말라며, 담당자들과 안면을 트고 인사하는 정도의 자리로 생각하라고 했지만 수연은 적당히 그 즈음에서 만족하지 못했다. 다음 회의 전까지 완벽하게 실무를 파악하고야 말겠다는 오기가 생겼다. 오래전, 성공에 대한 욕심으로 죽어라 공부하던 때처럼 말이다.

지닌 빈 칫 청년 모임에 나갔을 때도, 그리고 어제 상인회 회의 때도 꿔다놓은 보릿자루처럼 한 걸음쯤 뒤에 서서 지켜보던 게 내심 마음에 걸렸다. 다들 수연에게 와주기만 해도 고맙다고 말했지만, 그녀는 어쨌든 모임에 합류한 이상 제 몫을 해내고 싶었다.

"시장 중앙 통로에 야시장을 운영하기로 한 부분은 아직 협의 중이신 거죠?"

"기존에 식당을 운영하고 계신 상인 중 반대 입장을 가진 분들이 계셔서요. 시장 활성화 취지는 이해하지만, 아무래도 영업에 타격이 있을 수밖에 없으니까요. 그래서 사장님들 모시고 야시장이 활성화 된 대양시장에 벤치마킹을 위한 견학을 다녀올 생각입니다."

"오, 그거 좋은 생각이네요. 아직 시도해 본 적 없어서 막연히 거부감을 느끼는 걸 수도 있으니, 직접 얘기 들어보고 눈으로 보면 생각이 달라지실 수도 있을 겁니다."

수연은 시장의 입장을 정확하게 전달하고, 주도적으로 회의를 이끄는 건우를 물끄러미 바라보았다.

건우는 회사에 다녔어도 사랑받는 직원이었을 것 같았다. 매사에 똑 부러지고, 적당히 분위기를 맞출 줄도 아는 사람이었다. 토론이 과열되면 가벼운 농담으로 능숙하게 풀어내는 솜씨가 보통이 아니었다.

이런 건우라면 어디 내놔도, 뭘 해도 다 잘했을 것이라는 생각이 든 수연이었다. 건우 특유의 친화력과 밝고 긍정적인 기운은 상대방의 마음을 사로잡는 가장 좋은 무기였다.

"나 잠깐 밖에 좀 나갔다가 올게."

수연은 옆자리에 앉은 명호에게 말하고 잠시 회의실을 빠져나갔다. 간만에 오래 앉아 있었더니 허리도 아프고, 목도 아프고, 머리도 아팠다. 직업병이 도진 건지, 몸이 예민하게 반응하는 것 같았다. 너 또 책상 앞에 앉아서 뭐 하는 거냐고 꾸짖는 것 같기도 했다.

수연은 자판기 커피 한 잔을 들고 시청 앞 잔디 정원에 놓인 벤치에 앉았다. 잔디 정원에는 한창 새싹이 올라오고 있었다. 누런 잔디 사이로 올라오는 연녹색의 잔디가 싱그럽고 앙증맞았다.

잔디 정원 양쪽으로는 갖가지 나무들이 줄지어 서 있었다. 그중에서도 가장 먼저 수연의 눈에 들어온 건 자주색 꽃망울이 한가득 매달린 목련나무였다. 사나흘 정도면 꽃망울이 터지고 꽃이 활짝 필 것 같았다.

가만히 목련나무를 보고 있자니, 남우가 직접 따고 말린 목련차가 떠올랐다. 수연은 이따 가서 목련차를 한 잔 사야겠다고 생각하며 커피를 한 모금 마셨다.

"흠."

인기척에 돌아보니 그곳에 현준이 서 있었다. 수연과 눈이 마주치자 그가 고개를 숙이며 인사를 건네곤 옆 벤치에 앉았다.

회의 전에 통성명을 하고 악수까지 나누었지만, 아무도 없는 곳에서 단둘이 있으려니 왠지 어색한 기분이 들었다. 수연은 현준과 자신이 잘 어울릴 거라고 말하던 사람들 때문에 괜히 더 의식이 되어서인가 싶었다.

현준은 손에 들고 있던 생수병을 뚜껑을 열어 딱 한 모금을 마시고 다시 닫았다. 수연은 종이컵을 입술에 문 채, 적당히 식은 커피를 단번에 삼키고 얼른 일어설까 잠시 고민했다.

"할머님 장례식 때 뵀었는데, 기억 못 하시죠?"

"아, 그러셨구나. 그때 워낙 경황이 없어서……. 감사합니다."

전혀 기억에도 없었고, 현준이 왔을 거라곤 생각하지 못했다. 그리고 지금도 그가 먼저 말을 걸 거라곤 예상하지 못했다. 아마 그도 어색한 침묵을 견디기 힘들었던 모양이다.

"시청에 오셨을 때도 봤어요. 그때 인사드렸는데, 기억나세요?"

이어진 물음에 수연의 두 눈이 사정없이 흔들렸다.

나 왜 기억이 안 나지?

최근에 시청에 들렀던 건 할머니가 돌아가신 후 여러 행정적인 일을 처리하기 위해서였다. 순간 수연의 머릿속에, 그날 스쳐 지나가면서 인사를 건네주고 안부를 묻던 사람들에게 기계적으로 답을 했던 제 모습이 떠올랐다. 현준도 그들 중 한 사람이었을 거란 생각에 수연은 민망했다.

"죄송합니다. 그때 제가 정신이 없었나 봐요."

"괜찮습니다. 저도 그럴 때 있어요."

미안한 마음에, 미소를 짓고 있는 수연의 입매가 파르르 떨렸다. 수연은 남은 커피를 서둘러 비우고, 얼어붙은 이 분위기를 어떻게 해결해야 할지 머리를 굴렸다.

수연은 그러다 문득, 관련 부서도 아닌 현준이 시청에 온 자신을 어떻게 본 걸까 궁금해졌다. 하지만 그런 걸 물을 타이밍이 아니었기에 수연은 입을 꾹 다물었다.

"앞으로 자주 뵐 거 같은데, 이번엔 꼭 기억해 주세요. 김현준입니다."

"그럼요. 이젠 확실하게 기억해요, 김 계장님."

"김 계장 말고, 김현준이요."

단호한 현준의 모습에 수연은 순간 머쓱했지만, 에둘러 부드럽게 말할 줄 모르는 요령 없는 그의 모습이 마치 저를 보는 것 같아서 웃음이 났다.

"네, 김현준 씨. 잘 부탁드립니다."

담당자인 현준에게 무례했던 사람으로 계속 기억에 남아선 안 된다는 생각에, 수연이 용기 내어 먼저 손을 내밀었다. 그러자 그도 그녀의 손을 꼭 잡았다. 예상했던 것보다 훨씬 따뜻하고 부드러운 손이었다.

"이수연."

귀에 익은 목소리에 돌아보니, 건우가 막 시청 건물 밖으로 나와 다가오고 있었다. 수연은 현준의 손을 놓으며 가볍게 눈인사를 나눈 후 건우에게 다가갔다.

"뭐 하고 있었어?"

"바람 쐬고 있었지. 커피도 한 잔 마셨고."

건우는 수현과 현준을 번갈아 가며 보더니, 이내 입술을 굳게 다문 채 그녀를 빤히 쳐다보았다.

"왜?"

"둘이 무슨 얘기 했는데?"

"앞으로 잘 부탁한다고. 뭐, 그런 얘기 했지."

수연은 저도 모르게 건우의 눈치를 살피며, 나머지 이야기를 모두 생략했다.

또박또박 이름 석 자를 이야기하며 기억해 달라던 현준의 말이 뉘앙스가 조금 묘하다고 생각했지만, 지나친 확대 해석이라고 여기기로 했다.

회의를 마치고 가게로 돌아온 수연은 오전 내내 혼자 고생한 정희를 일찌감치 퇴근하게 하고, 홀로 오후 장사를 하고 있었다.

해뜰찬의 주 고객은 이 지역 주민들이지만, 시장 인근에 직장을 둔 직장인들이 퇴근길에 들러 저녁 한 끼를 준비해 가는 경우도 많았다. 그래서 오전에는 주로 동네 주민 손님들이, 퇴근시간대에는 직장인들이 가게를 찾아 분주했고 오후에는 한가한 편이었다.

사람들로 북적거리던 시장도 조금은 한산해지는 시간대라, 수연은 주로 책을 읽거나 영화를 보며 시간을 보냈다.

한참 책을 읽던 수연의 시선이 길 건너 '그늘나무'로 향했다. 아까부터 카페 옆 화단에 방울토마토 모종을 심고 있던 건우가 자꾸만 신경 쓰였기 때문이었다. 결국 수연은 책을 덮고 일어섰다.

어느 날부터, 자연스레 시선이 머무는 곳에는 어김없이 건우가 있었다. 그를 향한 호기심은 잔잔하기만 하던 수연의 일상에 돌이 되어 날아왔다. 아니, 그는 그냥 그 자리에서 평소대로 머물 뿐인데 그녀가 기웃거리는 건지도 모르겠다. 그렇다면, 그로서는 억울한 일이겠지.

가게를 나서던 수연은 갓 뽑은 가래떡을 들고 오던 미선에게 잠시 가게를 부탁하고 카페로 향했다. 횡단보도를 건너 카페로 가는 채 2분도 걸리지 않는 짧은 시간 동안, 수연은 건우를 향해 어떤 표정을 짓고 무슨 말로 대화를 시작할지 내내 고민했다.

"무슨 생각을 그렇게 해?"

방금 전까지만 해도 웅크리고 앉아 묘종과 씨름하던 건우가 어느새 수연의 앞에 우뚝 서 있었다. 깜짝 놀라 한 걸음 뒤로 물러서자, 그가 웃으며 눈을 맞췄다.

"무슨 고민 있어?"

"아니, 그냥…… 어떤 걸 마실까, 그거 생각하고 있었지."

건우는 끼고 있던 목장갑을 벗어 테라스 기둥 위에 얹어두고, 옷에 묻은 흙먼지를 툭툭 털어냈다.

"싱겁긴. 들어가자."

건우가 먼저 앞장서고, 그 뒤를 수연이 따라 들어갔다. 수연을 발견한 남우는 늘 그랬듯 환한 미소를 지으며 반겨주었다.

"그래서, 진지한 고민 끝에 선택한 메뉴는?"

"목련차 두 잔 테이크아웃."

"가지고 가려고?"

"응. 미선이 이모한테 잠깐 가게 부탁하고 나온 거라 빨리 가야 돼."

주문을 받은 건우는 남우에게 제조를 떠넘겼다. 수연이 계산을 하기 위해 앞치마에서 만 원짜리 한 장을 꺼내 내밀자, 건우가 그녀에게 쿠키 두 개와 함께 돈을 도로 돌려주었다.

"왜?"

"차는 내가, 쿠키는 남우가 사는 거."

"그런 게 어디 있어? 빨리 받아. 계산은 정확히 해야지."

수연이 다시 내밀자 건우가 또 돌려주었다.

"남우야. 너희 형이 아무래도 카페를 말아먹으려고 작정한 거 같아. 돈을 안 받겠대."

수연이 남우에게 일러보았지만 형제는 그저 웃기만 했다.

"며칠 전에 미선 이모가 수육 삶아서 가져다주셨거든요. 저희가 얻어먹은 게 워낙 많아서 갚아야 할 빚이 쌓였어요. 누나도 아시잖아요."

어차피 때 되면 먹는 밥, 그 김에 조금씩 나눠 함께 먹는 게 익숙한 시장 사람들이었다. 할머니도 늘 그렇게 형제를 챙겼을 것이다. 하지만 건우는 세상에 당연한 건 없다면서 늘 감사히 여겼고, 수연은 그런 형제가 참 예뻤다. 할머니 눈에도 이들이 이렇게 예뻤겠지, 싶었다.

"미선이 이모 덕에 나도 얻어먹는 거야? 고마워. 다음에 내가 맥주 살게."

"우와! 남는 장사다."

형제는 술을 사겠다는 수연의 말에 아이처럼 기뻐했다. 그런 그들의 모습이 어이가 없어서 수연은 웃을 수밖에 없었다.

"오빠, 나 왔어!"

요란한 등장에 돌아보니, 다빈이 카페 안으로 씩씩하게 걸어 들어왔다.

"어? 언니도 같이 계셨네요?"

"차 사러 왔어. 다빈이 못 본 사이에 더 예뻐졌네?"

"그렇죠? 근데 그걸 이 오빠만 몰라요."

다빈이 손가락으로 가리킨 곳에는 눈썹을 잔뜩 찌푸린 건우가 서 있었다.

"이 시간에 웬일이야? 학교는 어쩌고?"

"컨디션이 안 좋아서 쨌어."

건우의 물음에 다빈은 아주 당당하게 말하며, 손에 들고 있던 봉지에서 노란 곰 젤리 하나를 꺼내 그의 입에 쑥 밀어 넣었다.

"아니, 무슨 고3이 컨디션이 안 좋다고 조퇴를 해? 너 명호한테 이른다."

건우의 경고에 다빈은 콧방귀도 뀌지 않았고, 교복 치마 주머니에서 작은 거울을 꺼내 얼굴을 확인하며 예쁜 표정을 지었다.

아무래도 재밌는 구경이 될 것 같아서, 수연은 음료가 나올 때까지 의자에 앉아 두 사람을 지켜보기로 했다.

"오빠, 지금 그게 중요한 게 아냐! 오빠 또 농구부 기지배들한테 실실 웃어줬더라?"

"그럼 내 제자들한테 웃어야지 인상 쓰고 있어?"

"내가 시도 때도 없이 웃어주지 말라고 했어, 안 했어? 자꾸 그러면 그 철딱서니 없는 것들이 자기네들이 예뻐서 웃어주고 잘해주는 줄 안다니까?"

다다다다 말을 쏟아내던 다빈이 건우에게 휴대폰을 툭 내밀었다.

수연은 궁금증을 참지 못하고 일어나 휴대폰 화면을 보았다. 학교에서 농구 수업 중인 건우가 여학생들을 보며 환히 웃고 있는 사진이 포함된, 페이스북 지역 페이지에 올라온 글이었다. 댓글을 읽어보려고 스크롤을 내렸더니 건우를 앓는 댓글이 끝도 없이 이어졌다.

하긴. 나도 이렇게 설레는데, 사춘기 소녀들은 오죽할까……

"나 고등학교 졸업할 때까지 얌전히 기다리라고 했잖아. 끼 부리지 말고, 좀!"

다빈의 일방적인 타박에 건우는 어이가 없다는 듯 한숨을 쉬면서도, 익숙한 일인 양 별다른 대꾸를 하지 않았다. 아무래도 친구의 늦둥이 동생이기 때문에 그냥 받아주는 것 같았다.

"언니, 언니네 가게에서 여기 카페 잘 보이죠?"

"어. 잘 보이지."

"혹시 카페에 중딩 기지배들 떼거지로 오빠 보러 오면 저한테 톡 보내주세요. 이것들, 나한테 걸리기만 해봐!"

다빈은 무척 진지하고 심각한 얼굴로 말했지만, 분해서 씩씩대는 모습이 수연의 눈에는 마냥 귀여웠다. 건우는 여전히 아무 대꾸 없이 누군가에게 메시지를 보내는 듯 휴대폰 화면을 톡톡 두들겼다.

"음료 나왔습니다."

"고마워. 잘 마실게. 수고해."

남우가 두 개의 컵을 건네주었고, 수연은 그것을 받아 나가려다가 건우와 눈인사를 나눴다. 그러자 그 모습을 놓치지 않은 다빈이 두 팔을 활짝 벌리며 출입문을 막아섰다.

"왜?"

"언니, 제가 진짜 혹시나 해서 묻는 건데요. 언니도 건우 오빠 좋아해요?"

송곳 같은 질문이 수연에게 날아들었다. 그것도 이렇게 당사자가 모두 있는 곳에서.

당황한 수연은 잠시 머뭇거리다가 웃으며 뒤돌아 건우를 보았다. 건우 역시 당연히 웃는 얼굴로 이 모습을 지켜보고 있겠지 싶었는데, 그가 진지한 눈빛으로 저를 응시하고 있어서 수연은 한 번 더 당황하고 말았다.

"건우 오빠 절대로 좋아하시면 안 돼요! 저 고등학교 졸업하자마자 오빠한테 시집갈 거거든요."

"아, 어. 그래? 응, 그렇구나."

다행이라고 해야 할지, 당사자 간의 협의는 이뤄지지 않은 모양이다. 기분 탓인지 모르겠지만 건우는 꽤 단호한 표정으로 고개를 가로저었다. 절대 그럴 리 없다는 듯 아주 단호하게 말이다.

"언니는 시청 김 계장님 만나세요."

"뭐?"

갑자기 거기서 김 계장이 왜 나와?

수연의 두 눈이 절로 커졌다.

"너도 김 계장님을 알아?"

"당연히 알죠! 우리 삼촌이랑 엄마가 매일 언니한테 김 계장님 소개해야겠다고, 둘이 되게 잘 어울린다고 하셨거든요."

아니, 왜 다들 나랑 그 사람을 연결 짓지 못해 안달이 난 거지?

그 순간 건우의 표정을 확인한 수연은 흠칫하고 말았다. 그는 아까보다 더 굳은 얼굴로 그녀를 뚫어져라 보고 있었다. 정확하게는 어떤 대답을 꺼낼지, 그녀의 입술을 주목하는 듯했다.

수연은 컵 하나를 테이블에 올려놓고 다빈의 어깨를 다독였다.

"언니는 언니가 알아서 할게. 일단 다빈이는 공부부터 열심히 하자."

"경쟁자를 한 명이라도 줄이려면 어쩔 수 없어요. 오빠가 워낙 매력이 넘쳐서 여자들이 가만 두질 않거든요. 언니, 김 계장님 엄청 잘생겼어요! 꼭 만나보세요."

이 아이는 진심이다.

초롱초롱 빛나는 다빈의 눈을 보며, 수연은 왠지 모르게 미안했다.

"엄청 잘생긴 건 아닌데……."

그때, 건우가 혼잣말처럼 웅얼거리며 책장에 잘 꽂혀 있던 책을 탁탁 소리가 나도록 요란하게 정리했다.

"설마, 오빠 지금 언니랑 김 계장님 사이를 훼방 놓는 건 아니지?"

"아주 드라마를 써라. 정작 그 사람은 아무것도 모르고 있을 텐데, 나중에 알면 기분 나빠 할 거야."

"언니, 아니에요! 시장 이모들이 그랬어요. 김 계장님한테 벌써 언니 얘기 다 했다고. 그 아저씨도 언니 마음에 들어 하는 거 같다고 했는데요?"

이건 또 무슨 소리야?

당사자도 모르게 대체 무슨 일이 벌어지고 있었던 거야?

수연은 벌어진 입을 다물지 못했다.

"황다빈, 너 공부는 안 하고 매일 어른들 얘기나 주워듣고 다니니까 네 오빠가 걱정을 하는 거 아냐."

"아, 공부 안 한다고! 대학 안 가! 오빠랑 결혼할 거야!"

막무가내로 떼를 쓰는 다빈을 잡기 위해, 저 멀리서 해결사가 다가오고 있었다. 씩씩대며 걸어오는 병호의 모습을 확인한 건우와 수연은 그제야 안도했다.

"수고해라. 난 간다."

수연은 카페에 남은 사람들에게 손 흔들어 인사를 건넨 후, 두 잔의 목련차와 두 개의 쿠키를 들고 유유히 빠져나왔다.

"누나! 황다빈 진짜 카페에 왔어?"

"어. 건우가 혼이 쏙 빠졌더라."

"이놈의 기지배가 진짜······."

"애 너무 뭐라고 하지 마!"

제 당부를 듣는 둥 마는 둥 달려가는 명호의 뒷모습을 지켜보던 수연은 깜박거리는 초록불을 확인하고 서둘러 횡단보도를 건넜다.

그나저나, 시장 사람들 중 김현준 계장을 모르는 사람이 없는 걸로 보아 할머니는 그가 어지간히 마음에 들었던 모양이다. 다빈의 말이 전부 다 사실인지는 알 수 없지만, 현준 역시 시장 사람들이 그와 그녀를 엮으려 한다는 걸 알고 있었다고 생각하니 수연은 너무 창피하고 부끄러웠다.

아까 시청에서 먼저 말을 걸던 현준의 모습이 떠오른 수연은 나지막이 한숨을 내쉬며 고개를 가로저었다. 다음에 그를 만나게 되면, 눈도 못 쳐다볼 것만 같았다.

건우는 해뜰찬 간판 불이 꺼지자, 서둘러 따뜻한 감잎차를 만들어 카페를 나섰다. 아슬아슬하게 깜박이는 횡단보도 초록색 신호를 확인하고 달리는 와중에도, 차가 흘러넘치지 않도록 팔을 쭉 뻗어 고정한 채였다.

그사이, 수연은 가게 안 조명을 모두 끄고 나와 문단속을 하고 있었다. 건우는 턱까지 차오른 숨을 깊게 몰아쉬며 호흡을 고른 후 그녀에게 다가갔다.

"오늘은 퇴근이 늦었네?"

"조금이라도 더 팔아보려고 욕심냈는데, 손님이 없다."

수연은 어깨를 축 늘이며 아쉬워했고, 건우는 그런 그녀의 손에 따뜻한 차를 쥐어주었다.

"가자."

처음 수연을 집까지 바래다주었던 그날 이후, 건우는 매일 저녁 그녀의 퇴근길을 함께하고 있었다. 혼자 가도 된다며 극구 사양하던 수연은 결국 건우의 고집에 동행을 허락해 주었다.

수연이 가게 간판 불을 끌 때부터 차를 준비해 달려 나오면 얼추 시간이 맞았다. 매일 반복되는 소란에 남우는 혀를 끌끌 차면서도, 건우가 수연을 바래다주고 돌아올 때까지 군말 없이 가게를 봐주었다.

수연의 가게에서 집까지는 걸어서 고작 5분 남짓. 건우는 그 짧은 시간도 마냥 좋았다. 온전히 둘이서만 사소한 이야기를 나누는 이 순간이 그녀와의 거리를 조금씩 좁혀주었다.

"봄밤 냄새 좋다. 뭔지 알지?"

수연의 물음에 건우는 고개를 끄덕이며 깊게 숨을 들이마셨다. 폐부 깊숙한 곳까지 스미는 봄밤 특유의 향기는 그도 무척이나 좋아했다. 땅에서 올라오는 옅은 흙냄새와 바람을 타고 불어온 풀 냄새, 꽃냄새가 한데 섞여 있었다.

"계절 냄새 아는 사람 흔치 않은데. 시골 사람 다 됐다?"

"서울 살 때부터 알았거든?"

"진짜?"

"나 다니던 고등학교가 언덕 꼭대기에 있었는데, 등하교 할 때마다 거의 숲에 가까운 길을 걸어 다녔어. 초여름에 그 길 지나면 파릇파릇한 나뭇잎 냄새가 나고, 날이 좋을 땐 상쾌한 햇빛 냄새도 나고."

"오, 도건우 제법이네?"

수연이 엄지를 치켜들자 건우가 어깨를 으쓱였다.

친구들에게 이런 얘길 하면 계절에 냄새가 어디 있냐고 미친놈이란 소리밖에 못 들었는데, 공감해 주는 사람이 있어서 건우는 좋았다.

그날그날 생각나는 대로 이야기를 나누다 보면 수연의 생각을 알게 되고, 자연스레 서로의 취향을 공유하게 되는 그 모든 것들이 건우에겐 너무나 즐거운 일이었다.

굳이 한꺼번에 많은 이야기를 쏟아내지 않더라도 좋았다. 오늘의 5분을 보내고 나면, 내일의 5분이 기다리고 있기에 조급하게 굴 이유가 없었다.

"시골 살면 심심하지? 어릴 때 보통 뭐 하고 놀았어?"

수연이라면 왠지 밖에서 뛰어노는 시간보다 책상 앞에 앉아 책을 읽거나 공부하는 시간이 훨씬 길었을 것 같지만 건우는 그녀에게 직접 듣고 싶었다. 그녀는 어떤 아이였을지 궁금했다.

"심심하긴. 여기 놀 데 엄청 많아. 시내 영화관에 가면 오락실이 있거든? 거기서도 놀고, 피시방에서 게임도 하고, 노래방도 가고……."

"우와! 시골에서도 도시 애들처럼 노는구나? 난 봄 되면 고사리 꺾으러 다니고 여름엔 냇가에서 다슬기 잡고 노는 줄 알았는데."

건우의 말에 수연이 걸음을 멈추고 우뚝 서더니 코웃음을 치며 진심으로 어이없어했다.

"야, 우린 뭐, 구슬치기 하고, 연 날리고, 비료포대로 썰매 타고 노는 줄 알아? 물론 그러고 놀 때도 있었지만, 오성에도 오락실, 피시방, 노래방 다 있거든? 우리도 눈썰매는 눈썰매장 가서 타고 놀았어!"

수연이 이토록 격한 반응을 보인 건 처음이었다. 건우는 발끈하는 그녀가 그저 귀여웠다. 좀처럼 감정을 솔직하게 드러내지 않는 그녀였기에, 자기 얘길 하는 게 익숙하지 않다던 그녀였기에 이런 모습이 반가웠다.

"알았어, 알았어. 미안. 내가 드라마를 너무 많이 봤나 봐."

"'대추나무 사랑 걸렸네.' 이런 드라마만 본 거 아냐?"

어쩐히 분이 안 풀렸는지 수연은 고개를 절레절레 흔들며 차 한 모금으로 속을 달랬다.

건우는 상상했다. 효정과 명호랑 함께 온 동네를 누비며 뛰어

놀았을 수연을.

할머니는 그녀가 무척 차분하고 얌전하고 어른스러웠던 아이였다고 했는데, 가족들은 모르는 진짜 모습을 숨기고 있었던 모양이다.

"그렇게 놀았는데 어쩜 공부까지 잘했을까? 반칙이네."

칭찬에 약한 수연은 금세 귀가 붉게 달아올랐다. 건우는 뭐가 그렇게 쑥스러울까 싶었다. 내가 그녀였다면 어깨에 힘주고 잘난 체하고 다닐 텐데.

사실 건우는 수연이 꺼내는 이야기라면 모든 게 좋았다. 특히 그녀의 나긋나긋한 목소리는 들을 때마다 마음을 설레게 했다.

"친구들이 샘 많이 냈겠다. 가뜩이나 좁은 동네라, 부모님들마다 공부 잘하는 이수연하고 비교했을 거 아냐."

"아……. 그래서 내가 미웠을 수도 있겠다."

수연은 뭔가를 깨달은 듯 고개를 끄덕였다.

"아주 어렸을 땐 아빠는 절름발이고 엄마는 벙어리라고 놀림 많이 당했는데, 커서는 그렇게까지 놀리는 애들은 없었어. 대신 날 미워하더라. 재수 없단 얘기도 많이 들었고."

수연은 대수롭지 않다는 듯 웃으며 말했다.

그 또래 아이들이 가질 법한 질투가 미움으로 못나게 자라서였을까.

그로 인해 수연이 얼마나 많은 상처를 받고 혼자 아파했을지, 건우는 감히 짐작조차 할 수 없었다. 그럴 때면 담담한 표정으로 이겨냈을 어린 그녀를 상상하니 마음 한 구석이 쓰렸다.

"난 어렸을 때부터 친구가 많지 않았어. 내가 가진 환경 때문인지 아니면 원래 타고나길 수줍음 많고 소심해서 그랬는지, 주목받거나 관심받는 것도 싫었고. 그래서 일부러 더 차갑고 딱딱하게 굴었던 거 같아. 내 옆에 아무도 오지 못하게."

"외롭진 않았어?"

"효정이가 있으니까……. 걔는 내 얼굴만 봐도 기분까지 다 맞추던 애야. 자매처럼 지낸 친구거든."

효정과 수연은 함께 시장을 누비며 같이 자라다시피 했다고 들었다.

혼자가 아닌 함께여서 얼마나 든든했을까.

건우는 참 다행이라고 생각했다.

"넌 형제라서 외롭지 않았겠다."

"남우는 동생이면서, 나랑 제일 친한 친구이기도 해."

"응. 그래 보이더라."

무심코 꺼낸 수연의 말이 건우의 마음을 툭 하고 건드렸다. 그 말이 꼭 그를 관심 있게 지켜봤다는 뜻 같아서…….

요즘 늘 그랬다. 수연이 지나가듯이 건넨 아주 사소한 말에도 의미를 두고, 제가 듣고 싶은 대로 해석하기 일쑤였다.

"형제끼리는 자라면서 많이 다툰다던데, 너도 그랬어?"

"남우가 워낙 착하고 일찍 철이 들어서 고맙게도 내 말을 참 잘 들어줬어."

"네가 좋은 형이었으니까 말을 잘 들었겠지."

"그렇게 생각해 줘서 고맙다."

수연이 옅게 웃었다. 다부진 입매가 보기 좋게 휘면서, 일순간 장벽이 무너지듯 부드럽게 풀어지는 그녀의 표정을 보고 있으면 건우의 마음은 저절로 녹아내린다.

"그거 알아? 난 너랑 같이 있으면, 자꾸 긴장 돼."

분명 매일 조금씩 가까워지는 거 같은데, 그 거리감과는 다른 이유에서 오는 긴장감이 건우를 얼게 만들었다. 그 긴장감은 수연과 가까워질수록 점점 더 커졌다.

수연이 무심결에 보이는 반응에도 신경이 곤두서고, 스치듯 눈길이 닿거나 살며시 미소만 지어도 정신 사나울 정도로 건우의 심장이 두근거렸다.

"내가 불편해서 그래?"

건우의 단어 선택이 적절하지 못했는지, 수연이 살짝 눈썹을 찡그리며 물었다.

"아니, 그게 아니라…… 떨려서."

한 걸음 정도 떨어진 거리에서 걷던 수연이 결국 멈춰 섰고, 덩달아 건우도 걸음을 멈췄다. 그녀의 알 듯 말 듯 오묘한 표정에 그는 저도 모르게 마른침을 삼키고 말았다.

다른 적당한 단어를 고를 틈 없이 새어 나오고 만 진심이었다. 당황한 것 같은 수연의 모습에 건우는 괜히 쓸데없는 말을 했나 잠시 후회하기도 했다. 혹시, 겨우 좁힌 거리가 다시 멀어지는 건 아닌지 염려되고, 그녀가 불편해하며 물러설까 조마조마했다.

"넌 어쩜, 그런 얘길 얼굴 색 하나 변하지 않고 하니?"

그런데, 의외의 말이 건너왔다. 건우는 수연을 물끄러미 바라보았다.

"네가 여자들한테 인기가 많은 이유를 알겠다."

"그게 무슨 소리야?"

수연은 뭔가를 말하려다 말고 작게 한숨을 쉬더니, 손에 들고 있던 빈 컵을 건네주었다.

"몰라. 다 왔으니까 이제 가."

건우는 수연이 갑자기 뾰족해진 이유를 도무지 알 수 없었다. 그녀는 손을 흔들며 대문을 열고 집 안으로 쏙 들어가 버렸다.

적당히 감추지 못하고 불쑥 꺼내 버린 진심이 부담스러웠던 걸까?

난 왜 이렇게 어설퍼서 수연의 속마음 하나 제대로 읽지 못하는 걸까.

건우는 자책하며 느린 걸음으로 뒤로 한걸음씩 걷다가, 혹시 담 너머에 있을 수연이 보일까 제자리에서 깡충 뛰어보았다. 하지만 소용없는 짓이었다.

마지못해 돌아선 건우의 걸음은 납덩이를 묶어둔 것처럼 무거웠다.

샤워를 마친 수연은 집 마당에 놓아둔 작은 평상에 나와 앉았다. 젖은 머리로 나가면 감기 든다고 정희가 말렸지만, 찬바람은 쐬어야 잠이 잘 올 것 같았다.

수연은 서울에서 살던 집 전세 보증금과 원래 살던 집과 땅을 판 돈을 합쳐 시장 근처에 위치한 마당 딸린 2층 주택을 샀다. 서울이었다면 어림없는 금액이지만, 작은 소도시에서는 대출 없이도 충분했다.

새집으로 이사 온 후 식구도 늘었다. 초저녁마다 평상 아래에서 잠을 자고 이른 새벽 사라지던 고양이 가족에게 밥을 챙겨줬더니 어느 날부터 아예 눌러 앉았다. 그 소식을 전해들은 병구는 직접 캣타워까지 만들어주기도 했다.

수연은 상체를 살짝 뒤로 젖혀 두 팔을 뻗어 기댄 채 밤하늘을 올려보았다.

"……떨려서."

건우의 그 말이 자꾸만 머릿속을 맴돌았다. 그 말을 꺼내면서 지었던 그의 표정을 떠올리자, 수연은 얼굴이 화끈 달아올라 두 손으로 얼굴을 감쌌다.

건우는 돌려 말하지 않았다. 그런 솔직함이 사람 마음을 들었다 놓는 것 같다. 평소에는 한없이 상냥하던 사람이 예상치 못한 순간 툭 하고 던진 직구에 수연은 사정없이 흔들렸다.

아마 그걸 알면서 던지는 거라면 하수일 것이고, 모르고 던지는 거라면 타고난 것이기에 더욱 위험했다.

"아, 진짜……."

이 남자 대체 뭐지.

수많은 사람들이 자기를 좋아하는 이유를 모를 리가 없는데.

학생들부터 시장에 이모들, 심지어 할머니들까지 예뻐하고 좋아하는데 정말 본인의 매력을 모른다고?

그 매력적인 모습이 수연에게만 허락된 게 아니기에 그녀는 조금 불안한 마음이 들었다.

건우와는 이야기가 잘 통해서 좋았다. 퇴근길에 동행하며 대화를 주고받는 5분가량의 시간이 수연은 매일 기다려졌다. 건우가 카페에서 나와 가게까지 오는 동안 괜히 늑장을 부리며 그가 올 시간을 벌기도 했다.

오늘 시청에서 가졌던 회의 때 본 건우의 모습은 낯설면서도 또 다른 매력으로 다가왔다. 자신감 넘치는 모습과 거리낄 것 없이 당차고 능동적인 성격, 그리고 의견을 조율하는 과정에서 보여준 균형감은 수연이 되고자 했던 모습과 닮아 있었다. 그가 가진 밝은 기운은 그녀에게도 좋은 영향을 주었다.

"우야아……."

돌아보니 정희가 현관문을 연 채로 어서 들어오라며 손짓을 하고 있었다.

'감기 걸려. 얼른 들어와.'

"엄마도 이리 와. 같이 바람 쐬자."

수연이 제 옆을 손바닥으로 톡톡 치자, 정희가 웃으며 다가와 앉았다.

'춥지 않아?'

정희는 수연의 옷매무새를 만져 주며 품에 끌어안고 손바닥으로 어깨를 쓸어주었다. 수연은 그런 정희의 다리를 베고 누워 그녀를 올려다보았다. 그녀는 따뜻한 눈빛으로 수연을 바라보며 흐트러진 머리카락을 넘겨주고 뺨을 만지작거렸다.

"엄마. 시장 모든 사람들이 김 계장님을 알더라?"

'사람이 차분하고 성실하다고, 할머니가 되게 마음에 들어 하셨어.'

"엄마도 그래?"

'탐나는 사람이지. 근데 그게 내 맘대로 되는 건 아니잖아. 당사자들 마음이 가장 중요하니까. 난 네가 좋아하는 사람이면 다 좋아.'

"나도…… 나를 좋아해 주는 사람이 좋아."

재고 따지고, 밀고 당기는 거 없이 온 마음을 다해 나를 좋아해 주는 사람.

나 역시 그렇게 온 마음을 다해 좋아할 수 있는 사람.

수연은 한 번쯤은 그런 사랑을 해보고 싶었다. 사랑에 푹 빠진다는 거, 경험해 본 적이 없어서 어떤 건지 잘은 모르겠지만 해보고 싶었다.

수연은 이제 조금 마음에 여유가 생겼다고 연애할 생각이 든

다는 게 우습기도 했다. 예전에는 일상에 치여 하루하루 살아가기도 벅차서 남자나 연애는 생각도 못하고 살아왔다. 내 마음 같은 건 자연스레 뒤로 밀어두고 살았는데, 돌이켜 보니 왜 그렇게까지 악착같이 살았는지 참 후회스러웠다.

"엄만 아빠 언제부터 좋아했어?"

'엄마는 첫눈에 반했지. 알잖아, 네 아빠 엄청 잘생긴 거. 동네에서 피부도 제일 하얗고, 키도 크고 멋졌거든. 근데 자꾸 내 주변을 빙빙 맴돌기만 하는 거야.'

"답답했겠네."

한동네에서 자랐기에 서로 알고 지내던 사이였다고 했다. 부끄러워서 내외를 하긴 했지만, 서로에 대한 관심은 아주 어렸을 때부터 키워왔다고도 했다.

들을 순 있지만 말할 순 없는 장애를 가진 엄마와 어렸을 때 앓았던 소아마비로 한쪽 다리가 불편했던 아빠는 서로에게 먼저 다가가지 못했다고 했다.

'얼마나 애가 탔는지 몰라. 이러다 다른 여자가 먼저 채가면 어쩌나……. 그래서 너희 외할아버지한테 졸랐어. 그 남자한테 시집보내 달라고.'

"와. 우리 엄마 화끈했네."

그때만 생각하면 여전히 수줍은지, 정희가 볼을 붉히며 웃었다.

그때 두 사람에겐 서로가 가진 장애가 중요하지 않았던 것이다. 사랑했기에, 다른 건 전혀 문제가 되지 않았다.

스물한 살의 정희는 그렇게 결혼을 했고, 이듬해 딸을 낳았으며, 그 딸이 일곱 살이 되던 해에 남편을 잃었다. 그때 그녀는 고작 스물아홉, 남편은 서른이었다.

좋아하는 남자에게 시집보내 달라고 조를 만큼 용기 있고 씩씩하던 정희는 앞으로 살아갈 날이 막막해서, 사랑하는 남자를 떠나보낸 슬픔에 아주 많이 울었다고 했다.

수연은 정희의 손을 꼭 감싸 제 가슴 위에 얹었다.

'네 아빠 정말 좋은 사람이었어. 날 정말 많이 사랑해 주었고, 항상 웃게 해줬거든.'

숫기 없고 내성적인 남자였지만, 사랑하는 사람에겐 한없이 다정했다고 들었다. 정희는 늘 그것을 자랑했다.

수연이 한창 말을 배울 때, 아빠는 고된 일을 마치고 와서도 몇 시간이고 그녀에게 말을 걸고 책을 읽어줬다고 했다. 엄마를 너무 많이 닮은 수연이었기에, 혹시 그녀도 말을 하지 못할까 봐 정희가 매일같이 걱정을 했기 때문이다.

그런 걱정이 무색할 만큼 수연은 말문이 빨리 터졌고 수다스럽기까지 했단다. 그래서 부부는 매일 아이를 안고 감사함에 울었다고 했다. 그렇게 서로를 의지하며 평생 행복하게 살자고 약속했던 남편이 너무 일찍 세상을 떠났으니, 정희는 얼마나 슬펐을까. 얼마나 두려웠을까.

정희는 할머니가 있었기에 버틸 수 있었다고 했다. 비록 매일

운다고 많이 혼나긴 했지만 말이다.

"아빠가 살아계셨다면, 우린 어땠을까?"

상상만으로도 벅찼는지, 정희의 얼굴에 환한 미소가 번졌다.

여전히 아빠가 그립고 좋을까? 함께했던 날보다 더 오랜 시간을 그리워하며 지냈어도, 여전히 좋을까?

정말 그럴 수가 있나? 누군가를 향한 사람의 감정이 그토록 오랫동안 변치 않을 수가 있다고? 그게 가능해? 그렇다면, 나도 그런 사랑을 할 수 있을까?

'할머니가 울보라고 놀리지 않으셨겠지?'

정희의 대답에 수연은 웃으며 고개를 끄덕였다.

"엄마. 엄마도 이제 연애해."

'미쳤어! 이 나이에 무슨 연애야.'

"나이가 무슨 상관이야. 좋아하는 사람 생기면 하는 거지."

'쓸데없는 소리 하지 말고 얼른 들어가. 감기 걸려.'

정희는 얼굴이 빨개져선 황급히 집 안으로 들어갔다. 수연은 그런 그녀의 모습을 지켜보며 조용히 웃었다.

지잉-

메시지가 왔는지, 평상 위에 있던 수연의 휴대폰이 짧게 진동했다. 발신자는 예상대로 건우였다.

〈오늘의 추천 콘텐츠 받아요.〉

매일 밤, 자기 전 메시지를 주고받으며 책, 음악, 드라마, 영화 등 장르를 가리지 않고 추천해 주고, 그에게 추천을 받기도 했다.

오늘은 뭘 추천해 줄까, 고민하는 시간과 그가 추천해 준 것들을 찾아보는 일은 수연에게 중요한 하루 일과 중 하나가 되었다.

〈웹툰 봐?〉

〈가끔?〉

〈마음의 소리 알아? 그거 내 웃음 버튼인데.〉

워낙 장기간 연재된 작품이라 대학생 때부터 직장 생활을 할 때까지, 수연은 지치고 힘들 때마다 그 웹툰을 보며 스트레스를 풀곤 했다.

〈아, 예전에 몇 번 본 적 있어. 좋아, 오늘은 웹툰이다.〉

그 뒤에 따라온 장난스러운 이모티콘이 귀여워서 수연은 조용히 웃었다.

〈너도 추천 하나 해줘야지. 네가 좋아하는 거 알려줘.〉

〈이수연.〉

〈왜?〉

그러곤 답이 빨리 건너오지 않았다.

불러놓고 왜 말이 없나, 하는 생각을 하던 수연의 머릿속에서 순간 우르르 쾅쾅 천둥 번개가 쳤다.

설마, 이거, 지금······.

〈영화로 알려줄까?〉

그 순간 건우에게서 다음 메시지가 도착했다. 하지만 수연의 시선은 여전히 〈이수연〉에 머물러 있었다.

〈원 데이라고, 앤 해서웨이가 주인공으로 나오는 영화 있어. 결말이 좀

충격적이긴 한데 재밌을 거야.〉

 언젠가 본 적 있는 영화였다. 고등학교 동창이던 남녀주인공이 서로 좋아하는 타이밍이 어긋나 긴 시간을 헤매는 스토리. 케이블 영화 채널에서 방송해 주는 걸 초반에만 보다가 말아서 결말까진 알지 못했는데, 충격적이라고 하니 이후 내용이 궁금해서라도 당장 오늘 밤에 봐야겠다고 생각했다.

 〈고마워. 잘 볼게.〉

 답장을 보낸 뒤, 수연은 휴대폰을 도로 평상에 두고 벌러덩 드러누웠다. 쏟아질 듯 반짝이는 별을 보며 소란해진 마음을 애써 다독였다.

 나 지금 오버하는 거지? 그냥 내 이름을 부른 것뿐인데…….

 건우가 매번 이수연 하고 이름 부를 때마다 기분이 묘했다.

 '고작 그런 거에 이토록 들썩이는 마음이라니……. 나 너무 외로웠던 건가.'

 수연은 눈을 질끈 감은 채, 길고 짙은 한숨을 내쉬었다.

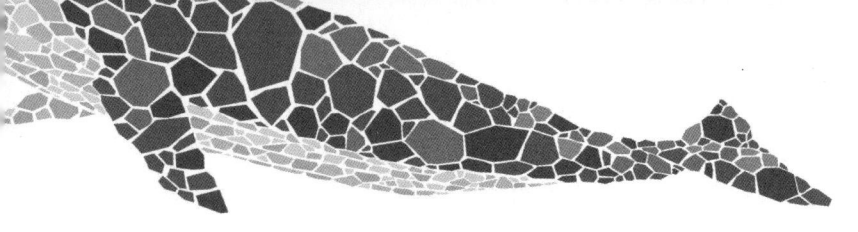

05
우리의 시간

건우는 오랜만에 서울을 찾았다.

나고 자란 데고, 친구와 지인 모두 그곳에 있지만 오성으로 내려간 뒤론 서울을 찾는 횟수가 자연스레 줄었다.

농구를 그만둔 후에도 가족 못지않게 끈끈한 관계를 유지하고 있는 절친한 동기, 선후배의 경조사나 정기 모임이 아니고선 서울을 올 일이 없었다.

오늘 건우가 서울에 온 이유는 평소와 달랐다. 아버지를 만나기 위해서다.

아버지와 마주 보고 앉아 식사를 하는 건 실로 오랜만의 일이었다. 5년, 아니, 6년 만이던가.

캐나다로 이민을 떠난 아버지는 재혼해 얻은 아이들과 매해 한국에서 여름휴가를 보냈지만, 건우나 남우에게 연락을 한 적은 없었다.

완전히 관심을 끊고 모른 채 살았다면 좋았겠지만, 아직까지 혈연으로 묶인 친척들로부터 간간히 소식을 들을 수밖에 없어 한 땐 괴로웠다.

"왜 남우는 같이 안 온 거야?"

"오늘 학교에 수업이 있어서요."

남우에겐 부모님에 대한 미움과 원망이 여전히 남아 있어서, 그들과 연락을 주고받는 것만으로도 스트레스가 쌓이곤 했다. 성정이 예민하고 섬세한 남우는 스트레스를 받으면 곧장 몸에 반응이 오기 때문에 건우는 굳이 동생에게 오늘의 만남에 대해 이야기하지 않은 참이다.

부모님의 이혼 후, 그들이 각자의 길을 찾아 떠났을 때 고작 아홉 살이었던 남우는 건우의 손을 잡고 웃으며 말했다. '형, 이제 우리 둘이서 행복하게 살자.'라고.

"아무리 그래도……. 인정머리 없는 자식."

몇 년 만에 만나자고 연락을 했는데, 끝내 나타나지 않은 막내아들이 괘씸했던 모양이다. 신경질적으로 구겨진 아버지의 이맛살에, 선우는 마음이 널컥 내려앉았다.

남우보다는 마음이 무딘 건우였지만, 그 역시 아버지를 만나고 나면 힘들었다. 어렸을 땐 온기라곤 찾아볼 수 없는 냉정한 부모아래에서 자라 냉랭한 분위기가 너무나 익숙했지만, 이제는 딱딱하고 차가운 아버지를 마주하고 있는 것만으로도 숨이 막혔다.

"한국에는 어쩐 일로 오셨어요?"

건우의 물음에 아버지는 서류 봉투 하나를 건넸다.

"한국에 남아 있던 부동산 완전히 정리했다."

그 말이 무슨 뜻인지 이해하는 것은 그리 어렵지 않은 일이었다. 그리고, 이 봉투 안에 무엇이 들어 있는지 역시 열어보지 않더라도 알 수 있었다. 아버지의 명의에서 형제의 명의로 바뀐 땅이나 건물에 관한 서류일 것이다.

"이제…… 한국 안 오실 거예요?"

"아마도."

아버지는 늘 지어보이던 무심한 표정으로 별것 아니라는 듯 말했다.

"통장에도 섭섭지 않을 만큼 넣어뒀다."

섭섭지 않게라.

아버지가 넣어준 금액을 확인하고 섭섭했던 적은 단 한 번도 없었다. 아버지와 어머니는 마치 서로가 경쟁이라도 하듯, 차고 넘칠 만큼의 돈을 보내주었다. 감당하기 버거울 만큼 불어난 통장 속 금액을 볼 때마다 건우는 마음이 무거웠고, 그만큼 가슴 아팠다.

"지금도 충분히 많아요."

"많으면 많을수록 좋은 거니까."

이런 거 말고, 관심이나 주지. 그게 그렇게 어려운 일인가? 이 많은 돈을 쥐여 주는 것보다 쉽고 간편한 방법인데…….

"넌 계속 그 시골구석에 박혀 있을 거니? 장사를 하려면 서울에서 하든가. 젊은 애들이 무기력하게 왜 그러고 있어?"

"무기력하게 지내고 있지 않아요. 최선을 다해서 열심히 살고 있습니다."

"필요하면 사람 소개해 줄 테니까 정식으로 사업을 해봐. 남우도 거기 그러고 있어서 될 일이 아니다."

"저희가 알아서 할게요."

"간섭하지 말라 이거냐?"

뾰족한 아버지의 말에 건우는 이를 앙 다물었다.

건우는 '네'라고 대답하고 싶었다. 평생을 나 몰라라 방치해 두고 왜 이제 와서 부모 노릇을 하려 드냐고 말이다.

아, 돈을 쥐여 줬으니 그 정도 자격은 있는 거라고 생각한 걸까? 그럴 수도 있겠다.

하지만 건우는 알고 있다. 그런 시답지 않은 언쟁은 너무나 무의미하다는 걸. 오랫동안 반복되어 온 학습을 통해 잘 알고 있으므로 그는 더 이상 말을 잇지 않았다.

아버지가 어떻게 생각하든 결국엔 상관없는 일이었다. 그는 가끔 이렇게 나타나, 자신의 할 일을 다 했다는 식으로 굴다가 또 다시 미련 없이 떠날 사람이기 때문이다.

아버지에게 이런 얘기를 듣고 싶어서 나온 건 아니었다. 오랜만인데 잘 지냈냐, 어떻게 지냈느냐, 사는 건 어떠냐, 나는 어떻게 살고 있다. 뭐, 그런 이야기를 나누고 싶었다.

마주 보고 앉아서 따뜻한 밥 한 끼 먹으며 소소한 이야기를 나누고 싶었을 뿐이다. 돈 쥐어 주고 그만큼 생색내며 다그치고 야단치는 아버지의 짜증을 받고 싶지 않았다.

건우도 정희와 수연의 관계처럼, 다정하고 따뜻한 부모, 친구 같은 살가운 자식이고 싶었다. 단 한 번도 가져 보지 못했던 가족의 화목함이나 평범한 일상은, 어렸을 때부터 어른이 된 지금까지도 늘 부러웠다.

건우와 남우에게 일상이었던 부모의 부재와 무관심은 너무나 큰 상처였기에, 그들과 같은 어른이 되고 싶지 않았다. 절대로 그런 사람이 되고 싶지 않았다.

건우는 한국에 돌아올 일 없다는 그 말이 한편으론 다행이라고 생각했다. 차라리, 아예 잊고 사는 것도 나쁘지 않을 것 같았다. 그게 마음 편할 것 같았다.

그 후로 긴 침묵이 이어졌다. 두 사람 앞에 놓인 음식은 전혀 줄지 않았다.

"네 엄만 잘 지낸대?"

"잘 지내시겠죠. 잘…… 지내셔야죠."

일 년 가까이 연락이 닿지 않다가 속이 새까맣게 타버렸을 때쯤, 건우는 전화를 받았다. 한동안 몸이 좋지 않아서 요양을 하며 지냈다고, 이제는 괜찮다는 소식을 들은 지 두 달쯤 흘렀다.

하지만 그런 이야기까지 굳이 아버지에게 할 필요는 없었다.

"식사 다 하셨으면 일어나시죠. 바쁘실 텐데."

건우의 말에, 그의 아버지는 마치 기다렸다는 듯 고개를 끄덕이며 일어나 슈트 재킷을 걸쳤다.

"캐나다 오면 연락해라."

빈말일 것이다.

"네."

그래서 건우도 빈말로 대답했다.

마지막 인사는 그게 전부였다. 아버지는 어깨 한 번 다독여 주고 눈 한 번 맞춰준 뒤 미련 없이 떠났다.

어쩌면 다시 만나지 못할 수도 있는데, 이 만남이 정말 마지막일 수도 있는데 아버지에게 이 순간은 너무나 아무렇지 않아 보였다. 이렇게 덤덤해도 되는 건가 싶을 만큼, 그는 여전히 차가웠다.

건우는 말로 형용할 수 없을 만큼 씁쓸했다. 어쩐지 조금 서운한 것 같기도 하고……. 명확하게 분류하지 못한 복잡한 감정들이 마음속을 엉망으로 헤집어놓았다.

아버지를 태운 택시가 시야 밖으로 완전히 사라진 후에도, 건우는 한동안 그 자리에 멍하니 서 있었다. 손에 들고 있는 얇은 서류 봉투를 힐끔 내려다보는데, 헛웃음이 새어 나왔다.

"후우……."

우리의 시간 137

긴 한숨을 내쉬는 순간, 마음 한구석이 와르르 무너져 내리는 것만 같았다. 딛고 선 땅바닥이 산산이 부서져, 이대로 땅 속으로 꺼져 버릴 것만 같았다. 그래서 건우는 단 한 발자국도 옮길 수가 없었다.

자신의 세상 전부가 무너질까 봐, 제 존재 자체를 부정하고 싶어질까 봐, 건우는 문득 서러웠다.

수연은 함께 은행에서 근무하던 동료 서진의 결혼식에 참석했다. 서진은 수연의 대학 선배이기도 했고, 낯선 직장에서 가장 의지가 되었던 사람이었다.

웨딩으로 명성이 자자한 H호텔의 그랜드볼룸은 천여 명의 하객들로 발 디딜 틈이 없었다.

서진의 직장 동료는 물론이고 대학 동기와 선후배들, 회계사인 신랑 쪽에서도 꽤 많은 하객이 찾아왔다. 게다가 양가 부친이 모두 공무원 출신이라더니, 로비 벽면에는 더 이상 놓을 곳이 없을 정도로 빼곡하게 화환이 들어섰다.

수연은 옛 동료들과 테이블에 둘러 앉아 예식을 지켜보았다.

수연은 문득, 사람 일이란 건 정말 한치 앞을 알 수 없단 생각이 들었다. 서진은 대학 때부터 10년을 사귀었다던 남자친구와 헤어지고, 등 떠밀려 나간 선 자리에서 신랑과 서로 첫눈에 반해 석 달 만에 초고속 결혼식을 치르려는 것이다.

서진은 수연에게 결혼 소식을 전하며 그런 말을 했다.

인연은 정말 따로 있는 것 같다고. 어느 날 갑자기, 너무나 느닷없이 찾아온다고.

"수연 씨, 그 얘기 아직 못 들었지? 최민욱 팀장 징계 해고됐어."

오랜만에 듣는 그 남자의 이름에 수연은 몸이 굳는 것 같았다. 잊었다고 생각했는데 여전히 기억하고 있는 그 남자의 음성이 머릿속에서 사납게 울렸다.

"새로 들어온 신입사원한테 엄청 치근덕댔는데, 알고 봤더니 걔가 우리 은행 VIP 고객 딸이었던 거야. 바로 모가지 날아갔지, 뭐."

회식 때 술 시중을 거부하면 여자가 착착 감기는 맛이 없고 뻣뻣하다며 손을 제멋대로 주무르고 은근슬쩍 허벅지를 만지던, 분리수거도 안 되는 쓰레기였다. 그런 팀장의 얼굴에 술을 들이붓고 뺨을 후려친 후 수연은 감봉 징계를 받았고, 그는 다른 부서로 옮겨간 후로도 그 짓을 반복했다.

어쨌든 이제라도 해고가 되었다니 다행이긴 한데, 왜 이렇게 뒷맛이 씁쓸한 걸까.

신입사원은 간단히 처리할 수 있었던 일을, 나는 왜 해내지 못한 걸까.

수연을 비롯한 수많은 피해지들이 목소리를 높일 땐 들어주지도 않더니…….

"잘됐네요."

"그게 다야? 난 수연 씨가 최 팀장한테 당한 게 하도 많아서 엄청 통쾌해할 줄 알았는데. 반응이 너무 뜨뜻미지근하다. 흥."

소식을 전해준 선배는 새침한 얼굴로 입술을 삐죽였지만 수연은 더 이상 그에 관해 말을 더하지 않았다. 이제는 그녀와 상관없는 조직의 일이니 일말의 관심도 갖고 싶지 않아서다.

"그나저나, 수연 씨 얼굴 좋아졌다? 편안해 보여."

"밥도 잘 먹고 잠도 푹 잘 자서 그런가 봐요."

"그게 최고지. 부럽다. 어쨌든 사장님 된 거잖아."

먹고 자는 것. 인간의 기본 욕구를 충족한 것만으로도 이토록 삶의 질이 높아질 수 있다는 게 신기할 따름이다.

조금 덜 열심히 살고, 조금 덜 최선을 다하면 다른 사람보다 뒤처지지 않을까 하는 불안함과 조급함이 그동안 얼마나 제 숨통을 조이고 있었는지, 한걸음 물러나서 보니 이제야 제대로 보였다.

수연은 남의 시선에 얽매여 사느라 정작 개인의 행복을 챙기지 못했던 제 스스로에게 미안했다. 그러면서도 그 시간들을 견디며 완전히 무너지지 않고 버텨온 제 자신이 기특했다.

"근데 수연 씨, 촌구석에 있다 와서 그런가? 어딘가 묘하게 좀 촌스러워진 거 같기도 하다?"

맞은편에서 듣고 있던 손영은 차장의 말에 일순간 분위기가 얼어붙었지만, 수연은 옅게 웃었다.

"맞아요. 이게 원래 제 모습이었는데, 회사 다니는 동안 아닌 척하느라 힘들었어요. 지금은 딱 맞은 옷을 입은 것 같아서 아주 편해요."

수연이 여유 있게 받아치자 다들 웃음을 꾹 참으며 수연과 그녀를 번갈아 보았다.

손영은 차장은 워낙에 대놓고 무안 주는 재미로 직장 생활하는 게 아닐까 싶었던 사람이었다. 예전엔 그런 가시 돋친 말이 가슴에 콕 박혀 스트레스를 받곤 했는데, 남의 시선 같은 거 마음에서 내려놓고자 마음먹었기 때문인지 타격감이 전혀 없었다.

"시장에서 반찬 가게 한다고 했지? 장사는 체질에 맞아?"

"네. 잘 맞아요."

"어우, 그럴 거면 진작 내려가서 장사나 할 걸 그랬다. 괜히 서울에서 아등바등하며 악착같이 살았네?"

"그러게요. 내 진가를 알아봐 주고 소중하게 여겨주는 사람들 틈에 있으니까, 그동안 사람에게 받았던 상처들이 금세 아물더라고요. 참 감사한 일이죠."

수연이 한 마디도 지지 않고 받아치자, 손 차장의 얼굴이 점점 붉게 달아올랐다. 그 모습을 지켜보는데 통쾌함보단 안쓰러운 마음이 들었다.

"수연 씨. 연애는 안 해?"

동갑내기 동기였던 희원의 물음에 수연은 고개를 갸웃거렸다.

"아직은 별로 생각이 없어서……."

"아니, 연애를 무슨 생각으로 해? 마음 끌리는 대로 하는 거지. 설마, 거기서도 철벽 치고 다니는 건 아니지?"

수연이 별다른 대답을 꺼내지 못하자, 희원이 그럴 줄 알았다면서 한숨을 쉬더니 슬쩍 째려보았다. 그녀는 종종 수연에게 소개팅을 시켜주곤 했는데, 다정한 성격이라서가 아니라 워낙 오지랖이 넓어서였다.

"으이구, 겁쟁이. 누가 다가오면 도망갈 생각부터 하는 건 여전하구나? 자, 저길 봐."

희원이 손가락으로 가리킨 곳에는 예물 반지를 나눠 끼고 있는 신랑, 신부가 서 있었다.

"한 번 사는 인생, 원 없이 사랑하고 사랑받으면서 살자. 얼마나 보기 좋아?"

"알았어. 노력해 볼게."

수연의 긍정적인 대답에 희원은 엄지를 치켜세우며 어깨를 다독였다.

"근데, 그 동네 시골이라면서. 수연 씨 또래 남자가 귀하지 않을까?"

"아무리 시골이라도 공무원은 있겠지. 수연 씨, 공무원 하나 잡아. 그 스펙 뒀다 뭐 할래?"

주변에서 한 마디씩 거들었지만 수연은 그다지 신경 쓰지 않았다. 모였다 하면 남 얘기 하길 좋아하는 사람들이니까.

오랜만에 만난 수연에 대해 호기심이 넘쳐 나는 건 말릴 수 없는 노릇이었다. 아마 당분간은 회사에서도 그녀의 이름이 오르내릴 것이다.

"자꾸 재촉하지 마요. 수연 씨가 노력해 보겠다고 말한 것 자체가 장족의 발전이니까. 대한은행 돌부처 이수연, 잊었어요?"

희원이 편을 들자 다들 고개를 끄덕이며 수긍했고, 그 모습을 지켜보는 수연의 입장에선 기분이 묘했다.

내가 사랑 앞에서 겁쟁이였나?

사랑하고, 사랑받고, 아파하고, 상처 주고, 수연은 남들과 크게 다르지 않은 연애를 몇 번 해보았다.

수연의 사랑 역시 그녀를 닮아서 늘 노력하고 최선을 다했다. 마치 공부를 하고, 회사 일을 하듯, 의무감과 책임감에 그저 열심히 했다. 그래서 상대는 그녀를 숨막혀했고, 그녀도 금세 지치기 일쑤였다.

한때는 당신보다 내가 더 많이 사랑한다고 우기며 다투던 때도 있었다. 더 많이 사랑하는 게 너무 뿌듯하고, 마치 제대로 사랑할 줄 아는 사람인 것 같아 보여서 우쭐하기도 했다.

그러나 시간이 흐르면서 상대방이 날 사랑하는 것보다 내가 상대방을 더 많이 사랑하는 게 왠지 약점이 되는 것 같아서 수연은 억울하고 비참하고 자존심 상했다.

아무것도 바라지 않고 순수하게 누군가를 사랑할 줄 알던 마음은 어느새 크기를 새기 시작했고, 수연은 점점 조금도 손해 보지 않으려 마음을 꾹 눌렀다.

상처가 반복되면 위축이 되고, 정면으로 맞서고 싶어지지 않게 되는 것 같다. 사랑의 기쁨보단 이별의 아픔을 먼저 떠올리며 제 멋대로 서로의 진심을 재단하고, 결국 아예 시작하지 않게 되었다. 새로운 누군가를 만나는 게 두려웠고, 그렇게 연애와는 자연스레 멀어졌다.

소개팅은 각자 가진 패를 모두 꺼낸 상태에서 만나는 거라 불편했다. 내가 어떤 사람인지보다, 내가 뭘 하는 사람인지에 초점이 맞춰지는 게 싫었다. 정작 중요한 건 제외하고 시작하는 만남이라 좀처럼 익숙해지질 않았다.

수연은 문득 건우가 떠올랐다.

건우도 오늘 중요한 약속이 있어서 서울에 올라온다고 했다. 미리 알았다면 좋았을 거라며 아쉬워하던 그의 나지막한 목소리가 여전히 수연의 귓가에 맴돌았다.

내려갈 땐 같이 가자고 할 걸 그랬나.

차마 그 말을 못 했던 게 후회되었다.

'지금 어디인지 물어봐도 되겠지? 아직 안 갔으면 같이 가자고 해볼까?'

수연이 핸드백 안에 넣어둔 휴대폰을 꺼내 만지작거리며 한참 말을 고르던 그때.

지잉-

메시지가 도착한 듯 짧은 진동이 손에서 울렸다. 혹시 건우가 아닐까 하는 기대감이 왜 하필 그 순간에 들었는지 모르겠지만, 왠지 그일 것만 같았다.

〈어디야?〉

발신자에 적힌 건우의 이름을 확인한 수연은 저도 모르게 웃었다.

〈아직 호텔. 결혼식 되게 오래하네.〉

우습게도, 건우의 메시지를 확인한 순간, 수연은 당장 이곳을 벗어나고 싶었다.

〈결혼식 끝나고 바로 내려갈 거면 같이 가자.〉

건우는 마치 수연의의 속마음을 읽기라도 한 것처럼 말했고.

〈남부터미널에서 만나. 금방 갈게.〉

수연은 곧장 답장을 남겼다.

수연은 핸드백을 챙겨 메고 옆자리에 앉은 희원의 어깨를 톡톡 두드렸다.

"나 먼저 가봐야 될 거 같아."

"왜? 같이 사진 촬영하고 가야지!"

"갑자기 급한 일이 생겨가지고……. 서진 선배한테는 내가 따로 연락할게. 다음에 또 봐."

같은 테이블에 있던 사람들이 유명 가수가 부르는 축가를 듣는 사이, 수연은 몰래 식장을 빠져나왔다.

기다리고 있을 건우를 생각하니 마음이 급했다.

걸음을 서두르는 수연의 표정은, 4월의 신부보다 더 밝고 환하게 빛나고 있었다.

주말 오후, 터미널 안은 고속버스를 타고 내리는 사람들로 혼잡했다. 건우는 터미널에 거의 다 도착했다는 수연의 메시지를 확인하고 티켓 예매부터 마쳤다.

건우는 터미널 밖으로 나와 출입문 한쪽에 비켜서서 수연을 기다렸다. 1분이 10분처럼 길게 느껴졌지만 이상하게 지루하지 않았다. 기다림이 길어질수록 설렘은 배가 되었다.

길을 지나는 사람들의 얼굴을 보며 혹시나 수연일까 봐 몇 번이나 심장이 내려앉았고, 긴장감에 건우의 손바닥에는 땀이 살짝 배어났다.

그때, 택시에서 내리는 수연의 모습이 건우의 눈에 들어왔다.

베이지 컬러 블라우스 아래 무릎을 살짝 덮는 길이의 인디언핑크 컬러 스커트. 굽이 뾰족한 힐에 끝에만 살짝 말아 넣은 헤어스타일. 건우는 그런 수연의 모습이 어색하면서도 한편으로는 아름다워 눈을 뗄 수가 없었다.

수연은 손에 쥐고 있던 핸드백의 긴 끈을 어깨에 걸고 주변을 두리번거리며 다가왔다.

건우는, 세상에 이렇게 예쁜 여자가 있었나 싶었다. 분명 내가 아는 그 이수연이 맞는데 왠지 다른 사람 같았다. 그가 알지 못하는, 그가 보지 못했던 그녀의 또 다른 모습은 낯설면서도 익숙했다.

작업복처럼 늘 입고 다니던 라운드 티셔츠에 데님 진 차림으로도 건우의 눈에는 늘 예뻤는데, 처음으로 보게 된 수연의 모습은 놀라움 그 자체였다.

"어? 나와 있었네?"

그제야 건우를 발견한 수연이 환하게 미소를 지으며 걸어왔고, 그는 여전히 멀거니 그녀를 바라보기만 했다.

"오래 기다렸지?"

"아니."

말끝에 긴 한숨이 따라왔다. 한숨이라기보다는 호흡이었다. 건우는 숨 쉴 타이밍을 찾지 못할 정도로 넋이 나가 있었다.

"왜 그렇게 빤히 쳐다봐. 민망하게."

수연은 뺨을 붉히며 가느다란 손가락으로 머리칼을 쓸어 넘겼고, 그 모습에 건우는 또 한 번 말을 잃었다.

"예뻐서."

"고마워. 결혼식이라 힘 좀 준 건데 촌스럽단 소리 들어서 맥 빠졌었거든."

"누가! 대체 누가 그런 말도 안 되는 소리를 해?"

건우는 저도 모르게 발끈하고 말았다. 그러자 수연이 또 한 번 배시시 웃으며 입술을 꼭꼭 깨물었다.

"예뻐. 말도 안 되게 예뻐!"

"음. 듣기는 좋네."

"그냥 하는 말 아냐. 이수연 진짜 예뻐."

수연은 손사래를 치며 민망해했다.

"오늘도 예쁘지만, 어제도 예뻤고, 그제도 예뻤어."

"알았어, 그만해."

"이수연은 항상 예뻐."

건우의 솔직한 대답에 수연은 당황한 기색을 감추지 못했다. 그의 눈치를 살피며 괜히 귀 뒤를 긁적였다. 어쩔 줄 몰라 하는 수연의 모습이 귀여워서, 건우는 여전히 시선을 떼지 못했다.

"차 시간 얼마 남았어?"

말 돌릴 거리를 찾아낸 수연이 여전히 귀가 빨간 채로 물었고, 건우는 시계를 확인했다.

"15분."

"버스에서 먹을 거 좀 사 가지고 갈까?"

"그래. 그러자."

건우는 수연과 함께 터미널 안으로 들어갔다. 각종 분식과 간식류를 파는 상점들이 줄지어 있었다.

"뭐 먹을래?"

"음."

수연은 신중하게 가게를 훑어보았다. 건우는 한껏 집중한 그녀의 표정과 똘망똘망한 눈빛이 사랑스러웠다. 그녀가 옆에 가까이 있어서인지, 유독 짙게 느껴지는 그녀의 향기에 자꾸만 마른침이 넘어갔다.

"호두과자 먹을까?"

"그래."

건우가 고개를 끄덕이자 수연이 신이 난 듯 말갛게 웃었다. 오늘따라 잘 웃어주는 그녀 때문에 그의 심장은 시도 때도 없이 쿵 하고 내려앉았다.

건우는 사람들 틈을 비집고 걸으면서 혹시나 수연과 거리가 멀어질까 봐 계속 신경 썼다.

"지나갈게요."

그때, 건우과 수연 사이를 가르고 지나가려는 한 커플이 다가왔고, 건우는 재빠르게 팔을 뻗어 수연의 어깨를 감싸며 끌어당겼다. 그러자 커플은 두 사람을 피해서 옆으로 지나갔다.

"미안."

"아냐, 괜찮아."

자신에게 반쯤 안긴 채 딸려오던 순간 수연의 눈이 더할 나위 없이 크고 동그래지던 게 떠올라 건우는 조용히 웃었다.

다시 걸음을 옮기는데, 수연이 건우의 재킷 소매를 꼬집듯이 붙잡았다. 저를 놓치지 않으려 무의식중에 한 그녀의 행동에, 건우는 입술을 질끈 깨물어야만 했다. 누군가 심장을 쥐어 터뜨릴 듯 꽉 움켜쥐고 있는 것만 같았다.

건우는 무슨 정신으로 호두과자를 샀는지, 어떻게 버스에 올랐는지 알 수 없었다. 정신을 차렸을 땐 그의 옆자리에 수연이 앉아 있었다.

수연온 스기트기 말려 올라긴 게 신경 쓰였는지, 핸드백을 무릎 위에 얹어두고 연신 손가락을 꼬물거렸다. 그 상태로 뭔가를 먹는 건 불편해 보였다. 건우는 입고 있던 재킷을 벗어 수연에게 건넸다.

"무릎 덮어."

"고마워."

수연은 재킷을 다리에 덮은 후에야 마음 편히 호두과자를 입에 넣고 오물거렸다.

복잡한 시내를 빠져나간 버스는 금세 고속도로에 올랐다.

오성에 도착하기까지 남은 시간은 3시간.

마치 삼 일 같은 3시간이 되길, 건우는 진심으로 소원했다.

"난 어렸을 때부터 이게 그렇게 맛있더라?"

"단거 별로 안 좋아하잖아."

"근데 팥 앙금은 좋아. 희한하지?"

그러면서 또 하나를 입에 넣었다. 건우는 수연이 손에 쥐고 있던 하얀 종이 껍질을 받아 비닐봉지에 넣고, 뚱뚱한 바나나 우유에 빨대를 꽂아 건넸다.

"안 뺏어 먹을 테니까 천천히 먹어. 우유도 마시고."

우유를 받아 든 수연은 호두과자 하나를 건우에게 내밀었다. 건우가 손 대신 입으로 냉큼 받아먹자, 당황한 그녀는 창밖으로 시선을 옮기며 빨대를 쪽 빨았다.

소도시로 향하는 버스 안은 승객이 많지 않았다. 수연과 건우를 포함해도 열다섯 명 남짓이었다.

맨 뒷좌석에 앉은 두 사람은 다른 승객들에게 방해가 되지 않도록 작은 목소리로 속닥였다. 어깨가 맞붙을 정도로 가까운 거리에서 이야기를 하다 보니 마치 귓속말로 대화를 나누는 기분마저 들었고, 친밀감은 실시간으로 상승 중이었다.

건우는, 피곤하면 잠깐 눈 붙이라고 말하고 싶었지만, 사실 그건 마음에도 없는 소리라 하지 않았다. 좀 더 이렇게 이야기를 나누고 싶었다. 이런 기회가 다시 올 거라는 보장이 없기에, 지금 이 순간에 최선을 다해야 했다.

수연도 건우와 같은 마음인 건지, 지친 기색 없이 연신 종알거리며 호두과자를 입에 넣었다.

"결혼식 가서 밥도 안 먹고 왔어?"

"어? 어······."

농담으로 한 말인데 수연은 고개를 끄덕였다.

"진짜? 왜?"

"어, 그게······. 내가 원래 결혼식 가서 밥을 잘 안 먹어."

건우는 이게 무슨 소린가 싶었다.

"혹시, 나 때문에 밥 안 먹고 바로 온 거야?"

"아냐! 그래서 그런 건 아니고."

나긋나긋하던 수연의 목소리가 두 톤 정도 높아지는 순간, 건우는 그녀의 말이 거짓이란 걸 눈치챘다. 반듯한 이수연답게, 거짓말 같은 건 능숙하지 않았다.

어쩐지 잘 먹더라니.

건우는 미안한 마음에 비닐봉지 안에서 소시지를 꺼내 껍질을 벗겨 건넸다.

우리의 시간　151

"안 그래도 빨리 나오고 싶었는데, 때마침 너한테 연락이 와서 너무 반가웠어."

"정말?"

"응. 진짜야. 안 그랬으면 내가 그 많은 축의금 내고 밥도 안 먹고 그냥 왔겠어?"

"원래 결혼식 가서 밥 안 드신다면서요."

"아……."

앞뒤가 맞지 않는 다는 걸 깨달은 수연이 머쓱하게 웃으며 입에 소시지를 가득 넣었다.

늘 꼼꼼하고 똑 부러진 수연이 가끔씩 이렇게 허당 같은 모습을 보여줄 때마다 건우는 기분이 좋았다. 조금은 그녀에게 편안한 사람이 된 것 같아서다.

"어, 벌써 다 먹었네."

수연은 바닥난 호두과자 봉투를 구기며 아쉬운 듯 입맛을 다셨다.

"호두과자 진짜 좋아하는구나?"

"할머니한테 호두과자 장사하자고 조르기도 했었어."

그 모습이 상상이 되어서 건우는 웃을 수밖에 없었다.

"그래서, 호두과자도 파셨어?"

"아니. 대신 붕어빵. 나 서울 올라오기 전까지 겨울마다 붕어빵 장사도 같이 하셨어."

"나도 붕어빵 진짜 좋아하는데. 올겨울에 우리 같이 붕어빵

팔까?"

"파는 거보다 내가 먹는 게 더 많을 텐데, 괜찮겠어?"

많이 못 팔면 어때. 뜨거운 붕어빵을 호호 불며 야금야금 베어 먹을 그녀를 상상하는 것만으로도 마냥 좋은걸.

수연이 맛있게만 먹어준다면 건우는 아무래도 상관없었다.

건우는 하루 중 꽤 많은 시간을 수연을 생각하는 데 사용하고 있었다.

건우는 주로 수연의 하루를 궁금해했다. 잠은 잘 잤는지, 밥은 먹었는지, 무슨 생각을 하는지, 뭘 하고 있는지······.

무엇을 좋아하고 싫어하는지 하나둘 알아가기 시작하면서부터 시작된 건우의 호기심은 무럭무럭 자라, 수연의 모든 것을 알고 싶게 했다.

메시지를 주고받고 대화를 나누는 동안 서로에 대해 알아가며 함께한 시간들이 쌓여, 우리만의 시간을 만들었다.

지금 이 순간에도 만들어지고 있는 우리만의 시간.

온전히 너와 나의 시간.

내가 너를 알아가고, 너에게 나를 알려주는 시간.

자신이 다가가는 동안 수연이 뒤로 물러서지만은 않길 바랐던 건우의 마음은, 그녀 역시 그에게 다가와 주길 바라는 욕심으로 변해가고 있다 그러면서 더욱더 부지런히 그녀에게 다가가 손짓한다. 나 이만큼 왔으니까, 당신도 내게 조금만 더 가까이 와달라고.

우리의 시간

수연은 물러서지도, 멀어지지도 않았다. 느리지만 아주 정확하게 다가와 주고 있다.

'나 너 좋아해' 이런 직접적인 말을 하지 않더라도 건우를 바라보는 시선에서, 다정한 말투에서, 그에게 허락해 주는 시간들을 통해서 느껴졌다.

"이수연."

"응?"

"고마워."

"뭐가?"

"그냥, 전부 다."

집으로 돌아가는 길이 혼자가 아니라 수연과 함께여서 건우는 참 다행이라고 생각했다.

오늘만큼은 혼자이고 싶지 않았는데 고맙게도 수연이 와주었다. 건우는 그제야 숨통이 틔는 것 같았다. 밥 한 술, 물 한 모금 삼키기 괴로울 만큼 숨 막혔던 시간 끝에 그녀가 선물처럼 와줘서 진심으로 고마웠다.

가슴 한 쪽이 쑹덩 잘려 나간 것처럼 아프던 마음은, 수연이 옆에 있어주는 것만으로도 아무는 것 같았다.

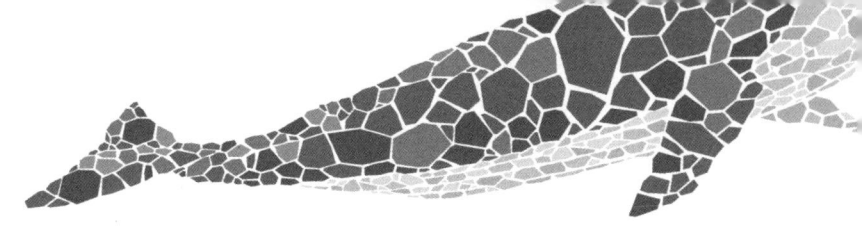

06
온기

 서울에서 돌아온 수연은 집에 들르지 않고 곧장 가게로 향했다. 내일 아침 일찍 준비해야 할 도시락 단체 예약 때문에 마련해야 할 것이 많은 데다, 하루 종일 혼자 고생했을 정희에게 잠깐이라도 쉴 시간을 주고 싶었기 때문이다.
 "다녀왔습니다."
 매장 안의 작은 테이블에 앉아 더덕을 까고 있던 정희가 환하게 웃으며 수연을 반겨주었다.
 수연은 카운터에 핸드백을 올려두고, 의자 등받이에 걸어둔 앞치마를 허리에 단단히 묶었다. 온종일 발을 괴롭혔던 하이힐을 벗고 슬립온으로 갈아 신고 나니 이제야 살 것 같았다.

"그거 내가 마저 할 테니까 엄마 집에 가서 쉬다가 와."

'아냐. 엄마가 할게. 너 손 버려.'

"아유, 뭐 이정도 가지고."

꼬마였을 적부터 할머니와 엄마가 하는 양을 보고 자란 풍월이 있어서, 수연에게 이 정도는 일도 아니었다.

할머니는 그런 수연에게 고운 손 버린다고, 여자가 손에 물 묻히기 시작하면 시집가서 일 많이 한다고 늘 말렸지만, 호기심 많던 수연을 막을 순 없었다.

"나 오면 같이하지, 혼자서 많이도 했네."

수연은 정희가 혼자서 반찬 준비를 해둔 걸 확인하고 머리카락을 하나로 질끈 묶었다.

그사이, 수연의 성화에 자리를 털고 일어난 정희가 손을 닦고 집에 갈 채비를 마친 후 휴게실을 빠져나왔다.

'저녁은 먹었니?'

"오는 길에 버스에서 간식을 하도 많이 먹었더니 배가 안 고프네?"

'그래도 밥을 먹어야지.'

정희는 밥을 차려주고 가려는지 다시 주방으로 향했고, 수연이 그런 그녀의 손을 붙들었다.

수연은 정말로 배가 고프지 않았다. 버스 타고 오는 내내 호두과자 한 봉지를 혼자 다 먹었고, 바나나우유에 소시지, 과자와 젤리까지 먹은 참이다. 건우가 쉼 없이 건네주는 바람에 거절하지 못하고 모두 배 속에 저장한 것이다.

"내가 알아서 챙겨 먹을게. 얼른 가서 쉬세요."

'이따 10시에 올게.'

"천천히 와도 돼."

정희는 여전히 저녁을 먹지 않은 딸이 걱정스러운지 좀처럼 걸음을 옮기지 못했다.

"안녕하세요."

그때, 가게 문을 열고 손님이 들어왔다. 현준이었다.

현준의 등장에 정희는 아까 그녀를 반기던 때와 마찬가지로 환하게 웃었고, 그는 아주 살짝 입매를 늘인 채 공손히 손을 모아 고개 숙여 인사했다.

그 모습을 지켜보던 수연은 참 그다운 인사라고 생각했다.

"반찬 좀 사 가려고요."

"아, 네."

당연히 반찬을 사러 반찬 가게에 왔겠지?

현준은 아주 당연한 소리를 하면서도 쑥스러워했다. 수연은 그런 그의 모습에 어쩐지 웃음이 났다.

현준은 반찬을 아주 신중하게 골랐다. 수연은 그가 나가고 나면 까려던 더덕을 만지작거리며 그의 뒤통수를 힐끔거렸다.

좋아하는 반찬이나, 따로 찾는 게 있는 거냐고 자연스럽게 말이라도 걸어야 하나?

차라리 먼저 도움을 요청하면 좋겠는데 현준은 반찬 냉장고

앞을 계속 서성였다. 수연은 그런 그가 조금 신경 쓰였다.

사실 현준보다 더 신경 쓰이는 건 정희였다. 그녀는 가지도 않고 계속 그를 지켜보며 흐뭇한 표정으로 웃고 있었다.

수연은 문득 현준을 마음에 들어 했다던 할머니가 생각났다.

혹시, 정희도 현준을 마음에 들어 했던 걸까?

온 동네 사람들이 찍어다 붙이니 현준의 입장에서는 불편할 만도 한데, 그는 그 사실을 다 알고 있으면서도 이곳을 찾았다.

대체 현준은 어떤 마음일까. 전혀 개의치 않는다는 걸까? 아니면⋯⋯.

"오늘 어디 다녀오셨나 봐요?"

"저요? 네. 결혼식이 있어서 서울에 다녀왔어요."

"친구?"

"아뇨. 같이 일했던 동료요."

현준이 느릿하게 고개를 끄덕이며 다시 시선을 반찬 냉장고로 옮겼다.

수연은 제가 생각해 봐도 좀처럼 대화가 잘 이어지지 않는 단답형 대답을 한 것 같아 멋쩍었다. 너무 성의 없어 보였을까 봐 마음에 걸렸다.

그래도 나름 장사를 시작하면서 한계치의 친화력까지 끌어 모아 손님을 상대하고 있는데, 여전히 수련이 부족한가 보다.

수연은 뒷목을 주무르며 현준에게 가까이 다가섰다.

"계장님은 어떤⋯⋯."

"너무 예쁘게 하고 계셔서 놀랐어요."

어떤 반찬을 좋아하냐고 물으려던 수연과 동시에 꺼낸 현준의 말에, 순간 그녀는 입을 벌린 채 더 이상 말을 잇지 못하고 눈만 끔뻑였다. 그러자 그도 당황한 듯 귀가 빨개졌다.

"아하하. 감사합니다. 신경 써서 꾸민 보람이 있네요."

제법 능숙하게 말을 받았지만, 입술이 바짝 마르는 건 어쩔 수가 없었다.

"근데 저, 계장님 아니고 김현준입니다."

시청에서 처음 만났을 때와 마찬가지로, 현준은 한 번 더 본인의 이름을 어필했다. 그는 직책보단 이름으로 불리는 걸 좋아하는 것 같았다.

"미안해요, 현준 씨. 다들 김 계장님이라고 부르니까 저도 모르게 입에 붙었나 봐요."

"수연 씨가 제 이름이 기억나지 않아서 그렇게 부르시는 건가 싶어서 다시 한 번 알려 드린 거예요."

외모와 딱 어울리는 반듯한 이름이라 수연은 정확하게 기억하고 있었다. 다만, 그를 이름으로 부르는 게 어려웠을 뿐.

이름은, 왠지 격의 없는 친근한 사이에 부를 법한 것이라 망설이게 되었다. 직장 생활을 할 때도 서로를 직책으로 부를 때 느껴지는 적당한 거리감에 오히려 편안함을 느꼈다.

아무래도 현준과는 일 때문에 만난 사이라 더 그런 것 같았다.

"현준 씨는 어느 동네에 사세요?"

온기

"저는 대암동이요."

"시청 근처 사시는구나. 근데 반찬 사러 여기까지 오셨어요?"

별 뜻 없이 건넨 물음이었지만, 생각해 보니 너무 오지랖 넓은 질문이었던 것 같아서 수연은 아차 싶었다. 주말이니까 이 근처에 나왔다가 들어가는 길에 들른 것일 수도 있는데……

손님들에게 이것저것 물어대는 미선에게 주책이라고 할 게 아니었다. 어떤 대화로든 이 뻘쭘한 분위기를 깨보려다가 오버를 하고 말았다.

수연은 급히 카운터로 가 입을 꾹 다문 채 괜히 주변을 정리했고, 현준은 고른 반찬을 카운터에 놓고 섰다.

"칠천오백 원입니다."

수연은 현준이 건넨 만원을 받아 잔돈을 건네준 후, 비닐봉투에 반찬을 담았다.

"겸사겸사 들렀어요. 반찬도 사고, 눈도장도 찍으려고요."

수연이 현준을 올려다보자, 그가 옅게 웃으며 공손하게 인사를 건넸다. 이 모든 상황을 지켜보고 있던 정희에게도 인사를 한 뒤 그는 곧장 가게를 나섰다.

멍하니 서 있던 수연은 현준이 시야에서 완전히 사라질 때까지 그가 남기고 간 말을 몇 번이나 곱씹으며 고개를 갸웃거렸다.

눈도장? 무슨 눈도장? 누구한테?

사람을 착각하게 만드는 오묘한 대답이었다.

'김 계장이 너 마음에 들어 하는 거 아니니?'

정희의 물음에 수연은 고개를 가로저었다.

그런 감정을 갖기엔 현준과의 사이에 아무것도 없었기 때문이다. 주변에서 아무리 부추기더라도 그게 전부였기에, 수연은 그런 이유로 누군가를 마음에 들고 말고 할 건 아니라고 생각했다.

혹시, 그도 궁금해진 건가? 내가 건우를 궁금해하듯이, 그도 나를……?

수연은 또 한 번 고개를 흔들었다.

이건 너무 확대해석이었다. 설불리 추측하고 결론지었다가 망신을 당할 게 뻔했다.

역시, 사람 사이의 일이 세상에서 가장 어려워.

"엄마. 얼른 들어가."

정희는 웃으며 가게를 나섰고, 그런 그녀의 모습에 수연은 마음이 소란했다.

수연은 좀 더 진지하게 생각해 보기로 했다. 대체 왜 많은 사람들이 그녀와 김현준이라는 남자가 잘 어울린다고 판단한 것인지.

수연히 확실하게 알고 있는 건, 현준이 가진 조건들은 그녀에게 과분할 정도라는 것. 취향은 아직 아는 게 없지만, 성격은 꽤 비슷해 보인다는 것. 딱 여기까지였다.

아직은 현준에 대해 더 이상 알고 싶은 마음도 딱히 들진 않았다. 인간적인 호기심 그 이상은 없었다. 건우처럼 계속 생각하게 된다거나, 궁금해지는 것과는 달랐다.

결론은 또다시 건우에게 향했다. 요즘 거의 모든 생각의 끝에

온기 161

그가 걸렸다. 생각나면 마음이 말랑거리고, 가슴이 뛴다. 그 뒤에 따르는 기분 좋은 상상으로 머릿속이 가득 차버린다.

그런 건우를 두고 다른 남자를 생각해 보는 것만으로도 수연은 괜히 미안한 마음까지 들었다. 그건 수연이 그에게 가진 마음이 단순한 인간적인 호감을 넘어섰다는 걸 의미했다.

수연은 가게를 나와 길 건너 카페를 바라보았다. 간판 불과 매장 안 조명이 모두 꺼져 있었다.

"장사 할까 말까 고민하더니, 놀기로 했구나?"

매주 토요일마다 초등학교 방과 후 수업을 가는 남우였기에, 건우는 오늘 카페를 하루 휴업한 참이다. 저녁 때 잠깐이라도 카페를 열까 말까 망설이는데, 명호가 같이 술 한잔하자고 꼬드긴다며 고민을 하더니 결국 놀기로 한 모양이다.

성실하기로 칭찬이 자자한 건우였지만, 절친의 유혹에는 어쩔 수 없었던 것이다.

도로 가게로 들어가려던 수연은 카페 옆 좁은 골목길에 세워진 낯익은 차를 발견하곤 눈매를 찡그렸다. 차종도, 차량 번호도 효정의 것과 같았다.

저녁시간에 어쩐 일로 차를 가지고 나온 건가 싶어 반가운 마음에 횡단보도를 건너려던 수연은, 초록불로 신호가 바뀐 후에도 걸음을 떼지 못했다.

"어······."

운전석에서 내린 사람은 효정의 남편이었고, 조수석에서 내린 사람은 효정이 아닌 다른 여자였다. 남자는 보닛을 돌아 여자에게 다가갔고, 여자는 두 팔로 남자의 목을 감싸 안으며 입을 맞췄다.

'내가 잘못 본 거겠지?'

수연은 눈을 질끈 감았다가 다시 떴다. 어두워서 잘못 본 거라고 생각했다. 아니, 그렇게 믿고 싶었다.

여자는 차에 등을 기대고 서 있어서 얼굴을 확인할 수 없었지만 효정이 아닌 건 확실했다. 헤어스타일과 옷차림, 얼굴 옆선 모두 달랐다.

수연은 마른침을 삼키며 주먹을 꽉 움켜쥐고 용기를 내 다음 신호에 길을 건넜다. 천천히 그곳으로 다가가던 수연은 여자가 누구인지를 확인하고 그대로 멈춰 설 수밖에 없었다.

예은이었다. 언젠가 호프집에서 마주친 적 있던, 젊고 예쁜 아이.

'둘이 왜? 대체 왜?'

'왜'라는 물음이 머릿속을 빙글빙글 맴돌아 눈앞이 어지러울 지경이었다.

결국 수연은 서너 걸음을 뒷걸음질 치다가 돌아섰고, 그 순간 효정의 남편과 정면으로 시선이 부딪쳤다.

심장이 미친 듯이 쿵쾅거렸지만 수연은 애써 침착하게 고개를 돌리고 일부러 느리게 걸었다. 당신이 무슨 짓을 했는지 내가 다 보았으니 반드시 해명해야 할 거다, 라는 기운을 온몸으로 뿜어

내며 횡단보도를 건넜다.

가게 안으로 들어오자마자 수연은 찬 물을 벌컥벌컥 마셨다. 그곳을 다시 바라보았지만 차는 이미 자리를 떠난 뒤였고, 예은은 총총걸음으로 인도를 걷고 있었다.

휴대폰을 손에 쥔 수연은 최근 통화 목록에서 효정의 이름을 찾아둔 채, 멀거니 바라보기만 했다.

건우는 명호와 호프집에 마주 앉아 생맥주를 마시는 중이었다.

저녁때라도 잠시 카페를 열까 했는데, 건우가 아버지를 만나고 왔다는 걸 아는 명호가 술 한잔하자며 그를 꼬드겼기 때문이다.

"아버지 만나고 와서 심란해할 줄 알았더니, 생각보다 너무 멀쩡한데?"

명호의 퉁명스러운 물음에 건우는 옅게 웃으며 잔을 비웠다.

"그러게. 나 왜 아무렇지 않지?"

분명 괴롭고 서러웠는데, 우습게도 지금은 또 괜찮았다. 마치 아무 일도 없었던 것처럼.

아버지를 만난 후 그대로 혼자 내려왔다면, 지금쯤 건우는 몸을 가누지 못할 정도로 술을 퍼마시고 잠을 청했을지도 모른다.

하지만 수연을 만나 함께 내려오는 3시간 동안, 그녀와 시시콜콜하고 사소한 이야기를 나누면서 사납게 파도치던 마음이 고요해졌다.

왜 그랬는지, 이유는 알 수 없다. 수연이 딱히 위로의 말을 건넨 것도 아니고, 건우의 이야기를 들어준 것도 아닌데 말이다. 그저 그녀의 웃는 얼굴을 보았고, 다람쥐처럼 야금야금 간식을 먹는 그녀의 모습을 지켜봤을 뿐인데…….

혼자이고 싶지 않던 순간, 수연이 옆에 있어줬기 때문일까.

혼자가 아니어서, 그녀와 함께여서, 그것만으로도 기분이 나아진 모양이다.

"인이 박혀서 그런가?"

"그럴 수도 있고."

건우는 명호가 잔에 가득 채워준 맥주를 비우며 조용히 웃었다.

"너 요즘 수연이 누나 매일 집까지 바래다준다며?"

"벌써 소문났어?"

"당연하지, 인마. 이 동네가 얼마나 좁은데."

명호는 비밀이야기라도 꺼내려는 듯, 한껏 고개를 숙인 채 다가왔다.

"너 설마…… 누나 좋아하냐?"

건우도 덩달아 고개를 숙여 명호에게 가까이 다가갔다.

"어."

건우의 대답에 명호의 눈과 입이 동시에 크게 벌어지더니, 이내 상체를 뒤로 물렸다.

"누나 좀, 어렵지 않아?"

"아니. 귀여운데?"

"헐."

못 들을 말이라도 들은 사람처럼 명호는 진저리를 쳤다.

"야, 너 진짜로 누나 좋아해? 진짜?"

"그렇다니까."

"장난 아니고 진심?"

"내가 그런 걸로 장난 칠 사람이야?"

"……아니."

그걸 아는 녀석이 몇 번이나 계속해서 확인하려 드니 답답한 노릇이었다.

아니, 그보다, 아직 수연에게도 좋아한단 말을 하지 못했는데 왜 애한테 먼저 하고 있는 건지, 건우는 생각할수록 어이가 없었다.

"자꾸 물어봐서 미안한데, 이거 진짜 중요한 거라 묻는 거니까 네가 이해해라. 너, 장난 삼아 찔러보고 그러는 건 아니지? 그런 마음이라면 아예 시작도 하면 안 돼!"

"찔러보긴 뭘 찔러봐. 네가 왜 수연이 친오빠라도 되는 것처럼 몇 번이나 확인하는 건지는 모르겠지만, 확실하게 대답해 줄게. 절대로 그런 거 아니니까 호들갑 떨지 마."

그래도 안심이 안 되는지, 명호는 한참 동안 입술을 달막이다가 단숨에 잔을 비웠다.

"시골 사는 게 심심해서 그냥 한 번……."

"야, 아니라고. 내가 아니라는데 왜 자꾸 네 멋대로 의심하는 건데? 너 한 번만 더 헛소리 하면 진짜 죽는다."

건우의 엄포에 명호는 한숨을 쉬며 고개를 끄덕였다.

건우는 비어 있는 명호의 잔에 맥주를 채우다가 문득 억울한 생각이 들어 그를 노려보았다.

"생각할수록 어이가 없네. 너 진짜 웃긴다! 네가 뭔데 내 진심을 의심해? 너 내 친구 아냐? 내가 어떤 놈인지 날 그렇게 겪고도 몰라?"

"누나가 걱정되니까."

"내가 그 사람 좋아하는 게 너한테는 걱정할 일이라는 거야?"

"누나 그동안 진짜 고생 많이 했어. 누난 좋은 남자 만나야 돼."

"허!"

내가 지금 뭘 들은 거지?

건우는 제 귀를 의심했다.

기가 막혀서 말문이 턱 막혔다. 건우는 자신에 대해 가장 잘 아는 절친한 친구의 입에서 나온 그 말을 믿을 수가 없었다.

"그 말은, 난 좋은 남자는 아니다?"

"아니, 내 말은 그게 아니고! 너도 물론 좋은 남자지. 좋은 남잔데……"

횡설수설하는 명호의 모습에 건우는 웃음이 터져 버렸다.

뭘 걱정하는지, 무슨 말을 하고 싶은 건지 알고 있다. 온 동네 사람들이 한마음 한뜻으로 수연의 행복을 빌고 있단 것도, 그런 그녀의 곁에 자신이 아닌 다른 남자가 서길 바라는 것도 안다.

"나랑 그 사람 사이의 일이야. 우리가 알아서 할 테니까 걱정마."

"믿을게. 내가 아는 도건우는 신중한 사람이니까."

건우는 얄미운 친구의 입에 육포를 넣어주곤 헛웃음을 지었다.

건우가 신중을 기하고 있는 것은 사실이었다. 상대가 수연이기에 더욱더 그랬다.

애매한 감정은 확실하게 걷어내고, 오랫동안 비어 있던 마음 안에 차곡차곡 수연을 담는 중이다.

누군가를 좋아하는 감정이나 사랑하는 일은 여전히 낯설고 어떤 건지 분명히 알지 못하기에, 건우는 지금 몇 번이나 돌다리를 두드리며 건너는 중이다.

그 모습이 다른 사람들 눈엔 너무 더뎌 보이겠지만, 건우는 흐트러짐 없이 수연에게 다가가고 있었다.

"황명호. 혹시 너도 그 사람이 김 계장하고 잘 어울린다고 생각해?"

명호는 건우의 눈치를 살피다가 슬쩍 고개를 끄덕였다.

"왜 다들 김 계장하고 엮지 못해서 난리지? 심심하고 무뚝뚝 사람이던데, 그 사람보단 내가 낫지 않아?"

"음. 외모도 네가 낫고, 성격도 네가 낫긴 한데……. 김 계장은 할머니가 마음에 들어 하시기도 했고."

"할머니는 날 더 많이 예뻐하셨거든?"

"할머니가 널 예뻐한 거랑 김 계장님을 좋아한 거는 결이 다르지. 하나뿐인 손녀를 맡길 수 있다고 생각하셨을 만큼 좋아하신 거니까."

김현준-이수연 결혼추진위원회 회장이라도 된 듯 적극적으로 김 계장의 편을 들며 따박따박 할 말 다하는 명호가 너무 얄미워서, 건우는 전신에 뜨끈한 열기가 올랐다.

"김 계장이 싫다고 할 수도 있잖아."

"그럴 수도 있겠지. 근데, 그러기엔 누나가 너무 예쁘잖아. 거절할 리 없어."

그 말은 동의다.

싫어하기에는 수연은 너무 예쁘고, 잘났다.

"그리고 시장 어르신들이 잘해보라고 할 때마다 김 계장님 반응도 긍정적이었다고. 그 인물에, 그 직장에, 누나랑 나이 차이도 적당하고······. 정식으로 만나보면 누나 생각이 바뀔 수도 있지 않을까?"

명호의 말대로 만약 지금 이 상태에서 누가 나서서 두 사람의 맞선이라도 추진한다면, 진짜 어떻게 될지 모를 일이었다. 사람 일은 한 치 앞도 알 수 없는 거니까.

"너 지금 그게 내 앞에서 할 소리냐?"

"미안."

속에서 열불이 끓었지만 가만 생각해 보니 명호에게 이런 이야기를 듣게 된 것도 잘된 일 같았다. 대책 없이 손 놓고 있어서는 안 되겠다는 생각에, 건우는 정신이 번쩍 들었다.

우리만의 시간, 우리만의 서사가 쌓이고 있어서 안심하기엔 수연과 건우의 관계는 아직 덜 영글었기 때문이다.

"하아……. 서럽다. 내 편은 아무도 없네."

"맞아. 여기 네 편 없어."

귀에 익은 목소리에 돌아보니 그곳에 효정이 서 있었다. 그녀는 소주 한 병을 들고 다가와 명호 옆에 앉았다.

"어? 누나가 어쩐 일이야?"

"호프집에 술 마시러 오지, 차 마시러 왔겠니? 한 잔 잘 말아 줘."

명호는 효정이 가져온 소주와 맥주를 차례로 따라 그녀의 잔을 채워주었다.

"애들 밥은 챙겨주고 나온 거지?"

"애 아빠가 보고 있으니까 걱정 마세요."

효정은 단숨에 잔을 비웠고, 이번엔 건우가 적절한 비율로 잔을 채웠다.

"나 담배 한 대 피고 올게."

명호가 담배를 핑계로 자리를 비웠다. 오늘은 반드시 알바생에게 번호를 물어보겠다고 벼르더니, 타이밍을 잡은 듯했다.

건우는 반쯤 남아 있던 맥주를 마저 마신 후 진지한 표정으로 효정을 바라보았다.

"진짜 제 편은 아무도 없어요?"

효정은 땅콩을 입에 넣고 오독오독 깨물며 어깨를 으쓱였다.

"다들 수연이가 행복하길 바라니까."

"그 누구보다 저도 그걸 바라는데, 그래도 저는 안 될까요?"

효정은 대답 대신 건우의 잔을 소맥으로 말아 가득 채웠다.

"수연이가 왜 좋아?"

"한 백 가지 정도 댈 수 있을 거 같은데, 다 대볼까요?"

"아, 됐어. 안 들어도 알 것 같아. 내가 수연이를 좋아하는 이유랑 비슷하겠지, 뭐."

이성 간이나 동성 간이나 결국은 사람이 사람을 좋아하는 것이기에, 효정의 말대로 수연을 좋아하는 건 결국 같은 이유일지도 모른다.

처음엔 호기심이었고, 자꾸 생각났고, 한두 번 말을 섞고 나니 많은 게 궁금해졌고, 점점 시도 때도 없이 보고 싶어졌다.

마음을 꽁꽁 숨기고 있는 모습이 안쓰러웠고, 수연이 좀 더 편안해지길 바랐다. 그런 그녀 곁에 있고 싶었다.

같이 있으면 기분이 좋아지고, 이야기를 나누면 시간 가는 줄 몰랐다. 건우는 그렇게 서서히 수연이 좋아졌다.

"시골 살면서 가장 불편한 게 그거야. 남의 일에 자기 일처럼 관심을 갖는 거. 어떨 땐 되게 고맙기도 하지만, 가끔씩 지나칠 때도 있지."

온기　171

건우 역시 여러 사람들에게 많은 도움을 받고 있지만, 효정의 말처럼 때론 불필요한 간섭으로 느껴질 때도 있었다.

마주칠 때마다 얼른 장가가라고 채근하는 태권도 학원 사범님, 손님이 이렇게 없어서 어떻게 하냐고 땅이 꺼져라 한숨 쉬며 걱정해 주는 편의점 주인 아주머니……. 건우도 이곳에 사는 동안 수도 없이 접했다.

그들은 그렇게 평생을 살아왔기 때문에 건우가 어찌 할 순 없는 노릇이었다. 그냥 웃어넘기거나 '네, 그러게요.'라고 마치 남의 일인 양 흘려들을 뿐이다.

그러면 부딪칠 일이 없고, 크게 스트레스 받을 일도 없다. 모든 건 결국 관심에서 비롯된 것이니까. 건우는 부모에게 받아보지 못한 관심을 이곳에 와서 받는 중이다.

"진짜로 좋아하는 거라면, 이런 얘기에 흔들리지도 않을 거잖아. 그치?"

"네."

"그럼 됐어. 연애는 두 사람이 하는 거니까, 둘이 알아서 하면 돼."

수연의 가장 친한 친구인 효정의 말에, 명호 때문에 답답했던 가슴이 뻥 뚫리는 것 같았다. 건우와 효정은 건배를 나누고 동시에 잔을 비웠다.

"근데 그런 건 있어. 내가 보기에 둘이 뭘 하는 건지 잘 모르겠더라. 썸보다는 확실한데, 연애 중이라기엔 뭔가 불확실한……."

남들 눈에 수연과의 관계가 어떤 모습으로 보이는지는 중요하지 않다. 하지만 서로에 대해 알아가는 더딘 시간 사이에 틈이 생기고, 그 안으로 무언가 비집고 들어오려 하니 문제였다.

"다른 사람이 먼저 채가기 전에 잘해봐."

그건 정말 상상하고 싶지 않은 최악의 상황이었다.

건우는 두 손으로 정중하게 효정의 잔을 소주와 맥주로 가득 채웠다.

"그럼 이제부터 제 편 돼주시는 거죠?"

"너 하는 거 봐서."

건우는 효정과 건배를 나누고 또 한 번 잔을 비웠다.

수연과 가장 친한 친구를 자신의 편으로 만들었다는 것만으로도 오늘 굉장한 소득이었다. 건우는 방금 전까지만 해도 명호가 몹시 얄미웠는데, 지금은 저를 불러준 그가 고마움을 넘어 예뻐 보이기까지 했다.

"야야야야! 받았어, 받았어! 으으으윽!"

갑자기 자리로 뛰어 들어온 명호가 발을 동동 구르며 건우의 팔을 잡아 뜯더니 좌우로 흔들고 난리를 피웠다.

"번호 받았어?"

설마 하고 물었는데, 명호는 감격한 표정으로 고개를 격하게 끄덕였다.

"아이고, 울겠다. 울겠어."

그 모습을 지켜보던 효정이 혀를 끌끌 찼고, 그러거나 말거나

온기　173

신이 난 명호의 모습에 건우는 웃고 말았다. 몇 달 동안 마음 졸이며 애태우던 그의 모습이 떠올랐기 때문이다.

"너는 나이가 스물여덟이나 먹어서 번호 받은 게 그렇게 유난 떨 일이야?"

"너무 그러지 마세요. 저도 수연이 번호 받을 때 엄청 떨었거든요."

"얼씨구?"

효정은 건우의 대답에 눈을 동그랗게 뜨며 고개를 갸웃거렸다.

"건우가 보기보다 순진하구나?"

"애가 생긴 거에 비해선 얌전하게 컸어. 내가 애만큼만 생겼으면 여자들 번호 훑고 다녔지."

"음. 인정."

효정과 명호의 대화에 건우는 작게 한숨을 내쉬며 휴대폰을 꺼내 메시지 어플을 열었다.

〈언제 퇴근할 거야?〉

수연은 평소 9시쯤 퇴근하는데, 오늘은 내일 아침 일찍 찾으러 올 도시락 단체 주문이 있어서 늦게까지 남을 거라고 했다.

더 늦어질 것 같으면 간식거리라도 사 가지고 갈 생각에 물었는데, 답장이 금방 건너오지 않았다. 효정과 명호가 티격태격하는 동안에도 몇 번이나 휴대폰을 만지작대던 건우는 다음 메시지를 보냈다.

〈내가 도와줄까?〉

그때, 메시지 옆 숫자 1이 차례로 사라졌다. 건우는 수연이 메시지를 읽은 것만으로도 가슴이 두근거렸다.

〈그럴래?〉

드디어 수연에게서 답장이 건너왔고, 건우의 얼굴에 미소가 번졌다.

"야, 나 먼저 간다."

"뭐야, 갑자기. 급한 일 생겼어? 무슨 일인데?"

건우는 다급하게 묻는 명호의 어깨를 다독이며 일어섰다.

"누나, 저 먼저 가볼게요. 다음에 또 봬요."

"그래. 좋은 시간 보내라."

건우는 지갑에서 오만 원짜리 한 장을 꺼내 명호의 손에 쥐어 주고 서둘러 호프집을 빠져나왔다.

효정 다음으로, 이번엔 수연의 엄마를 제 편으로 만들어야겠다고 다짐하며 건우는 걸음을 서둘렀다.

도와주러 오겠다던 건우는 양손에 야식거리를 바리바리 들고 주방으로 들어왔다. 무를 씻고 있던 수연은 웃으며 그를 반겼다.

"혼자 있었어? 어머니는?"

"잠깐 집에. 곧 오실거야."

건우는 휴게실에 간식이 담긴 커다란 비닐봉투를 내려놓고 소매를 걷으며 옆으로 다가왔다.

"진작 말하지. 혼자 고생했겠다."

온기 175

"늘 하던 일인데, 뭐."

건우는 손부터 닦고, 주변을 두리번거리다가 앞치마 하나를 찾아 허리에 묶었다. 도와주겠다던 말은 거짓이 아니었던 모양이다.

"쉬는 김에 마저 쉬지 뭐 하러 왔어."

"진심이야?"

물론 빈말이다.

건우가 와준다고 했을 때 얼마나 기뻤는지, 혼자서 발을 동동 구르며 방금 전까지 콧노래를 부르던 참이었다. 하지만 직접적으로 말하기는 부끄러워서, 수연은 웃으며 고개를 가로저었다.

"저녁 안 먹었지?"

"별로 생각이 없어서."

"그럼, 넌 일단 먹어."

건우는 다시 휴게실로 들어가 작은 상 위에 사 온 야식을 펼쳐 놓았다. 엄청난 양의 족발과 상추, 무말랭이 무침과 생마늘, 고추, 쌈장, 새우젓, 비빔막국수가 차례로 나와 상을 가득 채웠다.

"같이 먹자. 너무 많아."

"난 맥주 마시고 와서 배불러. 내가 대신 일할 테니까 먹고 있어. 남으면 내가 먹을게."

건우는 수연을 억지로 휴게실 안으로 밀어 넣고 나무젓가락까지 쪼개 손에 쥐어준 뒤 조리대 앞에 섰다.

"뭐부터 할까요, 사장님?"

"스테인리스 볼에 담아둔 무 두 개 채칼로 썰면 돼. 손 다치니까 거기 꺼내둔 목장갑 끼고 그 위에 위생장갑 껴."

"네. 알겠습니다."

수연은 상추 위에 새우젓을 콕 찍은 족발 한 점과 쌈장 찍은 편 마늘 하나를 넣고 쌈을 싸 입에 넣었다. 군것질을 잔뜩 해놓고도, 먹으니까 또 맛있었다.

수연은 쌈 하나를 똑같이 싸서 건우에게 내밀었고, 한 손엔 채칼을 다른 한 손엔 무를 쥔 그는 입을 벌려 쌈을 받아먹었다.

"도시락에 반찬 뭐 들어가는데?"

"떡갈비, 더덕양념구이, 메추리알장조림, 무생채, 쌀밥. 그리고 배추된장국."

"우와! 맛있겠다."

입맛을 다시는 건우의 모습에, 수연은 쌈 하나를 더 만들어 그의 입에 넣어주었다.

배부르다더니, 주니까 잘 받아먹었다. 건우의 두 볼은 도토리를 저장해 둔 다람쥐의 볼처럼 볼록 튀어나왔고, 그 모습이 귀여워서 수연은 웃음을 참을 수 없었다.

"맛있어?"

"응. 그니까 너 많이 먹어."

수연은 자리를 잡고 앉아 본격적으로 족발을 먹었다. 사다 준 성의가 고마워서, 건우가 보는 앞에서 너 많이, 맛있게 먹고 싶었다.

수연은 고개를 빼꼼 내밀어 부지런히 무를 채 써는 건우를 지

온기 177

켜보았다. 걷어 올린 소매 아래 다부진 팔근육은 열일 중이었고, 손등 위에 툭툭 불거진 힘줄과 핏줄이 시선을 사로잡았다.

"왜 자꾸 웃어?"

내가 웃고 있었나?

건우의 물음에 수연은 아무 일 없었다는 듯 능청을 떨며 비빔막국수를 입에 넣고 고개를 가로저었다.

모르겠다. 왜 건우를 보면 자꾸 웃음이 나는 건지. 그가 도와줘서 좋은 건지, 그냥 함께 있어서 좋은 건지, 그를 지켜보는 게 마냥 좋은 건지, 아니면 셋 다 좋은 건지 수연은 알 수 없었다.

"다했어. 또 뭐 할까?"

건우는 수연보다도 손이 빠르고 정확했다. 금세 일을 마친 그는 다음 일거리를 찾았고, 수연은 찬물에 담가두었던 메추리알을 손가락으로 가리켰다.

"메추리알 삶아둔 거 껍질 까야 하는데, 같이하자. 나 다 먹었어."

"그래."

건우는 메추리알과 물이 한가득 담긴 무거운 냄비를 번쩍 들어 휴게실로 가져갔고, 수연은 커다란 볼을 들고 그의 뒤를 따랐다.

마주 보고 앉아서 메추리알 껍질을 까는데, 서로의 숨소리까지 고스란히 들릴 정도로 사위가 고요했다.

수연은 침을 삼키고 싶은데 소리가 너무 크게 들릴 것 같아서 이러지도 못하고 저러지도 못했다. 입안에 고인 침을 의식해서인지, 더욱 빠르게 모이는 침 때문에 수연은 미칠 지경이었다.

"노래 들을래?"

"왜? 어색해?"

건우는 옅게 웃으며 수연을 바라보았다.

"아니, 그게 아니라……. 잘 좀 해. 메추리알에 껍데기 박혔잖아."

"죄송합니다, 사장님. 술을 좀 마셨더니 눈이 침침하네요."

괜한 꾸지람에도 건우는 그저 웃을 뿐이다. 술 때문인지, 평소보다 살짝 느른한 그의 말투가 무척이나 듣기 좋았다.

"술 많이 마셨어?"

"막판에 효정이 누나가 와서 소맥을 연달아 몇 잔 마셨거든."

"효정이 술고래인데. 잘못 걸렸네. 이따 갈 때 오징어무국 챙겨 줄 테니까 가져가서 내일 아침에 먹어."

"알바비야?"

"어. 알바비야."

"고마워. 잘 먹을게."

생각보다 훨씬 손이 야무진 건우는 아까보다 더 신중히 껍질을 벗겼다. 그런 그의 모습을 바라보며 수연은 연신 미소를 지었.

웃지 않으려고 일부러 입술을 모으기도 하고, 눈을 질끈 감아도 봤지만 소용없었다. 시선은 저절로 그에게 머물렀고, 특히 한껏 집중한 듯 오므린 도톰한 입술에 자꾸만 눈길이 갔다.

"아, 물어볼 거 있어."

"뭔데?"

"예은이는 어떤 애야?"

건우와 친분이 있어 보여서 만나면 물어봐야지 생각하고 있었는데, 아까부터 계속 그의 얼굴을 감상하느라 정신이 팔려 하마터면 잊을 뻔했다.

"예은이?"

이름이 낯설었는지, 건우는 눈썹을 구겼다.

"왜 있잖아. 지난번에 너랑 명호랑 호프집에서 인사하던, 예쁘게 생긴 애."

"아, 김예은. 난 잘 모르는데, 왜?"

"그래? 그럼 됐어."

"명호한테 물어볼까? 둘은 잘 아는 사이인데."

"아냐, 괜찮아."

잘못 본 거라고 믿고 싶었지만, 수연은 두 사람의 얼굴을 확실하게 목격했다. 입을 맞추던 것까지 모두 정확하게.

시장이 코앞이라 아는 사람 천지인데, 무슨 배짱으로 그곳에서 둘이 그러고 있었는지 생각할수록 화가 났다.

수연은 아까부터 계속 어떻게 해야 할지 고민 중이다. 효정에게 덜컥 사실대로 말할 수도 없고, 그렇다고 숨길 수도 없고, 이 일을 어떻게 해야 좋을지 답이 떨어지질 않았다.

"수연아!"

그때, 가게 안으로 병구와 정희가 들어왔다. 수연은 휴게실 밖으로 고개를 내밀어 손을 흔들며 인사했고, 건우는 벌떡 일어나 허리 숙여 인사했다.

"어? 건우도 같이 있었네?"

"네. 알바하고 있었습니다. 근데 두 분은 어떻게 같이 오세요?"

"그게, 늦은 시간이라 혼자 다니기 위험할 것 같아서……. 흠흠. 그냥 지나가는 길에 바래다 드린 거지."

"와, 역시 삼촌 젠틀맨."

건우는 병구를 향해 엄지를 치켜세웠고, 정희는 쑥스러워하며 후다닥 주방으로 들어갔다.

"아저씨, 족발 드세요. 건우가 사 왔는데 너무 많아서 덜어놨거든요."

"아냐, 이제 가야지."

"에이, 얼른 오세요."

수연의 재촉에 병구는 마지못해 휴게실로 들어왔다. 수연은 다 깐 메추리알을 들고 주방으로 향했다.

"엄마, 메추리알 다 깠어. 무도 다 채쳤고, 더덕도 두드려 놨어."

'아이구, 우리 딸 고생했네.'

"건우가 거의 다 했어. 난 족발만 먹었고."

'정말? 고마워서 어째?'

정희는 건우에게 고맙다는 인사를 전했다.

"엄마가 고맙대."

"아휴, 아닙니다. 어머니도 삼촌이랑 같이 족발 드세요. 수연아, 아이스크림 먹고 싶댔지? 사러 가자."

"어? 어, 그랬지. 엄마 나 잠깐 나갔다가 올게. 먹고 있어."

수연과 건우는 서둘러 앞치마를 풀고 가게 밖으로 나와 빠른 걸음으로 시장을 벗어났다.

"나 잘했지?"

수연이 고개를 끄덕이자 건우가 손바닥을 펼쳐 내밀었고, 그녀는 그의 손에 짝 소리가 나도록 하이파이브를 했다.

환상적인 타이밍에 들어온 건우의 어시스트는 골로 이어졌다. 그의 센스에 수연은 또 한 번 감탄했다.

수연과 건우는 아이스크림을 하나씩 입에 물고 느린 걸음으로 동네 한 바퀴를 돌았다.

"두 분, 잘 어울리는 거 같아."

"네가 보기에도 그래?"

수연의 물음에 건우가 고개를 끄덕였고, 그녀도 덩달아 끄덕이며 웃었다.

"넌 괜찮아?"

"엄마가 행복하기만 하다면, 난 다 좋아."

수연은 엄마 양정희 인생 말고, 인간이자 여자 양정희의 인생이 좀 더 행복하길 바랐다.

무척이나 고단했던 지난 시간이었기에, 앞으로 살아갈 모든 날들에는 그저 즐거운 일만 가득하길 딸로서도, 같은 여자로서도 바랐다.

"넌 언제 제일 행복해?"

건우의 물음에 수연은 입을 벌린 채 한참을 머뭇거리다가 작게 한숨을 내쉬었다.

언제일까? 잘 기억이 나지 않았다.

"그럼, 어떨 때 가장 기분이 좋아?"

"지금처럼 조용한 밤길을 걸을 때. 걸으면서 밤하늘도 보고, 별도 볼 때. 여긴 별이 잘 보이잖아."

서울에서 살 땐 밤늦게 혼자 돌아다닐 엄두도 내지 못했다. 무섭기도 했고, 수연에게는 그럴 여유도 없었다.

"내가 같이 있으니까 더 좋지?"

"넌 참…… 그런 말을 아무렇지도 않게 한다?"

"그래 보였어? 아닌데. 나 엄청 용기내서 한 말인데."

수연은 아까부터 건우와 스치듯 닿았던 손등에 온 신경이 쏠려 있었다. 그때, 그가 살며시 그녀의 손을 감싸 쥐었다. 그 순간, 수연은 심장이 바닥으로 툭 떨어져 버린 것만 같았다.

건우는 맞잡은 손을 앞뒤로 살랑살랑 흔들었고, 수연은 차마 그를 볼 수가 없었다. 보나마나 목부터 얼굴까지 전부 새빨개졌을 것이나.

고작 손 하나 잡은 거 가지고 나 왜 이렇게 유난이지?

"한 바퀴 더 돌고 들어갈래?"

온기

수연은 대답 대신 고개를 끄덕였고, 두 사람은 손을 맞잡은 채로 가게 앞을 지나 계속 걸었다.

혼자가 편하다고 여겼고, 외롭지 않다고 스스로를 위로하던 때가 있었다. 누군가에게 의지해 본 적 없던 수연은 나 혼자 잘 해낼 수 있다며 숱하게 오기를 부리기도 했다.

좋았다.

누군가와 함께 있다는 것.

내 옆에 그가 있다는 것.

그런 그가 좋고, 함께인 우리가 좋았다.

수연은 좀 더 많은 시간을 건우와 함께 보내고 싶었다. 하루하루 욕심만 늘어간다.

그런 변화가 반가웠다.

내가 누군가를 좋아하게 된 것도, 누군가를 좋아하게 된 나도.

건우와 맞잡은 손에 도는 온기가 수연의 마음을 따뜻하게 데웠다.

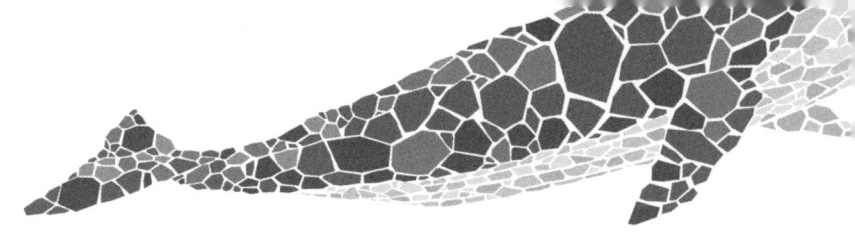

07
연애하는 사이

새벽부터 내리기 시작한 봄비는 해가 저물도록 그치지 않았다.

요란스레 쏟아지던 빗줄기는 오후가 되면서 점차 가늘어졌지만, 간만에 시원하게 내린 비로 뿌옇던 하늘이 한결 맑아졌다. 봄 가뭄을 해갈하기에는 역부족일지라도 농사를 앞둔 시골 사람들에게는 반가운 손님이었다.

수연도 비를 좋아한다. 정확하게 말하면 빗소리를 듣는 것과 비 내리는 걸 구경하길 좋아한다.

하지만 이런 날 길에 나가면 100퍼센트 확률로 마주치는, 축축하게 비에 젖은 인도로 기어 나온 지렁이가 무서워서 외출은

되도록 삼가는 편이다. 시골에서 태어나고 자랐지만, 마주칠 때마다 온몸에 소름이 돋는 건 어쩔 수 없었다.

수연은 아까 점심때부터 계속 카페에 가고 싶었지만 도무지 용기가 나지 않아 망설였다. 그 모습을 보다 못한 정희가 퇴근길에 카페 앞까지 바래다줘서 겨우 나온 참이다.

어느 위치에 지렁이가 나와 있는지를 확인하느라 수연은 정희의 소매 끝을 붙잡고 '으으' 신음하며 걸었다. 정희는 여전히 아이 같은 딸의 모습을 귀여워했다.

"어서 와요, 누나."

카페 안에 들어선 수연을 반기는 건 남우였다.

"형 오늘 수업 갔는데. 곧 올 거예요."

수연은, 묻지 않아도 먼저 건우의 안부부터 전하는 남우에게 미소를 지으며, 우산꽂이에 우산을 꽂아두고 카운터로 다가갔다.

"꽃잎 말리려고?"

카운터 뒤편 조리대에 소쿠리 안에 담긴 꽃잎이 눈에 들어왔다. 수연의 물음에 남우는 소쿠리를 그녀의 앞으로 들고 와 보여주었다.

"박태기나무 꽃. 색깔 예쁘죠?"

남우는 진홍빛 꽃잎을 길쭉한 손가락으로 휘휘 흩뜨리며 물었다.

"꼭 쌀 튀밥같이 생겼다."

"생긴 게 밥풀 같아서 밥풀떼기 꽃이라고도 한대요."

"꽃차 만들거야?"

"아뇨. 이 꽃은 독성이 있어서 많이 먹으면 안 돼요. 각 얼음 틀에 얼려서 아이스 음료에 한 알씩 올려줄 거예요."

수연은 손바닥 위에 꽃잎을 올려놓고 향기를 맡아보았다. 화려한 색깔에 비해 향은 거의 없었다.

"예전에 형이랑 지리산 둘레길 여행 갔다가 우연히 들렀던 찻집에서 봤는데, 엄청 예쁘더라고요."

남우는 각 얼음 틀에 물을 붓고, 그 위에 꽃잎을 다섯 송이 정도를 넣어 냉동실 얼음 칸에 꽂았다. 수연은, 그가 말한 것처럼 차가운 음료 위에 꽃잎 얼음이 올라오면 참 예쁘겠다고 생각했다.

남우는 확실히 미적 감각이 남달랐다. 차 한 잔을 내어도 꽃잎이나 찻잔의 색을 잘 활용할 줄 알았다. 수연은 그런 그의 미적 감각이 손재주만큼이나 부러웠다.

"오늘은 어떤 차 드릴까요?"

"음. 비가 오니까…… 핫초코?"

"금방 만들어 드릴게요."

수연은 카운터 바로 앞 테이블에 앉아 창밖을 바라보았다.

하굣길의 아이들이 빗물이 고인 웅덩이를 피해 걸으며 꺄르륵 웃는 소리가 카페 안까지 들렸다.

뭐가 그렇게 재미있을까? 수연은, 저 나이 때 나도 저랬나, 싶

연애하는 사이

었다. 가만히 생각해 보니, 장난기 많은 효정 덕분에 많이 웃었던 것 같기도 했다.

"여기 있습니다."

"고마워."

남우는 수연의 앞에 핫초코를 내려놓고 그녀의 맞은편에 앉았다. 그는 지난 늦가을 말려놓은 국화차를 마셨다. 찻잔 안에 동동 떠 있는 노란 꽃송이를 보는 것만으로도 국화 향이 나는 듯했다.

"먹을 수 있는 꽃이 이렇게 많은 줄 몰랐어."

"할머니가 많이 가르쳐 주셨어요."

"정말?"

"할머니 밭에 가실 때마다 따라다니면서 이것저것 많이 배웠거든요. 먹을 수 있는 거, 먹으면 안 되는 거, 향이 좋은 거, 몸에 좋은 거……. 할머니는 모르는 게 없으셔."

"맞아. 우리 할머니 그랬지."

"할머니 덕에 저희가 먹고 사는 거예요."

남우는 조용히 웃으며 차 한 모금을 마셨다.

할머니는 여전히 예상치 못한 순간마다 존재감을 드러냈다.

그때마다 반갑고, 그립고, 고맙고…….

수연은 달달한 핫초코 한 모금을 마신 후 옅게 웃었다.

"고마워."

"뭐가요?"

"할머니 친구 해줘서."

건우와 남우 형제 이야기를 할 때면 늘 즐거워하던 할머니의 모습이 떠오른다. 손이 필요할 때면 제 일처럼 나서서 도와주던 착하고 참한 형제라고 입이 마르도록 칭찬하곤 했다.

겪어보니, 수연은 할머니가 왜 그렇게 아끼고 예뻐했는지 이제는 조금 알 것 같았다.

"저희가 더 감사하죠. 신세 많이 졌는데, 그거 다 갚지도 못해서……."

"갚을 게 뭐가 있어. 할머니가 너랑 건우 예뻐서 그러신 건데. 그냥 서로 도움받고, 도움 주고 그렇게 사는 거지."

할머니에겐 내가 이만큼 주었으니 나도 너에게 이만큼을 돌려받겠다는 계산 같은 건 아마 없었을 것이다. 주고 싶은 만큼 주고, 받은 만큼 또 주고, 그게 할머니의 마음이었을 것이다.

"그래도 그게 아니죠. 아마 형이 누나한테 갚을 거예요. 살면서 차근차근. 그러니까 누나가 대신 다 받아주세요."

마치 뭔가를 알고 있는 것처럼 웃으며 말하는 남우의 얼굴을, 수연은 차마 정면으로 볼 수 없었다.

때마침 출입문이 열리며 손님이 들어왔다. 일어서던 남우가 잠시 주춤하다 인사를 건넸다. 왜 그러나 싶어 돌아보았더니, 손님은 현준이었다.

"안녕하세요, 수연 씨."

"어? 안녕하세요. 퇴근하시는 길인가 봐요?"

"네. 비가 와서 그런지 따뜻한 커피 한 잔이 생각나서 들렀습니다. 수연 씨는요?"

"저는 핫초코 마시고 있어요."

"어, 그럼 저도 간만에 핫초코 마셔야겠어요. 저 핫초코 주세요."

단건 입에도 안 댈 것 같은 현준이 주문을 하고 계산을 하는 동안, 그 모습을 지켜보던 수연은 미지근하게 식은 핫초코 한 모금을 마시며 입맛을 다셨다. 왠지 모르게 입안이 말랐다.

"다음 주 회의 때도 시청에 들어오시죠?"

"네. 열심히 공부하고 있어요."

지난번 첫 회의 때 집중하지 못한 게 내내 마음에 걸렸던 수연은 틈 날 때마다 자료를 읽고 있었다. 시장 상인회 회의에도 꼬박꼬박 참석하고, 청년 모임 내 회원들에게 많은 도움을 받는 중이다.

"가게는 어쩌시고……. 쉬는 시간이신가요?"

"그런 건 아닌데, '잠시 외출 중' 걸어두고 나왔어요. 이제 가봐야죠."

"일요일만 쉬시죠?"

"네."

"쉬는 날엔 보통 뭐 하세요?"

"어…… 주로 집에 있어요."

직장 다닐 때에도 하루 종일 잠을 몰아 잘 때가 대부분이었다.

그마저도 이런저런 스터디 모임에 참석하기 바빠서 제대로 쉬어 본 적이 없었다. 수연은 이곳에 내려와서야 휴일다운 휴일을 보낼 수 있었다.

수연은 주어진 자유 시간을 어떻게 쓰면 좋은지를 몰라서 하루 종일 뒹굴거려 보기도 하고, 영화나 미드를 몰아보기도 하고, 책 하나 들고 카페에 나와 읽기도 하고, 그러다 건우, 남우와 수다를 떨기도 했다.

현준에게 이 모든 이야기를 다 할 수가 없던 수연은 적당한 말을 찾아 둘러댔다.

"음료 나왔습니다, 계장님."

적절한 타이밍에 남우가 현준을 불렀다. 종이컵을 든 현준은 그대로 카페를 나서지 않고 수연에게 다가왔다.

"저는 쉬는 날 자전거 타고 여기저기 구경 다니는 거 좋아하는데. 혹시 수연 씨 자전거 타는 거 좋아하세요?"

"탈 줄은 알아요. 근데 워낙 오래전에 타보고 안 타서 지금은 어떨지 모르겠네요."

"날 좀 더 풀리면 같이 자전거 한 번 타요. 여기서 천향사 가는 코스가 길이 완만하고 예쁘거든요."

"현준 씨가 좋아하시는 코스인가 봐요?"

"가장 자주 가는 코스예요."

"네, 뭐, 그럼…… 나중에……."

"그럼 저 먼저 가보겠습니다. 다음 주에 시청에서 뵈어요."

연애하는 사이

"네. 들어가세요."

현준이 카페를 나선 뒤, 수연은 저도 모르게 안도의 한숨을 내쉬고 말았다.

수연은 요즘 부쩍 현준이 제 주변을 맴도는 듯한 느낌을 받았다. 반찬 사러 가게에도 자주 오고, 길에서 우연히 만나는 일도 잦았다.

내가 너무 의식하는 건 아닐까, 그는 그냥 별생각 없이 오는 건데 내가 오버하는 건 아닌가 하는 생각을 하면서도 수연은 어쩐지 마음 한구석이 불편했다.

연애를 안 한 지 오래돼서 그런지, 그런 쪽으로 감각이 둔해진 게 분명했다.

수연은 다 마신 머그잔을 카운터로 가져가 남우에게 건넸다.

"김 계장님, 남자가 봐도 참 멋져요. 반듯하고, 성실하고, 능력 있고, 잘생겼고."

"네가 더 잘생겼어."

"에이."

수연의 칭찬에 남우가 손사래를 치며 웃었다.

"누나한테 관심이 많아 보여요."

"그래 보여?"

"남자는 관심 없는 여자한테 쉬는 날 뭐 하는지 묻거나, 뭔가를 같이하자고 하지 않아요."

"흐음……."

수연은 작게 한숨을 쉬며 고개를 갸웃거렸다.

수연은 왠지 현준이 어려웠다. 건우와는 다른 종류의 긴장이었다. 약간의 불편함과 부담. 그건 어쩌면 현준과 자신에게 쏟아지는 주변의 관심 때문일지도 모른다.

건우가 들으면 웃을지도 모르지만, 수연은 현준과 가까워지는 게 어쩐지 건우에게 미안했다. 그게 왜 미안할 일이냐고 묻는다면, 이유를 딱 꼬집어서 대답할 수 없을 것 같은 아주 작고 미묘한 것이었다.

한편, 수업을 마치고 카페로 돌아오던 건우는 현준과 수연이 대화를 나누는 모습을 지켜보고 있었다.

이야기를 끝낸 현준은 웃는 얼굴로 카페를 나섰고, 차에 올라 안전벨트를 착용한 뒤 출발할 때까지 내내 미소 짓고 있었다.

대체 무슨 대화가 오고 갔기에, 늘 무표정이던 현준이 저렇게나 환히 웃는 걸까.

"요즘 김 계장이 부쩍 해뜰찬에 자주 가는 거 같지?"

"나도 시장에서 몇 번이나 봤어. 지난번에는 주말에도 오던디?"

"옴마! 수연이랑 잘돼가고 있는 거 아녀?"

"아직은 아닌 거 같아. 내가 수연이랑 중신 한 번 서볼까? 하고 슬쩍 떠봤더니, 배시시 웃으면서 좋죠, 이러느라니께?"

"아이구, 속 터져 죽겠네! 젊은 사람들이 왜 그렇게 굼뜨댜?"

며칠 전, 해뜰청과 주인 아주머니와 해뜰분식 주인 아주머니가 깔깔 웃으며 나누던 대화가 또다시 건우의 머릿속을 헤집었다.

"나 왔어."

카페 안으로 들어가자 남우와 수연의 시선이 동시에 건우에게 향했다.

"어? 딱 맞춰 왔네. 누나 지금 막 가려던 참인데."

남우의 말대로, 수연은 우산을 챙겨 들었다.

"바래다줄까?"

"괜찮아."

"길에 뱀만 한 지렁이 잔뜩 나와 있던데. 그것 때문에 지금까지 못 가고 있었잖아."

"아니거든?"

"그럼, 나 기다렸어?"

농담 반 진담 반 건우의 물음에 수연은 눈을 슬쩍 흘기며 어깨를 툭 치고 지나갔다. 웃음을 참느라 씰룩이는 그녀의 입술이 귀여웠다.

카페를 나선 수연은 우산을 펴고 돌아서서 건우를 바라보았다.

"혼자 갈 수 있어. 지렁이 누워 있던 자리 다 외워뒀거든."

"걔들이 거기 가만히 있었겠어? 꾸물꾸물 기어서 옮겼지. 그 사이 더 기어 나온 애들도 있을 거고."

"어후."

수연은 진저리를 치며 미간을 구겼다.

"가자."

건우는 들고 있던 자신의 우산 대신, 수연이 편 우산을 들었다. 그러자 그녀가 자연스레 옆으로 다가섰다. 바람을 타고 들이치는 빗방울에 젖을까 봐, 건우는 우산을 그녀에게 좀 더 기울였다.

"방금, 카페에 김 계장님 왔었다?"

"그래?"

"못 봤어? 너 들어오기 직전에 나갔는데."

"응. 못 봤어."

수연은 건우의 말을 순순히 믿었다.

"나보고 같이 자전거 타러 가재."

"그래서?"

"그냥 나중에, 하고 말았어."

건우는 웃음을 참지 못했다. 딱 수연다운 대답이었다. 세상에서 거절하는 걸 가장 어려워하는 그녀가 나름 거절의 의사를 밝힌 것이다.

"대답이 애매하네."

"그런가? 딱 잘라 말하기 미안해시……."

"그거 나쁜 거야. 상대방이 헷갈리잖아."

"그건 아는데."

"거절하는 걸 너무 미안하게 생각하지 마. 승낙과 거절, 다 너한테 선택권이 있는 거야. 제안한 사람은 네 결정을 존중해 주는 게 맞는 거고."

건우는 횡단보도 신호가 바뀌길 기다리는 동안 수연의 손을 꼭 잡았다. 그러자 그녀가 고개를 들어 눈을 맞췄다.

"세상 냉정한 사람인 줄 알았는데, 이렇게 물렁한 사람이었을 줄이야."

"내가 좀 소심해. 남이 상처받는 것보다 내가 상처받는 게 더 편하고."

"그건 호구다."

"치."

건우는 마음과 다르게 자꾸만 말이 밉게 나왔다. 현준과 대화를 나눈 것만으로도 살짝 신경질이 나서다.

고작 그런 걸로 질투를 하는 게 너무 없어 보이는 것 같아서 내색하지 않으려 했는데, 건우에게 속마음을 감추는 일은 수연이 제안을 거절하는 일만큼이나 어려운 것이었다.

이 사실을 수연이 알면 참 철없다며 웃을 것만 같았다.

"어! 지렁이다!"

"으아악!"

수연이 냉큼 건우의 허리를 두 팔로 꽉 끌어안으며 그의 등 뒤로 숨었다. 건우는 제 허리를 끌어안은 채 등에 기댄 수연 때문에 그대로 굳어버렸다.

"어디? 지나갔어?"

"이제 없어."

스르륵, 수연의 팔에 힘이 풀어지며 멀어지는 게 아쉬웠지만, 이 상태로는 한 걸음도 걸을 수가 없으니 어쩔 수 없었다. 건우는 쿵쿵거리며 빠르게 뛰는 심장을 애써 다독이면서 다시 그녀의 손을 잡았다.

수연을 가게에 바래다주고 다시 카페로 돌아온 건우는 앞치마를 허리에 단단히 묶고 남우에게 다가갔다.

"아까 누가 왔는지 알아?"

"수연이가 얘기해 줬어."

"오올."

건우는 살짝 신경질이 난 와중에도 안도했다. 수연이 먼저 현준과 어떤 이야기를 했는지 먼저 말해줬기에. 아마 그가 먼저 물었더라면 조금은 속상했을 것이다.

건우는 머그잔에 자몽청 한 스푼과 따뜻한 물을 부어 자몽차를 만들어 한 모금 마셨다.

"근데 김 계장님 말이야. 조용하고 세상만사 무심한 분인 줄 알았는데…… 아니었어."

"어땠는데?"

"누나를 보는 표정이나 말투가 평소와 전혀 다르더라고."

그건 건우도 똑같이 느꼈던 부분이다. 시청에서 보았던 전형적인 공무원의 모습이 아니었다. 사무적이고 딱딱했던 모습은 퇴

연애하는 사이 197

근과 동시에 내려두고 오는 모양이다.

"누나는 별 관심 없어 보이긴 했는데 그래도 사람 일은 모르는 거니까. 도건우 씨 긴장 좀 해야겠더라?"

남우의 진심 어린 조언에 건우는 피식 웃으며 머그잔을 들고 창가로 향했다.

수연과 건우 사이에 조금의 빈틈이 보였기에 현준이 적극적으로 그녀에게 다가가는 듯했다. 아무래도 이 빈틈을 완벽하게 메워야겠다고 생각하면서, 건우는 다시 차 한 모금을 마셨다.

저녁 시간대에 접어들어 폭풍처럼 손님들이 휩쓸고 지나간 뒤, 수연은 잠시 한숨을 돌렸다.

비가 오는 날에는 유독 손님이 많았다. 전집으로 시작했던 가게답게, 전이 평소보다 서너 배가 팔리기 때문이다.

녹두전, 애호박부추전, 김치전, 해물파전, 육전, 동태전, 깻잎전, 감자전 등, 전이란 전은 모두 매진이었다. 비가 그쳐 가기에 평소와 같은 시간에 퇴근했던 정희는 결국 다시 가게로 나와 전을 한가득 부쳐 주고 돌아간 참이다.

수연은 정희가 부치는 전이 전국에서 최고라고 자부했다. 할머니의 기술을 고스란히 물려받은 그녀의 전이 해뜰시장 대표 먹거리라는 것에 토를 달 사람은 아무도 없었다.

"이수연, 저녁 먹자!"

효정이 무언가 담긴 하얀 비닐봉지를 흔들며 들어왔다.

"그게 뭐야?"

"네가 좋아하는 쭈꾸미."

의자에 늘어져 앉아 있던 수연은 벌떡 일어나 비닐봉지를 건네받았다. 그 안에는 싱싱한 쭈꾸미가 한가득 담겨 있었다.

너무 피곤해서 저녁을 먹을까 말까 내내 망설였던 수연은 두 번 고민할 것도 없이 곧장 주방으로 향했다.

"이 시간에 어쩐 일이야?"

"엄마 허리 아프다고 해서 대신 장사하고 들어가는 길이지. 내가 해뜰시장에서 알아주는 효녀잖아."

효정의 능청에 수연은 코웃음을 쳤다.

"집에 안 가봐도 돼? 애들 밥 챙겨줘야지."

"신랑 있잖아. 자장면 시켜 먹었대. 애들은 엄마 없으니까 신났지, 뭐."

수연은 웃고 있는 효정의 표정을 자세히 살폈다. 혹시나 무슨 일이 있는 건 아닐까, 있는데 내게 말 못하고 있는 건 아닐까 싶어서다. 하지만 그녀는 평소와 다를 게 없었다.

"이거 매콤하게 볶아 먹을까?"

"좋지. 근데 나 할 줄 몰라."

"야! 너는 반찬 가게 하면서 쭈꾸미도 볶을 줄 몰라?"

"요리는 엄마가 하지. 난 판매낭 재료 손질 전문이거든."

"아, 그럼 내가 또 실력 발휘를 해야겠네."

수연이 박수를 보내자 효정이 옷소매를 걷어 올리며 어깨를 으썰였다. 수연은 효정이 쭈꾸미를 손질할 동안 재료 준비를 도왔다.

요리를 하는 효정의 모습을 지켜보는데, 수연은 뭔가 기분이 묘했다.

해뜰수산 딸답게, 쭈꾸미를 손질하는 효정의 손길은 무척이나 과감했다. 아이 셋을 둔 11년 차 주부에게 계량 따위는 필요 없어 보였다.

거침없이 요리를 하는 모습이 진짜 엄마의 모습처럼 어른 같아 보였다.

"아주 맵게 해줘."

수연이 고개를 끄덕이자 효정은 고운 고춧가루를 한 숟갈 더 푹 떠서 넣었다. 새빨개진 양념에 군침이 돌았다.

"스트레스받는 일 있어?"

"그건 아니고. 기름 냄새를 하도 맡았더니 매운 게 땡기네."

"아, 오늘 비가 와서 전 엄청 나갔구나?"

뜨거운 팬에 쭈꾸미를 달달 볶던 효정이 간을 보고는 만족스럽게 웃었다. 그 옆에서 콩나물을 무치던 수연도 한 입 맛을 보곤 엄지를 치켜들었다. 살짝 달달하고 짭짤하면서도 정신이 번쩍 들 정도의 매콤함이 환상적인 조화를 이루고 있었다.

수연은 효정이 쭈꾸미 볶음을 마무리할 동안, 함께 곁들일 반찬을 준비했다. 새콤하게 익은 동치미를 얇게 채치고, 들기름에 무친 콩나물도 담았다.

휴게실에 상을 차려두고 밥을 푸는 사이, 효정이 쭈꾸미 볶음을 접시에 담아 내왔다.

"효정아. 소주 한잔할래?"

"뭘 물어. 빨리 가져와."

수연은 소주잔 두 개와 냉장고에 있던 소주 한 병을 꺼내왔다.

"맛있게 먹겠습니다."

"오냐."

수연은 인사를 하면서 효정의 잔을 채웠고, 효정은 대답을 하면서 수연의 잔을 채웠다.

짠-

두 사람은 건배와 동시에 잔을 비우고, 매콤한 쭈꾸미 볶음을 입에 넣었다. 입속에서 불이 나는 것 같아서 발을 동동 굴러야 했다.

"우와, 맛있다!"

"우리 엄마가 봄만 되면 '아이고, 우리 수연이가 좋아하는 쭈꾸미 철이네' 했었지."

"나 내려올 때마다 너희 어머니가 쭈꾸미 볶음 해주셨잖아. 그때 그 맛이랑 똑같아."

시장에서 장사하느라 바쁜 엄마를 둔 아이들은 서로의 집에서 숙제를 하고, 밥을 믹으며 함께 자랐다. 그렇게 함께했던 친구라 그런지, 효정과 수연은 유독 애틋했다.

수연은 수시로 효정의 얼굴을 바라보았다. 혹시나 그녀의 표정에서 무언가를 읽어낼 수 있을까 싶어서다.

"너 이 시간에 자주 돌아다니는 거 보니까, 요즘 네 신랑이 애들 잘 돌보나 봐?"

"정신 차릴 때도 됐지."

효정이 웃으며 하는 말에, 수연은 웃지 못했다.

수연이 직장생활을 할 때, 효정은 종종 독박 육아와 가사가 지치고 힘들다며 전화를 걸곤 했다.

보험 설계사 일을 하는 효정의 남편은 퇴근 후에도 늘 사람을 만나야 하는 영업직이라 가정에 소홀한 편이었다. 그래서 효정은 결혼 2년 만에 친정 가까이로 이사를 했다.

"그 사람 요즘 야간 낚시에 빠져서 밤늦게 나가곤 하거든. 그게 미안했는지 저녁에는 일찌감치 퇴근해서 애들 봐주고 그래."

"야간 낚시?"

"거래처 사람 중에 낚시 광이 있대. 그분이 워낙 고객 소개를 많이 해줘서 신랑이 꼼짝 못하거든."

"아……."

"아빠가 저녁에 집에 일찍 들어오니까 애들이 엄청 좋아해. 주말에도 애들이랑 거의 못 놀아줬으니까. 영업하는 사람은 주말에도 바쁘잖아."

효정의 이야기를 듣는 내내, 수연은 예은과 입을 맞추던 그녀의 남편이 자꾸만 머릿속을 떠다녀 괴로웠다.

"부부 사이는 어때? 결혼한 지 십년 넘었잖아."

"좋아. 예전엔 정말 많이 힘들었는데, 요즘만 같았으면 좋겠어."

수연은 그들의 첫 만남부터 모두 알고 있었다. 어떻게 만나고, 어떻게 사랑에 빠졌으며 효정이 남편을 얼마나 사랑하는지, 그리고 그가 그녀를 얼마나 많이 힘들게 했었는지 모든 걸 알고 있었다.

효정은 진심으로 행복해 보였다. 환하게 웃는 그녀의 모습을 지켜보는 동안, 수연의 심정은 말로 설명할 수 없이 참담했다.

"힘들거나 속상한 일 있으면 나한테 얘기해. 너 요즘 그런 얘기 안 하더라?"

"지금은 별로 힘든 게 없어. 너무 좋아. 한동안 냉랭했었는데, 무슨 바람이 불었는지 요즘은 예전처럼 다정해. 다시 연애하는 기분이야."

잔을 비우며 말갛게 웃는 효정의 얼굴에서 빛이 나는 것 같았다.

"너무 일찍 결혼을 해서 그런가, 권태기도 일찍 왔던 거 같아. 내가 여자로서 매력이 없는 건가 싶기도 했고. 자존감이 막 떨어지고 있었는데, 이젠 안 그래."

수연도 잔을 비웠다. 입이 아주 썼다.

"내가 스무 살에 이이 가져서 결혼한다고 했을 때 넌 나보고 미쳤다고 했지만, 그때 내 인생은 우리 신랑이 전부였어."

효정이 아이를 가졌다며, 대학에 가지 않고 결혼을 하겠다고

연애하는 사이

했을 때 효정의 엄마만큼이나 그녀를 뜯어 말린 사람이 수연이었다. 그녀는 여봐란 듯이 잘 살 거라고 장담했고, 십년 넘게 그 말을 지켰다.

이렇게 착한 내 친구를 두고 그 남자는 대체 무슨 짓을 한 건지.

수연은 눈을 질끈 감았다.

"효정아. 난 네가 행복했으면 좋겠어."

"그건 내가 할 소리거든? 난 지금 아주 많이 행복해. 사랑하는 남편이 있고, 토끼 같은 자식이 셋이나 있잖아. 꼬부랑 할머니가 될 때까지 행복할 거야."

수연은 입술을 질끈 깨문 채 고개를 끄덕였다. 눈물이 날 것 같아서, 쭈꾸미를 한 움큼 입에 넣고 꾹꾹 씹으며 매운 걸 핑계로 눈물을 닦았다.

"근데, 너랑 건우는 대체 무슨 사이야?"

효정의 갑작스러운 화제 전환에, 수연은 헛기침을 하며 옅게 웃었다.

"친구는 아닌 거 같고. 뭐, 사귀는 사이 그 비슷한 건가?"

"그냥…… 흘러가는 대로, 자연스럽게 두는 중이야."

"오, 여유 있어."

"아직은 딱히 어떤 관계라고 규정하지 않고, 서로 좋아하는 감정을 키워가고 그런 거지."

"가랑비에 옷 젖듯이?"

"그렇지. 서서히 물들어가듯이."

"낭만적이네, 이 사람들."

"나는 지금 이 설렘이 좋아. 마음이 자라는 걸 지켜보면서 서로를 기다리는 게, 참 좋더라."

"그래. 너 좋을 대로 해. 세상에 모든 사랑이 같을 필요는 없지."

효정이 내린 거창한 정의에 웃음이 났다. 수연은 효정과 건배를 나누고 마지막 잔을 비웠다.

"어, 그럼 김 계장님은 어떻게 되는 거야? 시장 어르신들 모두가 미는 픽은 김 계장님인데?"

"난 그 사람이 별로 궁금하지 않더라."

"건우는 궁금하고?"

"응. 아주 많이."

궁금함은 호기심이 되고, 호기심은 호감으로 자랐다. 수연은 그렇게 건우를 좋아하게 되었다.

건우를 떠올리는 시간이 길어질수록 수연은 그에게 궁금한 것들이 많아졌다. 알고 싶은 게 매일 매 순간 늘어났다.

"나는, 서른이 넘어서도 누군가를 생각하는 것만으로 마음이 설레고 떨릴 줄 몰랐어."

"서른은 사람 아니냐?"

"그게 아니라, 스무 살 때보다는 마음이 단단해져서 감정도 무뎌진 줄 알았거든. 설렘에 대한 경험치가 쌓였으니까 덜하지 않을까 싶었지."

설레는 마음도 면역이 생기는 줄 알았다. 그래서 한 살씩 나이가 들어갈수록 누군가를 만나도 설레지 않는 걸 당연하다 여겼다. 하지만 그게 아니었다는 걸, 수연은 건우를 만난 후에 깨달았다.

"건우를 이십대에 만나거나, 서울에 있을 때 만났다면…… 그냥 지나쳤을지도 몰라."

"모든 인연에는 타이밍이 있으니까."

"그래서, 서른한 살에 이곳에서 건우를 만난 걸 다행이라고 생각했어."

하루하루를 밀어내기 바빴던, 매일이 치열하고 고단하던 이십대가 아니라 다행이었다.

내가 원하는 삶을 선택할 수 있을 때 만나서, 마음에 여유가 생긴 후에 만나서 정말 다행이었다.

소주 석 잔에 털어낸 진심 앞에, 수연은 볼을 붉혔다.

건우를 향한 내 마음의 크기가 이만큼이었구나. 기특하게도, 이만큼이나 잘 자랐구나.

효정에게 솔직하게 털어놓고 나니, 건우에 대한 감정이 좀 더 선명해지는 것 같았다.

"두 사람, 되게 잘 어울려."

"고맙다."

"그리고 너, 확실히 많이 편안해 보여."

"예전엔 누굴 소개받고 그런 것도 귀찮고 싫었거든? 근데 마음이 편안해지니까 여유가 생겼나 봐."

"남자 만날 여유?"

효정의 장난스러운 물음에 수연이 슬쩍 눈을 흘기자, 그녀가 웃으며 볼을 꼬집었다. 마치 어린아이를 대하듯 하는 그녀 때문에 수연도 웃고 말았다.

"여전히 난 네가 네 자리로 돌아갔으면 하지만, 지금 이렇게 마음 편안할 때 좋은 사람을 만나는 건 환영이야."

"건우를 만나면서 생각한 건데, 내가 누군가에게 좋은 사람이 되고 싶어졌어."

수연은 막연히 좋은 사람을 만났으면 좋겠다고 생각했었다. 그러나 정작 좋은 사람이 되고자 하는 노력을 하지 않았다. 건우를 좋아하게 된 후로, 그에게 좋은 사람이고 싶은 욕심이 생겼다.

"그리고, 나한테는 여기가 내 자리거든?"

수연은 돌아갈 곳을 두고 이곳에 잠시 머무는 게 아니었다. 처음부터 이곳이 그녀의 자리였고, 다시 돌아온 것뿐이다.

아무리 생각해 봐도 이곳에 돌아온 건 참 잘한 일이었다.

가장 친한 친구와 마주 보고 앉아 술잔을 기울일 수 있고, 엄마가 해주는 집밥도 원 없이 먹고, 새벽 늦게까지 놀다가 자도 출근 걱정 없고.

좋아하는 사람까지 만났으니, 이보다 더 좋을 순 없었다.

수연은 문득, 건우가 보고 싶었다.

퇴근길을 건우와 함께하는 건 어느덧 수연의 일상이 되었다.

한 우산 아래 나란히 서서 빗소리를 들으며 조용한 골목길을 걷는 걸 상상했지만, 아쉽게도 퇴근할 때 즈음이 되니 비가 그쳤다.

손에 든 우산을 이리저리 흔들며 걷던 수연은 건우가 양손에 들고 있는 무거운 짐이 마음에 걸렸다. 집에 먹을 것이 똑 떨어졌다며 같이 시장을 보자고 해서 한 바퀴 돌고 온 참이다.

만나는 사람마다 '둘이 어쩐 일로 같이 왔어?'라든지, '이렇게 보니까 둘이 잘 어울리네. 꼭 신혼부부 같아.'라고 말했다. 그럴 때마다 수연과 건우는 손사래 한 번, 아니란 소리 한 번 하지 않고 그저 사람 좋은 척 웃기만 했다.

"하나 줘."

잠깐이라도 들어주려고 수연이 손을 내밀자, 건우는 한 손에 모든 짐을 몰아 쥐고 그녀의 손을 잡았다.

"짐을 달라니까."

"난 또 손잡아 달라는 줄 알았지."

"참나……."

"놓을까?"

"아니."

건우는 태연한 얼굴로 짓궂게 눈썹을 꿈틀거렸다. 수연은 웃음을 꾹 참고 그의 손가락 사이사이에 제 손가락을 밀어 넣어 빈틈없이 손깍지를 꼈다.

고작 손을 잡는 것에도 어김없이 심장이 쿵쾅거렸다.

"아, 계란장조림 다 먹었어."

"그 많은 걸 이틀 만에?"

"어."

정희에게 계란장조림 만드는 법을 배웠다고 했더니, 엊그제 건우가 계란 한 판을 들고 와 장조림을 해달라고 부탁했다. 수연은 자신이 만든 계란장조림 첫 손님인 건우를 위해 정희에게 배운 대로 정성을 다해 만들어주었다.

"또 뭐 배울 거야?"

"내일 오이소박이 담글 거거든? 그거 배울 거야."

요즘 수연은 정희에게 요리를 배우기 시작했다. 그동안은 일이 바쁘다는 핑곗거리도 있었지만, 할머니와 엄마가 워낙 요리를 잘하다 보니 굳이 그녀까지 요리를 하지 않아도 문제가 없었다.

그러다 반찬 가게 일을 시작하고 정희 옆에서 요리하는 과정을 지켜보면서 자연스레 배워보고 싶단 생각이 들었다.

"이러다가 나중에 어머니보다 요리 더 잘하게 되는 거 아냐?"

"그럴 일은 없을 걸? 난 나를 잘 알아."

삼십 년 넘게 요리를 배운 그녀를 무슨 수로 따라잡을 수 있을까.

정희는 할머니에게 직접 배우기도 했지만, 대부분은 어깨 너머 눈짐작으로 익히곤 했다. 눈썰미가 좋고 손끝이 야물어서 할머니가 무척이나 기특해했단다.

"검은깨 어떻게 볶는지 알아?"

"그냥 팬에 볶으면 되지 않나?"

"검은깨는 까맣잖아. 타면 어떡해?"

"아, 그러네. 볶는 타이밍을 어떻게 잡지?"

건우는 짐짓 심각한 표정으로 고개를 끄덕였다.

"참깨랑 같이 볶으면 된대."

"참깨랑 같이?"

"팬 두 개에 한 쪽은 참깨, 한 쪽은 검은깨를 볶는 거야. 그렇게 해서 참깨 색을 보면 되잖아."

"우와! 그러면 되겠구나! 어머니가 알려주신 거야?"

"응. 나 그 얘기 듣고 우리 엄마가 천재라고 생각했어."

건우는 큰 깨달음을 얻은 사람처럼 연신 감탄했다. 수연이 처음 그 사실을 알게 됐을 때와 비슷한 반응이었다.

"엄마는 늘 본인이 많이 배운 게 없어서 가르쳐 줄 것도 없다고 미안해했지만, 난 엄마한테 배운 게 정말 많아. 살아가는 데 꼭 필요한 것들 있잖아? 그런 거."

정희는 많이 배우지 못한 걸 미안해하곤 했다. 장애를 가진 것도 미안해했다. 그녀는 늘 엄마로서 부족하다 했고, 미안하다 했다.

하지만 전혀 그렇지 않았다. 수연은 그녀에게 받은 사랑만으로도 충분했다.

머리카락을 빗어주던 고운 손끝에도, 가을 소풍 김밥 도시락에 꽂아둔 편지에도, 매일같이 다려주던 구김 하나 없이 뽀송뽀송하던 교복 셔츠에도 그녀의 사랑은 담뿍 묻어 있었다.

"부럽다. 사랑받고 자란 사람들이 제일 부러워."

말갛게 빛나는 물기 어린 건우의 두 눈이 수연의 가슴 속 어딘가에 콕 박혔다.

너의 지난 시간은 어땠냐고, 건우가 직접 말하기 전에 수연은 먼저 물을 수가 없었다. 혹시 그의 상처를 무책임하게 헤쳐 놓는 게 될까 봐 입이 떨어지지 않았다.

부모님을 이야기할 때마다 어딘가 상처받은 얼굴을 한 건우를 볼 때면 수연은 마음이 저렸다.

내가 모르는 너의 시간은 어땠을까.

혹시, 외로웠던 걸까.

"벌써 다 왔다."

느리게 걸었는데도 어느새 집 앞이었다. 수연은 건우와 마주 보고 선 채로 잡은 손을 좌우로 살살 흔들었다.

"고마워."

"얼른 들어가."

"놔줘야 가지."

건우는 여진히 수연의 손을 붙잡은 채로 만지작거리며 놓아주지 않았다. 그녀가 슬쩍 힘을 줘 당기자, 그는 더 센 힘으로 붙잡았다.

연애하는 사이

"달이 되게 예쁘다."

"구름에 가려서 하나도 안 보이는데?"

"구름 되게 예쁘다."

무슨 말을 해서라도 시간을 끌려는 게 눈에 훤히 보여서 수연은 웃음이 났다.

건우와 눈이 마주쳤다. 한참을 눈에 머물러 있던 그의 시선이 수연의 코끝에, 입술 위에 차례로 닿았다.

수연의 시선도 저절로 내려가 건우의 입술에 머물렀다. 도톰하고 붉은 입술. 보는 것만으로도 입안이 바짝 말랐다.

"수연아."

"응?"

"키스해도 돼?"

방심한 사이에, 말 그대로 직구가 날아왔다. 수연은 제 손가락을 감싸고 있는 건우의 손바닥이 뜨끈해지는 게 느껴졌다. 그는 아주 순진한 표정을 짓고 있었지만, 눈은 거짓을 말하지 않았다.

아주 노골적이어서 오히려 순수한, 간절함이 고스란히 담긴 눈빛이었다. 느리게 들썩이는 가슴 언저리에 시선이 멈췄다.

"그런 거 물어보면, 다른 여자들은 뭐라고 대답해?"

"몰라. 물어본 적 없어."

"그럼 나한테는 왜 물어봐?"

"혹시, 네가 싫을까 봐."

수연은 조용히 웃었다.

"자꾸 조심하게 돼. 내 작은 실수 때문에 너랑 멀어지게 될까 봐. 여기까지 오는 동안 늘 그랬어."

건우의 말 한 마디 한 마디에 담긴 진심이 고스란히 느껴졌다.

"사실 좀 불안하기도 했어. 내가 느끼는 이 감정이 분명 나 혼자만의 것은 아닌데, 가끔씩 저울 위에 서 있는 것처럼……."

"내가 널 헷갈리게 했니?"

건우는 옅게 웃으며 가만히 눈꺼풀을 깜빡였다.

"간 봐도 돼. 저울질해도 돼. 다 따져 보고 꼼꼼히 살펴보고 정해. 하다못해 칫솔도 이것저것 비교해 보고 고르는데, 뭐."

"넌 칫솔이 아니잖아."

"그렇게 다 만나보고, 나한테 와."

수연은 고개를 숙인 채 건우의 손등을 엄지로 살살 문질렀다.

"단 한 번도 너랑 다른 사람을 두고 저울질한 적 없어. 그럴 필요도 없었고. 네가 느낀 감정, 나와 다르지 않으니까."

건우가 바닥에 짐과 우산을 내려놓더니, 수연의 손에 들린 우산도 내려놓았다. 그러곤 한 걸음 더 가까이 다가서서 그녀의 양쪽 어깨를 붙잡고, 살며시 고개를 숙여 눈을 맞췄다. 부끄러워서 수연이 고개를 돌리려 했지만 건우는 집요하게 따라왔다.

"하지 마……."

건우는 수연의 머리칼을 귀 뒤로 단정히 넘겨주며 조심스레 한 손으로 뺨을 감쌌다. 수연은 용기 내어 건우를 바라보았다. 웃고 있는 그의 모습에, 그녀도 덩달아 웃고 말았다.

연애하는 사이

"그렇게 예쁘게 웃으면……. 나 너무 떨려."

건우는 사납게 펄떡이는 심장을 두 손으로 움켜쥐고만 싶었다. 고르지 못한 호흡이 원망스러웠다. 얼굴은 점점 열이 달아올라 화끈거렸다. 그의 니트 자락을 붙들고 있던 수연의 손끝도 파르르 떨렸다.

천천히 다가온 건우의 입술이 수연의 입술에 닿았다. 부드럽고 따뜻했다. 입술 사이로 흘러 들어오는 그의 더운 숨은 엉망으로 떨리고 있었다. 나만큼이나 긴장하고 있구나, 생각하니 자꾸만 웃음이 새어 나왔다.

조금 더 깊숙하게 파고들어 오는 건우의 숨에 수연의 숨이 섞여 나갔다. 수연은 두 팔로 그의 목을 감쌌고, 그는 그녀의 등허리를 감싸 안으며 좀 더 가까이 끌어 당겼다.

수연은, 코끝에 닿는 건우의 향기가 좋았다. 그에게서는 청량하면서도 뜨겁고 습한 여름 숲의 향이 났다. 그 향은 건우를 많이 닮아 있었다.

짧지만 강렬했던 첫 입맞춤 후, 이마를 맞댄 채 숨을 고르던 건우의 입매가 예쁘게 휘었다. 내쉬는 숨소리에는 여전히 떨림이 묻어났다.

수연은 차마 건우와 눈을 맞출 수가 없어서 그의 허리를 두 팔로 안은 채 가슴 위에 얼굴을 묻었다. 그러자 그가 뒷머리를 다정하게 쓰다듬어 주며 품 안 가득 안아주었다.

이 사람 품이 이렇게나 넓고 포근했구나.

수연은 간 보고 저울질해 보고 자기한테 오라고 말하는 건우의 허세가 귀여우면서도 한편으론 미안했다. 애매한 걸 가장 싫어한다던 그에게 확신을 주지 못했다는 생각이 들어서다.

그래도 그 자리에서 계속 기다려 준 건우가 고맙고 그 마음이 예뻐서, 수연은 더는 그를 불안하게 하지 말아야겠다고 결심했다. 미리부터 걱정하고 불안해하는 건, 이번만큼은 하고 싶지 않았다.

수연은 예감했다.

내가 좋아하는 그를, 아주 많이 사랑하게 될 거라는 걸.

수연은 결국 건우를 사랑하기로 했다.

건우는 샤워를 마치고 방에 들어오자마자 침대에 벌러덩 누웠다.

"이러다 터지는 건 아니겠지?"

가슴에 손을 얹어 심장박동을 느끼던 건우는 이러다 심장이 터져 버리는 게 아닐까 염려가 되었다. 도무지 진정되지 않는 제 심장이 걱정스럽다가도, 바보 같은 생각을 하는구나 싶어 웃음이 났다.

건우는 수연에게 전화를 걸었다. 조금 늦은 시간이지만, 그녀의 목소리가 듣고 싶어서 견딜 수가 없었다. 목소리라도 듣고 나면 미친 듯이 뛰는 가슴이 좀 진정되지 않을까 싶었다.

[여보세요?]

"자고 있었어?"

[아니, 아직. 잠이 올락 말락······.]

잠이 잔뜩 묻어 있는 수연의 목소리가 사랑스러웠다. 목소리 들었으니 이제 자라고 할까. 건우는 아주 잠시 고민했지만 좀 더 듣고 싶어서 말하지 않았다.

"지금 딱 생각나는 노래 하나 알려줘."

[생각나는 노래? 음······.]

새근새근 숨소리와 조곤조곤한 수연의 목소리에 건우는 갈비뼈 아래 어딘가가 간질거렸다.

건우는 결국 침대에서 일어나 창가로 가 창문을 활짝 열었다. 그쳤던 비가 다시 부슬부슬 내리고 있었다.

[tuxedo의 Do it 이란 노래가 있거든? 들으면 기분 좋아지는 노래야.]

"잘 들을게."

[흐흥.]

웃음소리마저 사랑스러웠다.

"밖에 비 온다?"

[진짜?]

수화기 너머에서 부스럭대는 소리가 들려오고, 이내 창문 여는 소리도 들렸다. 건우는 의자를 끌어다 놓고 앉아 창틀에 턱을 괴었다.

[빗소리 좋다. 그치?]

"응. 엄청 좋다."

같은 것을 보고, 같은 소리를 들으니 서로 다른 공간에 있지만 같이 있는 기분이 들었다.

사랑이란 거, 제대로 받아본 적 없어서 어떻게 생긴 것인지는 잘 모르겠지만, 분명한 건 수연에게 갖고 있는 이 마음이 사랑을 향해 가고 있다는 것이다.

건우는 사랑이 뭔지 몰라도, 이게 곧 사랑이 될 거란 건 직감할 수 있었다.

[아까 저녁 때, 효정이가 묻더라? 우리 무슨 사이냐고.]

"그래서 뭐라고 했어?"

[친구 사이인지, 연인 사이인지 물어서······.]

"설마 친구 사이라고 한 건 아니지? 우리가 친구 사이면 난 친구 없어. 누가 친구끼리 키스를 해?"

수연의 듣기 좋은 웃음소리가 또 한 번 건너왔다. 다리를 꼬고 앉아 있던 건우는 발목을 빙글빙글 돌리며 덩달아 웃었다.

[내일 확실하게 대답해 주려고. 연애하는 사이라고.]

수연이 말했다. 우린 연애하는 사이라고.

그 말이 왜 그렇게 예쁘게 들리는 지 알 수 없었다. 평소보다 낮게 가라앉은 느른한 목소리가 왜 그리 사랑스러운지 모르겠다.

건우는 그냥 이 순간이 너무 달고 달아서, 심장이 녹아버릴 것만 같았다.

연애하는 사이.

연애하는 사이.

건우는 수연과 통화를 끝낸 후에도, 한참을 눈을 감고 그녀의 그 말을 몇 번이나 곱씹었다.

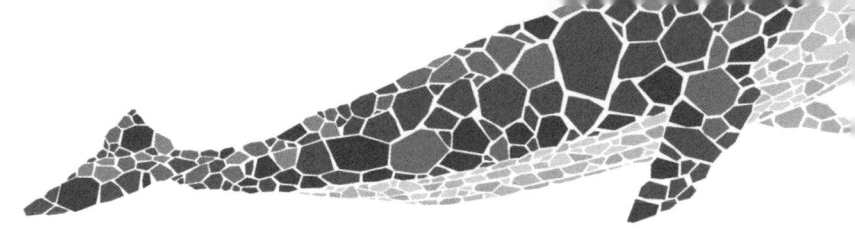

08
내가 있잖아

 해뜰시장 청년 대표 모임과 상인회에서 단합대회 겸 야유회로 인근 수변 공원을 찾았다.
 하천 양쪽으로 난 길을 따라 벚나무가 길게 늘어선 수변 공원은 불과 몇 년 전만 해도 이 동네 사람이 아니면 잘 알지 못하는 숨겨진 보물 같은 곳이었다고 한다. 그러다 최근, 시에서 하천 정비사업으로 수변 공원을 새롭게 조성한 후로 SNS를 타고 빠르게 유명해졌다.
 다음 주 주말쯤 개화가 절정에 달하면 벚꽃 구경을 나온 관광객들로 발 디딜 틈 없이 북적거릴 것이다.
 야유회를 나온 사람들은 잔디밭 위에 돗자리를 펴고, 나무 그늘 아래 삼삼오오 모여 둘러앉았다. 한쪽에서는 아주머니들이 모여 다함께 나눠 먹으려고 각자가 준비해 온 음식들을 접시에 옮겨 담았고, 청년 모임 회원들이 그 접시를 자리마다 나르고 있었다.

"수연이는 날이 갈수록 더 예뻐지는 거 같지 않아?"

"지 엄마 닮아서 원래부터 이뻤지. 아빠도 엄청 잘생겼었잖아."

"서울에서 직장 다닐 때만 해도 애가 빼쪽하니 살이 빠져서 안쓰러웠는데, 볼에 살이 통통하게 오르니까 어렸을 때 수연이 보는 거 같아."

어른들의 대화가 건우의 걸음을 붙잡았다. 수연의 예전 모습부터 지금까지를 아는 사람들의 말에, 건우는 더 일찍 그녀를 알지 못한 것에 대한 아쉬운 마음이 들었다.

"수연이 다시 서울로 안 간대? 여기서 이러고 있을 애가 아닌디."

"내 말이 그 말이여! 근데 뭐 어쩌겄어, 당사자 마음이지."

"아휴, 그럴 거면 그냥 여기서 김 계장하고 잘돼가지고 결혼이나 했으면 좋겠네. 언니가 자리 한번 만들어봐!"

"안 그래도 요즘 부쩍 김 계장이 수연이네 가게에 자주 가더라고. 쫌만 기둘려 봐. 둘이 알아서 눈이 맞을지도 모르니께."

역시 시장 내 대세는 '김현준'이었다.

건우가 씁쓸하게 돌아서는데, 맞은편에서 걸어오던 수연이 그를 보며 싱긋 웃었다.

"그럴 일 없습니다."

수연은 아마도 자신에 대해 나누던 대화를 다 듣고 있었던 모양이다. 수연이 태연한 얼굴을 하고 들고 온 떡 접시를 내려놓자 다들 놀란 눈으로 그녀를 바라보았다.

"왜? 수연이 너 남자 생겼어?"

수연은 대답 대신 미소를 지으며 돌아섰고, 그 순간 건우와 눈길이 닿자 장난스레 눈썹을 씰룩이며 걸음을 옮겼다. 그 모습에 건우는 갑갑하던 가슴이 뻥 뚫린 것처럼 시원했다.

"오메! 참말로 만나는 사람 생겼나벼!"

"진짜 그런가 본데? 저 웃는 거 봐!"

건우는 마음 같아서는 그 남자가 바로 나라고 온 동네방네 소문내고 싶었지만 일단 입술을 꾹 다물었다.

딱히 수연이 연애를 숨기자고 말한 건 아닐 테지만, 평소에도 워낙 많은 사람들의 관심을 받고 있는 터라 부담이 될 것 같아서, 건우는 먼저 선뜻 얘기하고 다닐 수가 없었다. 그녀가 먼저 말할 때까지 얌전히 기다리기로 마음먹은 참이다.

"아이구, 아까워라! 나는 수연이가 우리 카페 총각하고 맺어졌음 싶었는디."

"나두 나두, 나 카페 총가이 훨씬 디 잘 어울리는 거 같드만."

한 줌도 안 되는 '도건우' 지지단의 등장에 건우는 눈물이 날 정도로 감격스러웠다.

내가 있잖아

"카페 총각이 수연이보다 어리지 않아?"

"어차피 몇 살 차이도 나지 않는 데, 뭐. 그리고 요즘은 연하가 대세여."

"에이, 그래도 남자는 어른스럽고 듬직하니 기댈 맛이 있어야지."

"카페 총각 나이는 어려도 듬직해 보이는데 왜 그래?"

김현준 지지자와 도건우 지지자 양측의 팽팽한 의견 차에 지켜보던 사람들의 시선이 동시에 건우에게 쏠렸다.

"카페 총각, 오해하지 말어! 자네가 듬직하지 않단 소린 아니었어."

"남자는 아무리 나이가 많아도 철없는 놈은 죽을 때까지 철이 없고, 반대로 나이가 어려도 듬직하고 어른스러운 사람도 있는 거예요."

가만히 듣고 있던 병구가 건우의 등을 다독이며 편을 들어주었고, 지원군의 등장에 건우는 그제야 미소를 되찾을 수 있었다.

건우는 수연이 있는 곳으로 다가갔다. 다들 각자 맡은 일을 하느라 분주해 보였다.

"네가 보기에는 어때? 나 듬직해?"

수연은 별다른 대답 없이 어깨를 으쓱였다.

"어, 뭐야? 왜 대답이 없어?"

건우가 되물었지만 수연은 여전히 입술을 앙다문 채 먹기 좋게 자른 오렌지를 접시에 가지런히 담았다. 결국 그는 그녀의 옆구리를 검지로 콕 찔렀다.

"아, 왜 이래?"

"왜 대답을 피하는데?"

"이것부터 갖다 드리고 와."

수연은 건우의 손에 과일 접시를 쥐어주고 등을 떠밀었다. 건우는 접시를 들고 걷는 내내 연신 뒤를 돌아 그녀를 보았다.

설마, 수연도 그렇게 생각하고 있던 걸까. 그녀가 듬직하게 기댈 수 있는 그런 남자로 느껴지지 않았던 건가?

제대로 사랑받지 못해서, 제대로 사랑하지 못할까 봐 늘 마음이 쓰였다.

혹시나 제 마음을 그녀가 부족하다 여길까 봐, 더 많이 보여주고 더 많이 말하면서 표현하려고 노력하고 있었다. 건우는 사랑은 그렇게 끊임없이 확인해 줘야 하는 거라던 누군가의 말을 철석 같이 믿고 따랐다.

아무래도 그 노력이 조금 부족했던 모양이다.

건우는 수연을 바라보며 한 번 더 다짐했다.

얼마나 많이 좋아하는지, 얼마나 많이 생각하는지, 더 많이 표현해야겠다고.

주고받는 시선 끝에도, 스치듯 닿는 손끝에도, 늘 건네는 아침 인사에도 애정이 뚝뚝 묻어나도록 말이다.

야유회 파장 무렵, 일기예보에도 없던 소나기가 쏟아졌다.

황급히 자리를 철수하고 모두가 떠난 고요한 수변 공원에는 건우와 수연만 남아, 한 우산 아래 나란히 앉아 흐르는 냇물을 바라보았다.

건우는 보도블록 사이를 비집고 올라온 보랏빛 제비꽃을 손끝으로 톡톡 건드렸다. 그런 건우의 옆모습을 한참 동안 지켜보던 수연은 고개를 앞으로 쑥 내밀어 그와 눈을 맞췄다. 그러자 그가 슬쩍 시선을 주더니 금세 거뒀다.

"혹시 나한테 화난 거 있어?"

"없어."

"아닌 거 같은데."

"내가 언제 화내는 거 봤어?"

"와, 진짜 하나도 화 안 난 사람 표정이다."

수연의 말에 건우는 그제야 피식 웃었다.

"쪼잔하다고 할까 봐 말 안 할래."

"그래. 하지 마."

수연은, 건우가 굳이 말하지 않더라도 그 이유를 알 것 같았다.

아까 듬직하냐는 물음에 선뜻 대답하지 않은 걸 마음에 담아 두고 있는 듯했다.

"꼭 듬직한 사람이어야 할 필요는 없어."

수연은 건우의 커다란 손을 잡았다. 길쭉한 손가락을 만지작거리다가 손끝을 꾹꾹 누르며 매끈하게 잘린 손톱 끝도 만져 보았다.

"꼭 그래야 한다는 부담 같은 거 갖지 마. 지금도 충분하니까. 그리고 난, 그냥 있는 그대로의 네가 좋아."

"내가 좋아?"

"응. 좋아."

건우가 활짝 웃었다. 눈 밑 인디언 보조개가 폭 패일 정도로 아이처럼 해맑게 웃었다. 그 예쁜 모습에, 수연의 심장은 쿵 하고 내려앉았다.

"나한테 처음 말해줬어. 좋아한다고."

앞에 했던 다른 이야기보다, 건우는 그 말에 꽂힌 것 같았다. 수연은 그의 어깨에 이마를 콩 하고 찍었다.

"또 해줘. 좋아한다고."

"네가 좋아."

건우는 수연의 어깨를 한 팔로 감싸 안으며 고개를 숙여 입을 맞춰왔다. 아주 짧은 입맞춤에도 귀까지 발갛게 달아오른 수연은, 건우의 어깨에 얼굴을 묻은 채 두 팔로 그의 허리를 끌어안았다.

갑자기 툭 튀어나온 그 말의 후폭풍을 정면으로 마주하게 되었다. 좋아한다는 그 말을 입 밖으로 꺼낸 순간, 그 말은 그 말 이상의 큰 무언가가 되었다.

건우에게 갖고 있는 제 마음을 그녀 혼자 안고 있기에는 너무 벅찰 만큼 커져 버려서, 이젠 그에게 꺼내 보이고 싶었다.

내가 있잖아

"아무런 준비도 없이, 그냥 그렇게 너를 좋아하게 됐어."

건우를 처음 만난 순간도, 좋아하게 된 것도, 연애를 시작한 것도, 모두 다 예상하지 못한 순간 느닷없이 시작되었다.

"드라마로 치면, 급전개지."

"인생이 원래 그런 거야. 세상 모든 일이 기승전결 딱딱 맞춰서 흘러가진 않으니까."

건우의 말대로 인생은 영화나 드라마, 소설이 아니기에 기승전결 순서대로 가진 않는다. 현실은 원래 맥락 없이 황당한 일이 일어나기도 하고, 계획이나 예상을 쉬이 벗어나곤 하니까.

"어느 날 갑자기, 느닷없이, 미처 피할 수도 없는 빠른 속도로 달려들어 치고 가는 게 사랑이래."

그 앞에서 건우는 다행히 당황하지 않았고, 의연했고, 유연했다.

건우가 아니었다면, 아마 연애는 시작되지 않았을 것이다. 그가 아니었다면, 수연이 누군가를 다시 좋아하는 일은 불가능했을지도 모른다.

건우는 한 걸음 한 걸음, 신중하게 다가와 수연을 웃게 했고, 궁금해 못 견디게 만들었고, 보고 싶게 만들어 기어이 여기까지 오게 했다.

수연은 건우가 곁에 있었기에 겁내지 않았고, 그가 기다려 주었기에 서두르지 않았다. 같은 속도로, 조금은 느리지만 정확하게 서로를 향해 다가설 수 있었다.

사랑의 모습이 모두 다 같을 순 없다. 모두 다른 모양의 사랑을 하고 있다. 내가 아는 사랑과 다른 이의 사랑이 다르다고 해서 틀린 것은 아니다. 다만, 조금 모습이 다를 뿐. 그 역시도 사랑이란 이름을 가진 수만 가지의 모습 중 하나일 뿐이다.

수연은 건우와 함께 만들어가고 있는 이 모양이 제법 마음에 들었다.

수연은 가만히 건우를 바라보았다. 밝고 건강한 기운이 가득한 사람이다. 하지만 가볍지만은 않은, 속은 그 누구보다 단단한 사람이다. 말랑함과 단단함 사이의 균형감이 좋은, 유연한 사람이었다.

"네 덕분에 사는 게 조금 재밌어지기 시작했어. 예전에는 정말…… 절망적이었거든."

버텼다고밖에 설명할 수 없는 시간을 지나온 제 자신이 기특할 정도다. 이곳으로 돌아오길 잘했다고, 매일같이 생각하고 있다. 아침에 눈을 뜰 때부터 엄마와 마주 앉아 밥을 먹을 때, 효정과 술 한잔을 할 때, 건우를 만나고 밤에 잠들 때까지 그 생각이 반복되곤 한다.

"열심히 일하는 사람이 탄탄대로 승진하고 성실한 사람이 인정받으면 좋겠지만, 그렇지 않다는 건 온 세상이 다 알지. 그래도 마음 한편엔 희망을 품고 싶은데……."

성실하면 더 부려먹고 이용해 먹으려 드는 게 세상의 이치였다. 능력과 실력으로 인정받으려 아등바등해 봤자 초, 중, 고등학교 학벌까지 뒤집어가며 급을 나누고 우월함을 과시한다. 거기에 상사의 성추행까지……. 자존감과 자부심이 잘근잘근 짓밟혀, 수연은 제 자신을 잃어버릴까 봐 두려웠다.

"고생했어. 진짜 고생했어."

건우는 수연의 어깨를 다독이며 나지막한 목소리로 위로를 건넸다. 수연은 그 따뜻함에 마음이 녹아 눈물이 날 것만 같았다.

위로받지 못했던 지난 시간들이 수연의 머릿속을 스쳐 지났다. 가족들에게 걱정 끼치고 싶지 않아서 늘 혼자서 삭히며 별거 아니다, 괜찮다, 스스로를 세뇌했다. 정말 열심히 살았는데, 돌아보면 아무것도 남은 게 없어서 허무했다.

그러나 이젠, 너른 품에 안아주며 고생 많았다고 말해주는 건우가 곁에 있어서 수연은 더 이상 슬프지 않았다.

"넌 정말 좋은 사람이야. 그래서 나도, 너한테 좋은 사람이 되고 싶어."

수연은 자신에게 소중해지기 시작한 건우에게 상처주고 싶지 않았다. 절대 실패하고 싶지 않은 마음에 잘하고 싶고, 최선을 다하고 싶었다.

그러나 그런 마음들이 시간이 흐르면 부담이 되고, 짐이 되어 지레 지쳐 버릴까 봐 걱정이 앞섰다. 연애 시작한 지 얼마나 됐다고 그런 걱정을 사서 하냐고 할 수도 있지만, 그게 수연의 솔직한 마음이었다.

"이수연은 뭐든 최선을 다하는 사람이란 걸 알지만, 연애까지 그럴 필욘 없어. 누구에게 평가받는 일도 아니고, 너랑 나랑 그냥 마음 가는 대로 하면 되는 거야."

수연의 그런 조급한 마음을 읽기라도 한 듯, 건우는 그녀의 머리칼을 다정히 넘겨주며 조용히 웃었다. 최선을 다하지 않아도 된다는 그 말이, 수연의 마음 한가운데 콕 박혔다.

"좋은 사람 아니면 어때. 내가 좋아하는 사람인데."

"그래도."

"사실 나도 그래. 너한테 더 좋은 사람이고 싶고, 잘하고 싶고, 너한테 어울리는 사람이고 싶어."

여기서 어떻게 더 잘할 수 있을까.

수연은 고개를 가로저으며, 두 손으로 건우의 뺨을 조심스레 감싸고 다가가 입을 맞췄다. 두 사람은 지그시 감았던 눈을 서서히 뜨고 서로를 바라보며 옅게 웃었다.

"내가 지금 잘하고 있는지도 잘 모르겠다."

"괜찮아. 나도 잘 모르니까."

수연의 대답에 건우가 또 한 번 환하게 웃었다.

잘 모르면 좀 어때.

내 옆에 내가 좋아하는 사람이 함께 있고, 이렇게 언제든 기댈 수 있고, 안길 수 있고, 만질 수 있고, 입 맞출 수 있으면 된 거시.

수연은 다시 한 번 건우에게 가까이 다가가 가볍게 입을 맞추었다.

집에 돌아온 건우는 먼저 자겠다는 수연의 메시지를 확인하고 나서야 침대에 누웠다.

제 어깨에 머리를 기댄 채 조곤조곤 말하던 수연의 사랑스러운 목소리가 자꾸만 건우의 머릿속을 맴돌았다.

"네가 좋아."

쑥스러움 많은 수연의 입에서 나온 그 말에 건우는 하마터면 숨이 멎을 뻔했다. 물에 물감이 번지듯, 그 말은 순식간에 번져나가 마음을 물들였다.

타닥타닥 빗방울이 우산에 부딪치던 소리, 바람을 타고 불어오던 옅은 흙냄새와 싱그러운 풀 냄새, 잡은 손을 연신 꼼지락대던 수연의 작고 가는 손가락의 촉감. 모든 감각들이 여전히 선연했다. 마치 그때 그 시간으로 돌려놓은 듯, 눈을 감으면 그녀의 얼굴이 아른거렸다.

보고 싶었다. 목소리도 듣고 싶고, 아까처럼 손도 잡고 싶고, 품 안에 꼭 안고 싶었다.

똑똑-

"형, 딸기 먹으러 내려오래."

노크와 동시에 문이 열렸다. 남우는 문을 빼꼼 열고 얼굴을 들이민 채 뭔가를 냠냠거리며 먹고 있었다.

"알았어."

건우와 남우 형제가 살고 있는 집은 명호와 그의 엄마 영미가 운영하는 정육식당 3층에 위치해 있다. 2층에는 명호네 가족이 살고 있어서 때때로 형제를 불러 먹을 걸 챙겨주곤 했다.

영미는 건우와 남우 형제를 친아들처럼 챙겨주었다. 건우가 명호와 함께 선수 생활을 할 때부터 늘 그랬다.

건우와 남우가 이곳으로 내려오게 된 결정적인 이유도 명호 가족의 따뜻함 때문이었다. 그들 덕에 이곳에서 자리를 잡을 수 있었다. 그들은 가게 자리를 알아보는 것도 자기 일처럼 나서서 도와주곤 했다.

2층 명호의 집에 내려가니 영미와 삼촌 병구, 명호와 동생 다빈, 남우까지 거실 한가운데에 모여 있었다.

"오늘 수고 많았다. 한 잔 시원하게 하고 자."

건우는 딸기를 먹으러 내려왔는데, 정작 권하는 건 맥주였고 주인공은 닭강정이었다. 딸기를 먹는 건 다빈뿐이었다.

건우는 웃으며 영미가 건넨 잔을 받아 들었다.

"청년 모임 사장님들 고생하셨습니다."

병구의 건배사를 듣고 건배를 나누다 보니, 이곳에 청년 모임 소속 사장이 셋이나 있었다.

"오빠, 아!"

잔을 내려놓기도 전에, 다빈이 건우의 입에 딸기를 쏙 넣어주었다. 그 모습을 지켜보던 사람들은 고개를 절레절레 흔들며 혀

내가 있잖아

를 끌끌 찼다.

"어지간히 해라, 어지간히. 그러다 건우 부담스러워서 도망간다."

"엄마는 무슨 그런 악담을 해?"

뾰로통해진 다빈은 또 한 번 포크로 딸기를 찍어 내밀었고, 건우는 그대로 명호의 입으로 방향을 잡아주었다. 그러자 명호가 딸기를 냉큼 입에 넣었다.

이들과 함께 어울려 지내는 동안, 건우는 가족의 정이라는 게 뭔지 조금씩 알게 되었다.

작은 거실에 옹기종기 모여 앉아 TV 리모컨을 두고 채널 다툼을 하는 것도, 한 상에서 함께 밥을 먹고 과일을 먹는 것도, 한여름에는 이곳에서 시원한 맥주와 수박을 잘라 먹다가 그대로 잠드는 것 모두 난생처음 겪는 일이었다.

이젠 그런 소중한 일상이 익숙해져 더는 외롭지 않았다. 피가 섞인 가족이 아님에도, 가족 이상의 끈끈한 무언가가 포근히 감싸주는 느낌이었다.

한때는 처음부터 자신에게도 이런 가족이 있었다면 얼마나 좋았을까, 하고 부러워했던 적도 있지만, 건우는 이제 더 이상 그러지 않는다. 이미 이들은 가족과 다름없는 사람들이었다. 그건 아마 남우도 다르지 않을 것이다.

한참을 까불거리던 다빈이 방으로 들어간 후, 본격적으로 술자리가 시작되었다.

늘 그랬듯, 딱 한 잔만 더 하자던 게 자꾸만 길어졌다. 딱히 진지하고 심오한 대화를 나누는 것도 아니었다. 그저 오늘 있었던 시시콜콜한 이야기를 나누다 보니 시간이 금세 자정을 넘겼다.

"올해 내 소원은 우리 삼촌 장가가는 건데, 조카 소원 들어주실 거예요?"

"이 나이에 무슨."

"어? 나이가 무슨 상관이에요!"

"쓸데없는 소리 말고 잔이나 비워, 인마."

대화의 주제는 매번 자연스레 병구의 결혼으로 이어졌다. 그때마다 병구는 지금처럼 고개를 가로저으며 입도 떼지 못하게 했다.

"그건 아마 우리뿐 아니라 해뜰시장 모든 사람들이 바라는 바일걸?"

"아, 형수님까지 왜 그래요."

영미가 부추기자 병구는 진심으로 부끄러워하며 손바닥으로 뺨을 거칠게 비볐다.

"요즘 세상에 꼭 결혼을 해야 하는 건 아니니까요. 삼촌 하고 싶은 대로 하세요. 요즘 되게 보기 좋아요."

남우의 의젓한 말에 병구는 그제야 웃으며 잔을 비웠다.

건우는 병구가 왜 여태껏 결혼을 하지 않았는지는 잘 알지 못한다. 하고 싶지 않았을 수도 있고, 타이밍을 놓쳤을 수도 있겠지. 어쩌면 본인도 그 이유를 알지 못할 수도 있다. 그는 간혹 '어쩌다 보니 그렇게 됐어.'라고 말하곤 했다.

분명한 건, 정희와 병구의 관계가 이전보다 많이 발전되었고, 훨씬 보기 좋아졌다는 것. 그래서 다들 기대를 갖고 있는 건지도 모른다.

"너희들도 삼촌처럼 이 나이 먹도록 이런 소리 듣고 싶지 않으면, 빨리 짝 찾아서 장가가라."

병구는 세 남자의 잔을 차례로 가득 채웠다.

건우는 아주 어릴 때부터 절대 결혼하지 않겠다고 다짐했었다. 부모의 결혼 생활에서 그 어떤 희망도 보지 못해서다.

건우는 무엇보다, 좋은 남편, 좋은 가장, 좋은 부모가 될 자신이 없었다. 그럴 자신이 없다면 다른 누군가를 불행하게 하느니 그냥 혼자 사는 게 나을 거라고 생각했다.

그러면서도, 한편으론 가정을 꾸리고 싶단 생각을 하기도 했다. 늘 외로웠기 때문이다. 가족의 정을 맛보고 난 후로 건우의 그 욕심은 더욱더 커졌다.

살다 보니, 세상에 '절대'라는 건 없다는 생각이 들었다. 사람의 마음은 수시로 여러 가지 모양으로 바뀌니까. 그래서 지금 건우는 자연스럽게 흘러가는 대로 두고 지켜보는 중이다.

지금의 마음이 어느 날 문득 또 다른 모양으로 바뀔지 모르겠지만, 그때마다 유연하게 대처하고 싶었다.

어른스럽게, 어른답게.

※

　퇴근 준비를 마친 수연은 내부 조명을 모두 끄고 가게를 나섰다. 오늘은 건우네 카페에서 청년 모임 정기 회의가 있는 날이라 곧장 그곳으로 갈 예정이었다.
　"수연아."
　막 문단속을 마치고 돌아서는데, 낯익은 남자가 수연을 불렀다. 효정의 남편 동훈이었다. 수연은 열쇠를 가방 안에 넣으며 그에게 가까이 다가섰다.
　꼭 할 말이 있는 듯한 표정을 하고 찾아온 동훈은 며칠 사이에 얼굴이 많이 상해 있었다. 수연은 그 모습이 왠지 모르게 반가웠다. 길다면 길고, 짧다면 짧은 시간 동안 그가 많은 고민과 마음고생을 한 것 같아서, 자신만 속 썩은 게 아니라는 생각에 덜 억울했다.
　"안 그래도 오빠가 날 찾아올 것 같아서 기다리고 있었어요."
　수연은 동훈이 꼭 한 번 찾아올 거라 생각했다. 목격했던 그다음날, 혹은 그날 밤 곧장 찾아오지 않을까 기대했지만 결국 일주일이 지나서야 나타났다.
　수연이 아는 동훈이라면, 내내 마음 졸이고 안절부절못하면서 몇 날 며칠 잠을 설치고 불안해했을 것이나. 하지만, 수연은 지금 제 앞에 선 동훈을 잘 안다고 장담할 수 없었다. 그녀가 아는 동훈은, 절대 바람이 날 사람이 아니었으니까.

내가 있잖아

"잠깐 얘기 좀 할 수 있을까?"

"잠시만요."

수연은 휴대폰을 꺼내 건우에게 급한 일이 생겨서 회의에 참석할 수 없다고, 무슨 일인지는 나중에 설명하겠다는 메시지를 남긴 후 앞장섰다.

수연은 동훈과 실내 포장마차 안 가장 구석진 자리에 마주 보고 앉아 술잔을 채웠다. 동훈은 술잔만 뚫어져라 바라봤고, 수연은 혼자서 잔을 비웠다.

할 말이 너무 많아서 오히려 입술이 떨어지지 않았다. 어떤 말부터 꺼내야 할지, 목 끝까지 차오른 수많은 말 중 하나만 골라내기 어려웠다. 이런 순간에는 이성적이고 차분하게 이야기를 해야 한다는 생각을 반복하며 수연은 부글부글 끓는 화를 가라앉히려 연신 술잔을 비웠다.

그렇게 몇 잔의 술을 비운 후, 수연은 고개를 들어 동훈을 가만히 바라보았다.

십년 넘게 알아온 사람인데, 오늘 유독 낯설었다.

"무슨 말이라도 해보세요. 일단은 들어볼게요."

찾아오기로 마음먹었을 땐 최소한의 입장정리를 하지 않았을까 기대했다. 하지만 동훈은 여전히 혼란스러워 보였고, 그런 그의 모습에 수연의 한숨은 짙어졌다.

"예은이는, 몇 번 만나서 술 마신 게 전부야."

"그럼 그날 제가 본 건 뭐였어요?"

"그건……."

"그날은 술 안 드신 거 같던데. 운전해서 가셨잖아요."

동훈은 마른침을 삼키며 입술을 달싹였다.

"둘이 어떻게 만났고, 만나면 뭘 하는지까지 저한테 말씀하지 않으셔도 돼요. 제가 듣고 싶은 건, 앞으로 어떻게 할 것인지에요."

동훈과 효정은 고등학교 때부터 사귀었고, 효정이 스무 살이 되던 해애 아이가 생기면서 곧장 결혼했다. 많은 이들이 우려한 만큼 수연 역시 걱정했지만, 서로를 무척이나 사랑하는 것 같아 한편으론 안도했고 응원을 보내기도 했다.

끝까지 효정과 아이를 책임지고자 하던 동훈의 모습을, 수연은 지금도 또렷이 기억하고 있었다. 효정의 어머니에게 두들겨 맞으면서도 무릎 꿇은 채 결혼 허락을 구했던 그였다. 평생 행복하게 잘 살겠다고, 한번만 믿어달라고 애원했던 그였다.

지금 수연의 앞에 예전의 그 이동훈은 없었다. 이런 이유로 그와 마주 앉게 될 거라곤 단 한 번도 상상하지 못했다.

솔직히, 수연은 여전히 자신이 어떻게 하는 게 효정을 위하는 일인지 판단을 내리지 못하고 있었다. 동훈과 만나 이야기를 하다 보면 답을 얻을 수 있지 않을까 하는 일말의 희망을 가지고 있었는데, 오히려 더 혼란스러웠다.

"정리하실 거죠?"

지금 당장 정리하겠다는 동훈의 말을 듣고 싶었지만 그는 그

내가 있잖아

말을 먼저 꺼내지 않았다. 결국 기다리다 못한 수연이 먼저 답을 채근했다. 다신 만나지 않겠다는 그 말이 뭐 그리 어려운지, 그는 좀처럼 입을 열지 못했다.

"하실 거죠?"

재차 물었지만 동훈은 애꿎은 입술만 잘근잘근 씹다가 술잔을 단숨에 비웠다.

"효정이랑 나, 십사 년이야. 효정이 열일곱 살 때 만나서 스무 살에 결혼했고, 결혼한 지 십일 년 됐어."

"네. 그래서 효정이한테는 오빠가 세상의 전부였대요."

수연의 말에 잠시 멈칫하던 동훈이 다시 입을 떼었다.

"실수로 아이가 생겼고, 책임지지 않을 수 없었어."

"오빠."

"이 동네에 나랑 효정이 사이 모르는 사람이 없는데, 내가 어떻게 다른 선택을 할 수 있었겠니? 고등학교 졸업하자마자 임신시켜놓고 내뺄 순 없잖아. 그래서 결혼했고, 사는 동안 나는 최선을 다했다."

한 다리 건널 것도 없이 서로가 다 알고 지내는 사이였다. 효정과 동훈뿐 아니라, 양가 부모님도 모두 다 아는 사이였다.

동훈과 결혼을 하고 싶어 하던 와중에 아이를 가져 서둘러 결혼했다는 효정의 입장과는 달리, 동훈은 아이를 가져 하는 수 없이 결혼을 했다는 듯한 뉘앙스로 말했다.

수연은 지금 제가 말을 제대로 알아들은 건지도 헷갈렸다. 머릿속은 이미 엉망진창으로 헝클어져 버렸다.

"오빠가 그런 생각 가지고 있는 거…… 효정이도 알아요?"

"어. 알아."

수연은 가슴 한구석이 와르르 무너져 내리는 것만 같았다.

효정이 울면서 전화를 걸어 힘들다고 말하던 무수히 많은 시간들이 하나둘 선명하게 떠올랐다. 가끔 아이를 안고 한참을 울었다던 그 말도, 살기 바빠서 흘려보냈던 이야기들까지 모두.

그럼에도, 효정은 수연에게 행복하다고 말했다. 잘 살고 있다고, 그러니 제 걱정 말고 잘 지내라고 말하던 그녀였다. 그녀도, 자신도, 각자의 아픔을 가진 채 견디고 있었다고 생각하니 수연은 울컥했다.

"그걸 알면서도 오빠랑 살고 있는 효정이는 정말 부처님이네요."

"다들 그렇게 살아. 너만 모른 척해주면, 우린 다시 예전처럼 사소한 일로 다투고, 시답지 않은 일로 웃으면서 그렇게 살 거야."

"효정이를 기만하는 거잖아요."

"그럼 가서 효정이한테 말할 생각이니? 내가 다른 여자랑 바람났다고? 그러니 이혼하라고 부추길 거야? 그게 네가 바라는 거야?"

수연은 오히려 목소리를 높이는 동훈의 얼굴을 가만히 쳐다보았다.

"잠깐 실수했던 거야. 그러니까……."

"효정이는, 요즘 오빠가 일찍 퇴근해서 아이들이랑 놀아주는 게 너무 행복하다고 했어요."

"미안하다. 효정이한테 앞으로 내가 더 잘할게."

"그래놓고 오빠는 뒤에서 어린애랑 바람이 났죠. 아는 사람들 천지인 시장 앞에서 입 맞추다가 와이프 친구한테 걸렸고요."

만약 그날 수연이 아닌 다른 누군가가 그 모습을 보았다면.

만약 그날의 일이 소문으로 돌고 돌아 효정의 귀에 닿는다면.

수연은 상상만으로도 피가 말랐다.

"순서대로 해요. 지금 당장 제 앞에서 그 애랑 정리하세요."

"하루만 시간을 줘."

"시간이 왜 필요해요? 몇 번 만나서 술 마신 게 전부라면서요."

"수연아."

애원하는 듯한 동훈의 목소리와 눈빛에 수연은 소름이 돋았다.

"나도 많이 힘들고 지쳐서 그랬어. 실수라고 했잖아. 내가 애들이랑 효정이 두고 이혼이라도 할 생각으로 정신 놓고 만난 건 아니라고."

"잠깐 만났든, 이혼할 생각으로 만났든, 지금 바로 정리하시라고요. 제가 그 애 불러낼까요?"

수연은 단 한 걸음도 물러서지 않고 동훈을 압박했다. 그는 턱 근육이 움찔할 정도로 이를 악다물더니, 휴대폰을 꺼내 예은에게 전화를 걸었다.

수연의 귀에 동훈과 예은의 통화 내용은 조금도 들어오지 않았다. 그저 귀를 스쳐 지나갈 뿐이었고, 머릿속에 아무것도 남지 않았다.

수연은 이 일을 효정에게 말하는 게 맞는 건지, 아닌지 여전히 고민 중이었다.

동훈의 말대로, 어쩌면 이 상황만 지나고 나면 아무 일 없었다는 듯 두 사람은 다시 행복해질 수도 있다. 하지만 수연은, 효정이 모르는 비밀을 가지고 있다는 게 계속 마음에 걸렸다. 언젠가 이 사실을 효정이 알게 된다면, 수연에게 배신감을 느끼지 않을까?

좀처럼 답이 떨어지질 않았다. 이럴 때에는 어떻게 하라고 방향을 잡아주는 가이드라인이 있었으면 싶었다.

통화를 마친 동훈이 긴 한숨을 내쉬며 휴대폰을 테이블 위에 툭 던져두고 수연을 노려보았다.

"됐지?"

수연은 동훈을 빤히 쳐다보았고, 그는 여전히 진정이 안 되는지 가슴이 들썩일 정도로 숨을 사납게 몰아쉬었다.

"너 참 무서울 정도로 차분하고, 악착같다. 난 예전부터 너의 그런 면이 싫었어. 바늘 하나 안 들이길 만큼 시나지게 빈틈없는 것도."

갑자기 화살이 수연에게 돌아왔다. 뜬금없는 동훈의 비난에,

수연은 헛웃음이 터졌다. 따귀를 때리고 소리를 지를 순 없으니 나름 친구 신랑 대우를 해준 건데, 그에겐 그래 보였던 모양이다.

"여기서 제 얘기까진 안 하셔도 돼요."

"너도 비밀 지켜."

"그건 좀 더 생각해 볼게요."

"야, 이수연!"

"오빠가 바람피운 거 비밀로 하겠다고 약속한 적 없어요. 효정이한테 얘기를 할지 말지, 한다면 어떤 식으로 어떻게 해야 할지 좀 더 생각해 볼게요. 그러니 오빠도 좀 더 고민해 보세요. 솔직하게 털어놓고 용서를 구할지, 아니면 죽을 때까지 숨기고 살지."

동훈은 음료수 컵에 소주를 가득 따라 벌컥벌컥 마셨다.

"이 동네 사람들 지긋지긋해. 남의 일에 이래라저래라 간섭하는 것도 지겨워."

"미안하지만 이건 남의 일이 아니라 내 친구 일이에요. 화낼 사람은 오빠가 아니라고요. 정신 차리세요."

냉정한 수연의 말에, 동훈은 두 손으로 얼굴을 감쌌다.

"그날 제가 오빠를 보지 못했다면, 오빤 여전히 그 애를 만나고 있겠죠? 이 술자리에 마주 앉은 사람이 제가 아닌 그 아이일 수도 있겠네요."

"……."

"제가 아닌 다른 사람이 봤다면 어땠을지, 그것도 생각해 보셨어요? 남 얘기 좋아하고 말 많은 사람 눈에 띄었다면 이미 온 동네에 소문이 났겠죠. 이 와중에도 저는, 그날 오빠를 본 게 저라서 다행이라고 생각하고 있어요."

"……."

"오빠도 알겠지만 저는 남의 일에 나서지도 않고, 관심도 없어요. 효정이 일이기 때문에 이러는 거예요. 내가 아끼는 사람들은 진심으로 행복하길 바라니까."

동훈은 거칠게 마른세수를 하며 또 한 잔의 술을 비웠다.

"십일 년 전에 오빠가 그랬던 것처럼, 이번에도 도망치지 말고 책임지세요. 제가 아는 이동훈은, 정효정 남편 이동훈은 그런 사람이에요."

수연은 무거운 발걸음을 옮겨 가게를 나섰다.

한 걸음 내디딜 때마다 발아래 땅이 무너지는 것만 같았다. 아무리 긴 한숨을 뱉어 봐도 도무지 깨끗하게 비워지지 않는 마음의 찌꺼기가 두 발을 짓눌러 수연을 꼼짝도 할 수 없게 했다.

수연은 주머니에서 휴대폰을 꺼내 효정의 이름을 띄워둔 채 한참을 바라보았다.

문득, 동훈과 결혼하기로 했다며 아직 부르지도 않은 배를 조심스레 감싸던 어린 효정의 얼굴이 떠올랐다. 그를 아주 많이 사랑한다고, 너무 행복하다고 말하던 말간 얼굴도 생생했다.

수연은, 서로를 열렬히 사랑하는 그들을 지켜보면서 부럽다고 느꼈던 순간들이 많았다. 힘들 때 기댈 곳이 있다는 것, 혼자가 아니라는 것 모두 부러웠다.

그런데 이제 와 보니, 그 사랑 또한 참 우습고 별거 없다는 생각이 들었다. 사랑이 허무해졌다.

수연은 이번엔 휴대폰 통화 목록에서 건우의 번호를 찾아놓고 가만히 바라보았다.

정말, 고작 이것밖에 안 되는 사랑에 내 마음을 걸어도 괜찮은 걸까.

첫눈에 반해 불같은 사랑에 빠진 것도 아닌, 잔잔한 시냇물이 흐르듯 서서히 피어난 이 나약한 감정은 과연 얼마만 한 힘이 있을까?

함께하는 시간과 추억이 쌓이면, 시련을 버틸 만한 힘도 생길까?

당장 건우를 보고 싶고, 목소리도 듣고 싶은데 도무지 발이 떨어지질 않았다. 온몸의 기운이 쑥 빠져나가, 수연은 아무것도 하고 싶지 않았다.

결국 수연은 그 자리에 털썩 웅크리고 앉아 눈을 질끈 감고 고개를 숙였다.

수연은 건우의 집 근처에 있는 작은 놀이터로 가 그네에 앉았다. 집 앞으로 갈 테니 잠깐만 나오라는 말에, 오늘 못 볼 줄 알았는데 신난다고 말하며 무척이나 기뻐하던 그의 목소리가 귓가에 맴돌았다.

"수연아!"

머리카락이 휘날리도록 허겁지겁 달려 나온 건우는 환하게 웃고 있었다. 급히 달려오는 그의 해맑은 모습을 바라보다가, 수연은 저도 모르게 웃어버렸다.

"오래 기다렸어?"

"나도 방금 왔어. 앉아."

건우는 수연의 옆 그네에 앉았다. 여전히 숨을 거칠게 몰아쉬는 그에게, 그녀는 손에 들고 있던 캔 맥주 하나를 건넸다.

"나랑 딱 한 잔만 하자."

수연의 제안에 건우는 맥주 캔을 따서 수연에게 도로 건네고, 그녀가 들고 있던 캔을 가져가 열었다.

"이미 어디서 한잔하고 온 거 같은데?"

건우의 물음에 수연은 웃음으로 무마하며 가볍게 건배를 나누고 맥주 한 모금을 마셨다.

"무슨 일 있었어?"

"아니."

나중에 설명해 주겠다고 했지만, 아직 건우에게 아무런 말도 하지 못했다. 하지만 그는 보채지 않았다. 먼저 말할 때까지 기다려 주려는 것 같았다.

"놀랐잖아, 집 앞으로 온다고 해서. 내가 가도 되는데."

"그냥……. 바로 집에 가려니까 아쉽너라고."

"아쉬웠어? 왜?"

"보고 싶어서."

원하는 대답이었는지, 건우는 또 한 번 웃었다. 수연은 그가 내민 손을 잡고 아주 천천히 다리를 앞뒤로 흔들어 그네를 움직였다.

　"고민이 생겼는데, 아직은 말해줄 수 없는 고민이야. 당분간은 나 혼자서 속을 좀 썩어야 할 거 같아."

　수연은 이렇게밖에 말해줄 수 없어서 미안했다. 건우는 그녀의 손등을 엄지로 부드럽게 쓸며 따뜻한 눈빛으로 바라보았다.

　"알았어. 기다릴게."

　수연은 건우에게 미안하고 고마우면서도 한편으로는 마음이 든든했다. 그가 언제든 이 자리에서 자신을 기다려 줄 것만 같은 착각마저 들었다.

　그리고 내 사랑만은 다를 거라고, 이 남자는 다른 남자들과 다르다고 세뇌하듯 되새겼다.

　"나는, 기다리는 게 익숙해. 내가 잘하는 것 중에 하나야. 그러니까 말하고 싶어지면 언제든 얘기해."

　건우는 맥주를 한 모금 마신 후, 흠흠 헛기침을 하며 목소리를 골랐다. 그의 눈빛에 어쩐지 물기가 묻어 있는 것만 같았다.

　"궁금하다. 기다리는 걸 잘하는 이유."

　건우는 잠시 망설이듯 눈꺼풀을 깜빡이다가 옅게 웃었다. 수연은 그가 말할 준비가 될 때까지 기다리기로 했다.

　"아주 어렸을 때부터 그랬던 것 같아. 기다리고, 참고, 혼자 삭히고⋯⋯. 사람의 온기라곤 찾아볼 수 없는 빈집에서 하염없이 부모님을 기다렸고, 아무리 무서운 꿈을 꿔도 꾹 참고 다시 잠을 청해야 했고, 기댈 곳이 필요해도 결국 혼자서 해결해야 했어."

건우가 처음으로 털어놓은 그의 지난 시간들은 너무나 무거웠다. 아주 작고 연약했을 어린 도건우는 어떻게 그 시간들을 견뎠을까.

많이 외로웠다던 건우의 말이 기억났다. 어린아이가 외롭다고 느낄 정도였다면, 그 크기는 얼마나 컸을까.

"고마워. 잘 자라줘서."

이렇게 멋진 사람으로, 좋은 사람으로 자라줘서.

그리고 내 앞에 나타나줘서.

내게 다가와 주고, 날 좋아해 줘서.

널 좋아할 수 있게 해줘서, 정말 고마워.

수연은 맞잡은 건우의 손을 두 손으로 꼭 감싸며 그를 바라보았다.

"이제 혼자 아니야. 내가 있잖아."

수연은 그네에서 내려 건우의 앞에 서 그를 두 팔로 감싸 안았다. 동그란 뒷머리를 쓰다듬자, 그가 그녀의 허리를 끌어안고 배 위에 얼굴을 묻었다. 전신에 번지는 따스한 온기에 가슴 저 깊은 곳에서부터 뜨거운 무언가가 울컥 치밀었다.

수연은 효정의 일로 여러모로 머리와 마음이 복잡해서 찾아온 참이다. 건우에게서 딱히 답을 찾아야겠다고 생각한 건 아니었지만, 수연에게는 혼란한 마음을 다독여 줄 진정제가 필요했다.

가장 견고하고 단단하다고 생각했던 사랑이 무너지는 모습을 눈앞에서 지켜보고 있자니, 수연은 자신이 건우와 주고받고 있는 감정 또한 불안해졌다. 그래서 건우와의 관계는 정말 괜찮을지, 확인해 보고 싶은 마음도 있었다.

 수연은 건우가 보고 싶었고, 안고 싶었다. 그렇게 하고 나면, 조금 더 선명해지고 정확해질 것 같았다.

 결과적으로 건우를 찾아온 건 잘한 일이었다. 만나고 나니 뿌옇게 안개가 낀 것처럼 불확실하게 느껴졌던 그와의 관계가 아주 명확해졌고, 감정도 뚜렷해졌다.

 나는 이 사람과 반드시 행복해져야지.

 수연이 얻은 결론은 그것이었다.

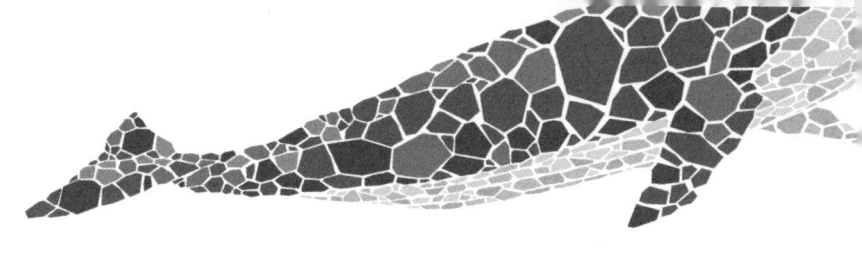

09
봄날의 선물

 주방에선 정희와 수연이 죽순 손질에 한창이었다. 거제에서 공수해 온 죽순의 껍질을 벗겨 쌀뜨물에 오랜 시간 푹 삶으면 아린 맛을 내는 독소가 제거되고 아삭아삭한 식감이 배가 되는 데다 부드러워진다. 그것을 한소끔 끓여 식혀둔 간장 양념에 담가 장아찌를 만들 예정이다.

 할머니와 담았던 장아찌 류 반찬이 하나둘 동나기 시작했다. 당장 올 초겨울에는 고추장도 새로 담가야 하고, 내년 초에는 간 장과 된장노 남가야 한다.

 정희는 푸러 갈 때마다 점점 줄어드는 장을 보며 할머니 없이 혼자서 잘 해낼 수 있을지 늘 걱정했다. 할머니가 살아계실 때도 그동안 혼자서 잘 해왔으면서, 의지할 곳이 사라져서인지 마음이 불안한 건 어쩔 수 없는 모양이다.

할머니의 빈자리는 여전했고, 앞으로도 계속 여전할 것만 같았다.

"이수연! 너 이모가 얘기 다 들었어!"

주방에 들어온 미선이 대뜸 큰 소리를 내며 다가오더니, 수연을 끌어안으며 옆구리를 간질였다.

"무슨 얘기?"

"너 만나는 사람 생겼다며! 이모한테 얘기도 안 하고, 어떻게 그럴 수가 있어? 내가 그 말을 남의 입으로 들어야겠냐?"

"아, 간지러워!"

만나는 사람이 있다고 말했던 야유회 이후, 소문이 돈 모양이다. 수연은 미선의 품을 간신히 빠져나와 정희의 작은 등 뒤에 몸을 숨겼다. 그러자 쌀뜨물이 담긴 커다란 들통 안에 손질한 죽순을 넣던 정희가 그만하라는 듯 손사래를 치며 말렸다.

"만나는 사람이 누구야? 어떤 남잔데?"

수연이 딴청을 부리자 미선은 타깃을 정희로 바꿨다.

"정희야, 너 알고 있었어?"

미선의 물음에 정희는 고개를 끄덕였고, 그 모습에 미선은 진심으로 서운했는지 눈을 흘기며 입을 삐죽였다.

'수연이 퇴근할 때 밤마다 바래다주더라고. 그래서 몇 번 봤어.'

"그래서 그게 누군데?"

정희가 뒤에 있던 수연을 힐끔 쳐다보더니 어깨를 으쓱였다.

사실 수연은 정희가 자신이 연애 중임을 눈치챘어도 그 상대가 누군지 모르고 있을 거라 생각했다. 건우가 집까지 바래다주는 걸 봤다곤 전혀 예상치 못했다. 그녀는 단 한 번도 그에 대해 알은체를 하지 않았다.

다 알고 있으면서도 수연이 먼저 말해줄 때까지 기다리고 있었던 것이다. 정희는, 수연이 제 입으로 누구 만난단 소릴 하지 않는 딸이란 걸 너무 잘 아는 엄마였기 때문이다.

"이모 궁금해서 숨넘어가는 꼴 봐야 말해줄 거야?"

"이모도 아는 사람이야."

"내가 아는 사람?"

가뜩이나 커다란 두 눈을 데굴데굴 굴리는 미선의 진지한 모습에 수연과 정희 모두 웃음이 터졌다.

"네 또래 중에 내가 아는 남자는 몇 안 되는데? 저 길 건너 카페 사장이랑……."

"와, 이모 촉 좋다. 바로 알아내네?"

"누구, 카페 사장? 진짜? 진짜로? 카페 사장이랑 만난다고?"

수연은 여전히 정희의 뒤에 숨은 채 고개를 끄덕였고, 미선은 박수끼지 치며 소리 내어 웃었다.

"이야, 이수연! 남자 보는 눈이 제법인데?"

"치. 맨날 김 계장님 칭찬만 늘어놓을 땐 언제고?"

봄날의 선물

"물론 김 계장님도 훌륭하지. 근데 건우는 잘생겼잖아. 나이도 어리고."

마냥 즐거워하는 정희의 반응에, 수연은 이렇게 좋아할 줄 알았으면 진작 말할걸 그랬나 하는 생각이 들었다. 입 밖으로 꺼내기 전까진 괜히 긴장되고 쑥스러웠는데, 막상 말하고 나니 속이 다 시원했다.

"좋냐?"

"아주 좋습니다."

"어머, 얘 좀 봐. 생전 가도 그런 소리 못 하는 앤 줄 알았는데. 하하하!"

여전히 쑥스럽긴 했지만, 그래도 가장 가까운 사람에게 털어놓아서인지 마음이 가벼웠다.

"그럼 김 계장님은 어떻게 되는 거야?"

"뭘 어떻게 돼. 아무 사이 아닌데."

"너한테 관심 있어 보였는데, 아니야? 요즘 부쩍 반찬 가게도 자주 왔다며."

"그런 거 아냐. 오히려 부담 됐을 거야. 사람들이 하도 나랑 연결 지으려고 해서."

수연은, 현준과 저를 둘러싼 상황이 조금 불편해졌다. 당사자들이 가만히 있긴 했지만, 어쨌든 의도치 않게 그가 수연과 엮여 사람들의 입에 오르내렸다. 그 바람에 본의 아니게 조금은 껄끄러운 관계가 되어버렸다. 그에게도 미안한 일이고, 건우에게도 미안한 일이고, 여러모로 수연은 마음이 찝찝했다.

"하긴, 연애도 타이밍이야. 남들이 아무리 잘 어울린다고 하면 뭐 해. 당사자들이 좋아야 하는 거지."

수연은 미선의 말에 동의하며 고개를 끄덕였다.

"너 연애한다는 얘기 들으니까 기분이 참 좋다. 이제야 너도 사람답게 사는구나 싶기도 하고."

"그전에는 사람 사는 것처럼 안 보였어?"

"얼굴 보면 눈물 날 정도로 안쓰러웠어, 이것아. 내가 너 처음 여기로 내려온다고 했을 때 결사반대하는 사람 중 한 명이었던 거 알지? 근데 지금은 후회돼. 내려오라고 더 일찍 말하지 못한 거."

미선의 말대로, 그녀는 수연에게 절대 그만두지 말라고 말리던 사람 중 한 명이었다. 밤인지 낮인지도 모르고 공부에만 매달렸던 수연을 알기에, 어떻게 해서 올라간 자린데 다 두고 내려오려고 하냐며 아까워서 안 된다고 말렸었다.

수연의 귀향을 말리던 대부분의 사람들이 미선과 같은 생각에서 반대를 했다. 수연은 그런 그들의 마음도 충분히 이해할 수 있었다. 진심으로 아끼는 마음에 걱정을 해준 것이니까.

"시골살이 답답해서 못 이기고 도로 올라갈 줄 알았는데."

"이모, 잊었어? 니 여기서 이십 넌 살았거는? 서울에선 고작 십일 년 살았다고."

"그래. 서울에서 사느라 고생 많았다. 앞으로 여기서 이모랑,

엄마랑 오래오래 살자."

미선은 수연의 엉덩이를 토닥토닥 두드리며 웃었다.

"근데 둘이 데이트할 시간은 있어? 매일 가게에 붙어 있고, 카페 사장은 중학교에 수업도 하러 가잖아."

"오다가다 보고, 퇴근길에 보고 그런 거지, 뭐."

"가게 엄마한테 맡겨놓고 영화도 보러 가고 여행도 떠나고 그래. 카페는 동생 사장이 보면 되잖아. 그렇게 오다가다 만나서 정이 붙겠냐? 삼십 년 전에 나 우리 신랑이랑 데이트할 때도 그것보단 더 화끈하게 만났다, 애. 으이구, 답답해!"

미선의 말에 놀란 정희가 마구 손사래를 쳤다.

'애는 애한테 못하는 소리가 없어!'

"정희야. 너도 딸내미 시집보내고 싶으면 눈치껏 행동해. 네 눈엔 아직도 애 같아 보이겠지만, 서른하나야, 서른하나. 수연이 친구 효정이는 애가 셋인 거 알지?"

'어휴, 주책이야.'

정희는 눈썹을 찡그리며 진저리를 쳤고, 미선은 답답하다는 듯 잔뜩 이마를 찌푸리며 고개를 절레절레 흔들었다.

'이따 오후에 시청 회의 들어간다고 했지? 마치고 데이트해. 엄마가 가게 볼게.'

"음. 그럴까?"

평소라면 괜찮다고 말했겠지만, 생각해 보니 건우와 평범한 데이트 한 번 제대로 못해본 게 내심 마음에 걸렸던 참이라 제안을 거절할 수 없었다. 수연은 건우와 함께 보낼 시간을 생각하는 것만으로도 벌써부터 기분이 좋아졌다.

"정희야. 앞으로 집도 가끔씩 비우고. 응? 황 사장하고 놀러 다니고. 응?"

'거기서 황 사장님 얘기가 왜 나와.'

갑자기 등장한 병구의 얘기에 정희가 볼을 붉혔다.

"아참, 다음 달에 이모부 환갑 있는 거 알지? 네 엄마랑 셋이 대만으로 여행 갈 거야. 이모부가 패키지로 예약 알아보고 있어."

"엄마 좋겠다! 간만에 비행기 타네?"

"내가 진짜 촉이 좋긴 좋은가 봐. 어쩐지 네 엄마를 데리고 가고 싶더라고. 기회를 잘 살려봐."

미선은 정희의 눈치를 살피며 수연의 귀에 은밀히 속삭였다.

"네 이모부 정년퇴임 앞두고 싱숭생숭한 것 같더니, 요즘 여행 알아본다고 들떠 있어."

미선의 남편 민우는 오는 6월 말에 삼십육 년간 몸을 담았던 경찰 공직에서 떠날 예정이다. 정년퇴임을 앞두고 꽤 심란해한다던 얘기를 미선을 통해 전해들은 적이 있어서, 안 그래도 수연 역시 마음이 쓰이던 차였다.

"이모부 멋지다. 한 직장에서 삼십육 년이라니. 나라면 퇴임할 때 울 거 같아."

"울기는……. 속 시원하겠지, 뭐. 그동안 고생 많았잖아."

"이제 이모도 방앗간 일 그만하고, 이모부랑 좋은데 놀러 다니

봄날의 선물　255

면서 지내요. 가끔 우리 엄마도 껴주면 좋고."

"안 그래도 그럴 작정이야. 자식도 없는데 벌어둔 돈이나 실컷 쓰다가 죽으려고."

"나처럼 속 썩이는 자식도 없으니까 걱정거리 하나 없고, 얼마나 좋아?"

웃고 있는 미선의 표정이 어딘가 모르게 씁쓸해 보였다.

'네가 무슨 속을 썩여? 너처럼 착한 아이가 어디 있다고.'

"아이고, 그래 네 새끼다, 네 새끼. 잘난 새끼 둬서 좋겠네."

정희가 수연의 편을 들자 미선은 새치름하게 노려보며 또다시 입술을 삐죽였다. 수연은 그런 미선의 뒤로 가 허리를 꼭 끌어안고 말랑말랑한 아랫배를 주물거리며 웃었다.

"에이, 우리 엄마만 잘난 자식 됐나? 이모도 잘난 조카 둔 거지. 나 아직도 이모한텐 자랑거리 맞지?"

"당연하지! 너는 우리 모두의 자랑인데."

가게 일에 바쁜 엄마와 할머니를 둔 탓에, 수연은 여러 사람의 손을 빌려 자랐다. 그중 가장 많은 지분을 가진 게 미선이었다.

"근데, 효정이 신랑 말이야. 요즘 효정이랑 사이 괜찮다니?"

"왜요?"

"아니, 그게……. 잘못 본 걸 수도 있는데, 네 이모부가 얼마 전에 젊은 여자랑 효정이 신랑이 같이 다니는 걸 봤다는 거야."

동훈의 외도를 목격한 사람이 또 있다는 생각에 수연은 가슴이 철렁 내려앉았다. 그것도 하필이면 민우라니……. 최대한 태연한 척하려 했지만 입안이 바짝 말랐다.

"……그래?"

"너도 알지만 경찰 생활을 삼십육 년 한 사람이잖아. 눈썰미는 기가 막히거든. 느낌이 안 좋더래. 아무래도 만나는 여자 같다고……."

"효정이네 부부 사이는 좋은 걸로 알고 있어. 점점 더 좋아지고 있다고 자랑하던데?"

"그럼 다행이다! 영감탱이가 잘못 본 걸 거야. 하도 그런 쪽으로만 보다 보니까 멀쩡한 걸 봐도 그런 쪽으로만 보이나 봐. 직업병인 거지, 직업병."

미선은 마치 수연의 말이 무조건 맞다고 받아들이기로 한 듯, 스스로를 설득했다.

수연은 혹시 또 다른 누군가 동훈의 외도를 목격하진 않았을까, 하는 생각에 마음이 무거웠다. 분명 그날 만나서 알아듣게 이야기했다고 생각했는데…….

다시 동훈을 만나봐야 하는 건지, 아니면 이제는 효정에게 이야기를 해야 하는 건지 결정이 서질 않았다.

'수연아. 집에 가서 시청에 회의 들어갈 준비 하고 나와.'

"응? 다 하고 나온 건데?"

수연은 고개를 숙여 제 옷자림을 쓱 훑어보았다.

"얘는. 예쁘게 하고 나오란 말이잖아. 회의 끝나고 데이트하러 가야지."

봄날의 선물　257

"아, 뭐야……."

"얼른 가, 얼른. 이모 기대하고 있을게!"

미선의 손에 의해 순식간에 앞치마가 벗겨졌다. 그녀에게 반쯤 등 떠밀려 가게를 나선 수연은 입술을 꼭꼭 깨물며 자꾸만 번지는 웃음을 참았다.

수연은 휴대폰을 꺼내 건우에게 보낼 메시지를 다듬었다.

뭐라고 보내면 좋을까? 데이트하자고 해야 하나? 그건 좀 쑥스러운데.

한참을 망설이던 수연은 톡톡 메시지를 적어 건우에게 보냈다.

〈오후에 회의 마치고 데이트 할래?〉

몇 번이나 지우고 다시 적길 반복하다가 보낸 그 짧은 문장 때문에 심장이 미친 듯이 두근거렸다. 난생처음 데이트를 앞둔 사람처럼 왜 이렇게 가슴이 떨리는 지 이유를 알 수 없었다.

휴대폰을 손에 꼭 쥐고 집을 향해 달리던 수연은 떨려서 차마 건우에게 온 답장을 읽을 수가 없었다.

그 순간, 수연은 생각했다. 나도 참 유난이라고.

시청에서 열린 '해뜰시장 현대화 사업 추진 정기 회의'에서는 지난 달 회의 때 의견을 나누었던 정기 야시장 운영에 관한 상인회 회의의 최종 결과를 전달하는 것부터 시작되었다.

정기 야시장을 운영 중인 대양시장에 다녀온 결과, 상인회 회원 대부분이 찬성 의사를 밝혔고 야시장 운영 홍보 부분에 있어서 시의 도움을 받기로 잠정 합의했다.

이어 벚꽃축제 때 판매 부스 운영에 참여하기로 한 상인 명단을 제출하고, 부스 운영에 지원받게 될 시설투자금의 규모도 확정 지었다.

축제기간이 되면 외지에서 들어오는 상인들로 인해 시장 운영에 큰 타격을 입었는데, 삼 년 전부터 시와 협의 하에 지역 내 상인들이 직접 축제 현장에서 판매 부스를 운영한 후로 안정을 되찾을 수 있었다.

한정된 회의 시간 내에 서로 전달해야 할 것들이 많다 보니 분위기가 과열되어 담당자인 현준이 중재에 나섰다. 20분의 쉬는 시간이 주어졌다.

수연은 조용히 회의실을 빠져나와 화장실로 향했다. 거울 앞에 서서 화장을 고치고, 옷매무새를 다시 확인했다.

자연스러운 웨이브 컬을 넣은 헤어스타일과 단추를 두 개 풀어 하얀 목선이 드러나는 블라우스, 그리고 핏이 딱 떨어지는 데님진으로 너무 과하지 않게 정성스레 꾸민 참이다. 저와 같은 데님진에 버건디 컬러의 니트를 입은 건우와 제법 잘 어울리는 코디여서 만족스러웠다.

'데이트 할래?'라는 수연의 메시지에 건우는 무척이나 기뻐했다. 다행히 남우가 그에게 자유 시간을 허락해 주었다고 했다. 건우는 시청에 오는 내내 들떠 있었고, 수연은 그런 그의 모습을 지켜보는 내내 자꾸만 웃음이 새어 나왔다. 건우는 회의 중간중간

봄날의 선물 259

눈이 마주칠 때마다 미소를 짓곤 했다.

화장실을 나선 수연은 슬쩍 회의실 안을 살펴보았다. 주어진 20분의 쉬는 시간 중 고작 5분밖에 지나지 않아서인지 회의실 안은 여전히 텅 비어 있었다. 수연은 바람이라도 쐴 요량으로 시청 건물 밖으로 나섰다.

야외 정원으로 향하던 수연은 나무 그늘 아래에 서서 커피를 마시고 있던 현준과 정면으로 마주치고 말았다. 차마 돌아설 틈도 없이, 그가 웃으며 다가왔다.

"여기 계셨네요."

수연이 머쓱하게 웃으며 먼저 말을 꺼냈지만, 현준은 그녀를 빤히 바라보기만 했다.

"아까부터 말하고 싶었는데, 수연 씨 오늘 되게 예쁘시네요."

"아, 하하. 감사합니다."

수연은 민망해하면서도, 한편으론 현준이 이런 칭찬을 서슴없이 할 줄 아는 남자였나, 하고 생각했다. 그러다 문득 현준에 대한 건 다른 사람의 입을 통해 들은 거 말곤 아는 게 거의 없다는 사실을 깨달았다. 그것은 그녀가 그에게 가지고 있는 선입견이 되었다. 더 궁금한 것이 없으니, 알려고 하지도 않았던 것이다.

"이따 약속이 있어서요."

"그러시구나."

현준은 고개를 끄덕이며 커피를 마저 마시고 종이컵을 구겨 쓰레기통에 넣었다.

"주말에 벚꽃축제 개막인데, 보러 가실 거예요?"

"상인회에서 지원 요청이 올지도 모른다고 해서 대기하려고요."

"아뇨, 판매 지원 말고 벚꽃 구경이요. 축제니까."

"아……. 글쎄요. 그날 사람 엄청 많을 거 같아서 고민 좀 해 봐야겠는데요? 현준 씨는 가실 거예요?"

"수연 씨, 그럼 저랑 같이 가실래요?"

현준이 거침없이 훅 다가왔다. 단순히 벚꽃이 보고 싶어서, 같이 갈 사람이 없어서 제게 묻는 게 아니란 걸 수연은 알고 있다. 그렇기 때문에 어떤 대답을 해야 할지, 어떤 식으로 둥글게 말하면 좋을지 순간 수연의 머릿속에 수만 가지의 단어들이 부유했다.

"어, 그게……."

"수연 씨는 궁금하지 않아요? 내가 왜 자꾸 수연 씨 주변을 서성이는지."

현준이 어떤 말을 꺼낼지 왠지 알 것 같아서 수연은 입이 떨어지지 않았다. 거절의 순간은 수연이 가장 견디기 힘든 때였다. 어떻게 말해야 할지, 적절한 표현을 찾는 건 너무나 어려웠다.

"좀 더 친해지고 싶어서 그랬어요. 처음에 시장 상인분들이 얼굴도 모르는 수연 씨랑 자꾸 잘 어울릴 것 같다고 하셔서 막연히 궁금했는데, 자꾸 보니까 알겠더라고요. 나하고 비슷한 사람 같아서 반가웠어요."

봄날의 선물

현준은 한 걸음쯤 뒤로 물러선 채로 신중하고 정중하게 한 마디 한 마디 말을 이었다. 부담을 주지 않으려는 배려가 고스란히 느껴졌고, 수연은 그런 그를 차마 마주 볼 수가 없었다.

"부담 드리려고 꺼낸 얘긴 아니에요. 수연 씨도 저도, 사실 알고 있잖아요. 많은 분들이 잘 되길 바라고, 기대하고 있다는 거. 수연 씨 정도면 괜찮지 않을까 생각했어요. 잘 맞을 거 같고. 그렇게 시작하는 것도 나쁘지 않을 거 같은데, 수연 씨는 어때요?"

"저도 생각해 본 적 있어요. 만약 내가 모두의 바람대로 현준 씨를 만나면 어떨까……. 근데 나쁘지 않을 것 같아서, 괜찮을 거 같아서 누군가를 만나면 나중에 후회할 것 같지 않아요? 좋은 사람 만나서 마음껏 좋아해 보고, 가슴 설레어보는 게 더 낫지 않을까요?"

현준이 눈매를 살짝 구기며 고개를 갸웃했다.

"의외네요. 그런 부분에 있어서는 현실적일 거라 생각했는데."

"그런 사람을 만나고 난 후에야, 저도 깨달았거든요."

적당한 사람을 만나 적당한 시기에 결혼하고 적당히 안정적으로 사는 거, 그것도 나쁘지 않을 거라 생각했다. 건우를 만나기 전만 해도 아예 결혼이나 연애는 꿈꿔본 적 없던 수연이었기에 그 정도로 생각했는지도 모른다.

하지만 건우를 만난 뒤, 수연의 생각은 점차 바뀌었다. 어느 한 사람을 좋아하는 일이 자신의 인생에 큰 영향력을 발휘하게 될 줄은 전혀 예상하지 못했다.

수연은 가끔 그런 생각을 했다. 건우는 마치 할머니가 보내준 선물 같다고.

"그 말씀은……."

"죄송해요, 현준 씨. 주변에서 부담 많이 줬을 텐데, 정말 미안해요. 제가 대신 사과할게요. 다들 현준 씨가 좋은 분이라서, 탐이 나서 그러셨던 걸 거예요. 절대 나쁜 뜻으로 그러신 건 아니에요."

현준은 허탈하게 웃으며 고개를 끄덕였고, 수연은 미안함에 애꿎은 입술만 잘근잘근 씹었다.

"원치 않게 이름이 자주 오르내려서 기분 언짢을 때도 있으셨을 텐데, 그 와중에도 절 좋게 봐주셔서 감사합니다. 다 알면서도 까놓고 말하기엔 제 용기가 부족해서 미적거렸어요."

"아니에요. 미적거린 건, 저도 마찬가지인걸요. 그렇게 타이밍이 어긋난 거죠. 그러니까 너무 미안해하지 말아요. 우리 앞으로도 계속 얼굴 봐야 하는데, 너무 깍듯하게 사과하면 불편하잖아요. 난 수연 씨랑 불편해지는 게 더 싫어요."

이 와중에도 현준은 수연을 배려했고, 그래서 그녀는 더 미안했다. 더 좋은 사람 만나라는 주제넘은 말은 차마 할 수 없어서 고개 숙여 인사를 하고 돌아서야 했다.

수연은 마음이 좋지 않았다. 아니, 너무나 불편했다. 거절하는 건 세상에서 가장 어렵고 힘든 일이었다.

현준을 그 자리에 남겨두고 돌아서서 다시 건물 안으로 돌아간 수연은 긴 한숨을 쉬며 회의실로 향했다. 그러다 회의실 출입문 건너편 벽에 기대서서 지켜보고 있던 건우와 마주쳤다.

"언제부터 여기 있었어?"

"방금 전에. 들어가자."

혹시, 현준과 이야기하는 걸 다 봤을까? 아니면 정말 방금 전부터 여기에 서 있었을까?

수연은 왠지 건우가 이곳에서 자신을 기다려 주고 있었던 것만 같았다. 그의 커다란 손을 꼭 잡으니, 불안정하게 일렁이던 마음이 조금씩 안정을 되찾았다.

건우에게 수연과의 데이트는 흔치 않은 기회였다. 대부분 퇴근길에 집에 바래다주거나, 출근길에 잠시 만나는 게 전부였다. 시간 맞춰 같이 밥 먹는 것조차 쉽지 않았고, 카페 문 닫는 시간에 맞춰 술 한잔하는 날은 매우 특별한 경우였다.

그러다 오늘, 두 사람은 선물 같은 하루를 보냈다. 다른 연인들처럼 평범한 데이트를 해보았다. 건우는 그녀와 가장 해보고 싶었던 것을 드디어 해보았다.

함께 영화를 보고, 밥을 먹고, 사람들로 가득한 번화가 한복판을 손을 잡고 걸었다. 그 모든 것이 건우에겐 너무나 소중한 일이었다. 좋은 날씨를 핑계로 테라스 테이블에 마주 앉아 차 한 잔을 마시는 사소한 것에도 마음이 설렜다.

이어폰을 하나씩 나눠 끼고, 그녀 덕분에 알게 된 노래를 함께 들으며 버스를 타고 집으로 돌아가는 길마저도 건우에겐 행복이었다. 집으로 가는 길이 이렇게나 예뻤나, 싶었다.

건우는 아까부터 자꾸만 자신을 힐끔거리며 바라보는 수연의 깍지 낀 손을 만지작거리며 조용히 웃었다.

"대놓고 봐도 돼. 안 닳아."

"내가 쑥스러워서 그래."

"남자친구 얼굴 보는 게 뭐가 쑥스러워?"

건우가 되물으며 수연의 코앞에 얼굴을 불쑥 내밀자, 그녀는 정말로 쑥스러웠는지 볼이 발그레 달아올랐다. 창가 쪽에 앉아 있던 그녀는 고개를 휙 돌려 창밖을 내다보며 딴청을 부렸다. 건우는 그 모습이 못 견디게 귀여웠다.

건우는 마치 시간을 되돌린 것 같은 착각이 들었다. 수연과 함께 서울에서 오성까지 버스를 타고 내려오던 3시간 동안 두근대는 마음을 어쩌지 못하고 안절부절못하던 그때로 말이다.

"다시 차를 사야겠어."

"왜? 불편해?"

"너랑 같이 가보고 싶은 곳이 점점 더 많아질 텐데, 언제든 떠날 수 있게 기동력을 갖추는 게 나을 거 같아."

"난 지금도 좋은데."

건우는 서울 생활을 정리하면서 차를 팔아 치웠다. 없으면 불편할 거라 생각했지만, 없으면 없는 대로 지내는 게 이젠 익숙해졌다. 그래서 그동안은 단 한 번도 필요하다 생각해 본 적 없었다.

그런데 오늘, 갑자기 데이트를 하러 시내로 나가려니 건우는 처음으로 불편하단 생각이 들었다. 명호가 선뜻 자기 차를 내어 주겠다고 했지만 수연은 버스를 타고 싶다고 했다. 이런 식의 데이트가 언제까지 낭만적으로 느껴질지 알 수 없는 일이었다.

건우는 이어폰을 빼고 수연을 향해 돌아 앉아 진지한 얼굴을 하고 입을 열었다.

"우리가 어린애들도 아니고, 밤 열 시 막차 타느라 데이트를 일찍 끝내는 건 좀 아니잖아?"

건우의 하소연에 수연이 피식 웃었다.

"물욕이 없는 편인데, 차가 간절히 갖고 싶어졌어. 내일 당장 차 살래."

"차 없이도 잘 지냈다며. 집에서 가게도 가깝고, 학교도 가깝고, 낭비야. 그리고 오늘 같은 데이트는 어차피 자주 하지도 못할 건데, 뭐."

"왜 못 해? 밤마다 드라이브라도 하면 되지. 있으면 다 하게 돼 있어."

건우는 어떻게든 수연과 함께하는 시간을 늘리고 싶었다. 단둘만 있을 수 있는 공간이 생기길 간절히 바라고 있었다.

그런 건우의 속내를 아는지 모르는지, 수연은 그의 어깨에 살며시 머리를 기대었다. 유리창에 비친 그녀의 얼굴을 보며, 이 순간 제 마음을 가득 채우고 있는 기분 좋은 나른함과 따뜻함이 진짜 행복이구나 라는 생각을 했다.

"아주 어렸을 때, 뭐든 돈으로 다 해결하려던 부모님 덕분에 갖고 싶은 거 다 가져 봤는데 그땐 하나도 행복하지 않았어. 근데 이젠 아무것도 갖고 있지 않아도…… 행복해."

넓은 집, 비싼 차, 명품으로 가득한 드레스 룸 없이도 건우는 행복했다. 내가 좋아하는 사람, 날 좋아해 주는 사람이 곁에 있으니 단지 그 이유만으로도 마음은 풍요로웠다.

"그래서 물욕이 없는 건가? 부질없다는 걸 너무 어린 나이에 깨달아서?"

"그런가 봐."

"부럽다. 나하곤 전혀 다른 환경이었네. 난 돈이 정말 필요했거든."

수연은 옅게 웃으며 건우와 눈을 맞췄다.

"근데, 없어도 불행하진 않았어. 할머니랑 엄마가 많이 힘드셨지만, 셋이서 되게 행복했거든."

"할머니랑 엄마 사랑 듬뿍 받고 자란 네가 부럽다."

건우는 제 손가락을 주물거리는 수연의 가늘고 하얀 손가락 때문에, 자꾸만 갈비뼈 아래 어딘가가 간지러웠다.

"그렇게 필요하던 돈, 은행에서 일하는 동안 지긋지긋할 정도로 실컷 구경하고 나니까 아무 감흥도 없더라. 수백 수천 억이 클릭 몇 번에 오가는 걸 보다 보니 현실감도 떨어지고. 다른 세상 속에 살다 온 기분이야."

"그쪽 세상보단 이쪽 세상이 더 좋지?"

"응. 여긴 내가 좋아하는 사람들이 많으니까."

"그중에 나도 있어?"

수연은 고개를 끄덕이며 수줍게 웃었다. 건우는 그녀의 마음을 자꾸만 확인하고 싶었다. 확인하고 나면 어김없이 행복해진다. 제가 생각해도 참 유치한 짓이었다.

"내가 좋아하는 모든 사람들이 행복했으면 좋겠어. 그중에서도, 도건우가 가장 행복했으면 좋겠어."

조곤조곤 나긋나긋한 목소리로 수연은 제법 똑 부러지게 말했다. 그녀의 말 한 음절 음절이 건우의 가슴에 쿡쿡 박혔다.

"지금처럼 네가 내 옆에 있어주면, 언제나 행복할 거야."

"그거야 어렵지 않지."

건우는 제법 다부진 표정으로 말하는 수연의 입술에 당장 입 맞추고 싶었지만 버스 안이라 참을 수밖에 없었다. 아무래도 내일 아침에 눈 뜨자마자 차를 계약하러 가야 할 것 같았.

건우는 수연의 곁에 머물 앞으로의 제 인생이 기대되었다.

얼마나 더 행복해질까. 얼마나 더 기쁠까. 얼마나 더 힘이 날까. 건우에게 수연은 존재만으로 참 고마운 사람이었다.

누군가에게 이토록 큰 영향을 받게 될 줄 몰랐다. 고작 사랑, 그 나약하고 연약한 감정이 이토록 제 인생에 큰 변화를 일으킬 줄, 건우는 전혀 알지 못했다. 사랑에 대해 과소평가하고, 잘못 알고 있었던 걸 인정할 수밖에 없었다.

부모의 이혼으로 남우와 단둘이 세상 앞에 서야 했을 때, 건우는 모든 것으로부터 버려진 것 같았고 두려웠다.

누군가를 사랑하는 방법조차 몰랐다. 하지만 건우는 이제 더는 혼자가 아님을 깨달았고, 누군가를 진심으로 사랑하는 방법 또한 배워가는 중이다.

수연은 건우를 매일 성장하게 했고, 희망을 갖게 만들었다. 더 좋은 사람이 될 수 있도록 욕심나게 했다. 상처 난 곳에 자리한 흉터마저 흔적 없이 아물도록 손을 잡아주고 안아주는 그녀는, 마치 봄날의 선물 같았다.

"건우야."

"응?"

"나 추워."

"추워?"

수연의 말에 건우는 주변을 두리번거리다가 건너편 빈자리에 열려 있던 창문을 닫고, 버스 지붕에 난 작은 창도 잡아당겨 달았다. 그러자 그녀가 보조개가 쏙 들어갈 정도로 환하게 웃는 얼굴로 그의 팔을 꼭 끌어안으며 기대었다.

"왜? 왜 웃는데?"

"사실, 나 이거 꼭 해보고 싶었거든."

"어떤 거?"

"춥다고 말하면, 남자친구가 저 지붕 창 닫아주는 거."

"그게 뭐야."

건우가 눈썹을 구기자, 수연은 여전히 웃는 얼굴로 작게 한숨을 몰아쉬었다.

"예전에 버스를 탔는데, 어떤 여자가 코맹맹이 소리로 '오빠, 나 추워.' 하니까 남자가 벌떡 일어나서 저 버스 지붕 창문을 닫아주더라고. 사실 나도 그때 되게 추웠는데 팔이 안 닿아서 가만히 있었거든. 그게 그렇게 부럽더라."

아, 귀여워.

그걸 부러워하며 앉아 있었을 수연을 상상하니 건우는 물고 빨고 싶을 정도로 그녀가 귀엽고 사랑스러웠다. 주먹을 불끈 쥔 채 본능을 참아야 하는 건 고문에 가까웠다. 당장 제 턱 아래 그녀의 조그만 머리를 넣어 비비적거리며 숨도 못 쉬게 꽉 끌어안고 싶었다.

"그게 그렇게 부러웠어? 으이구."

건우는 수연의 보들보들한 볼을 만지작거리며 뒷머리를 쓰다듬어 주었다.

"도건우 키 커서 좋다. 예전에 그 남자는 발꿈치 세우고 팔 쭉 뻗어도 간신히 닿았는데, 너는 손쉽게 쑥 닿고. 역시 멋있어."

"농구할 땐 애매한 키였는데, 네가 그렇게 말해주니까 나도 좋네?"

자그만 엄지를 치켜들고 두 눈을 반짝이는 수연을 보고 있으니, 건우의 마음속에는 뭐든 다 해낼 수 있을 것만 같은 자신감이 차올랐다.

"또 해보고 싶은 거 있으면 말해. 뭐든 다 해줄게."

"알았어. 또 생각나면 말할게."

늘 차분하고 어른스러운 수연이 이렇게나 사랑스럽다는 걸 아는 사람은 드물 것이다.

문득 건우는, 그 사실을 본인만 알았으면 좋겠다는 욕심이 들었다. 영원히 내 앞에서만 이렇게 예쁘게 웃고, 나에게만 부탁을 하고, 평생 나만 좋아했으면 좋겠다고 생각했다.

수연의 집 앞에 도착한 건우는 헤어짐이 아쉬워 그녀의 손을 놓지 못한 채 마주 서 있었다. 몇 번의 입맞춤과 포옹에도 아쉬움은 가시질 않았다.

건우는 수연을 품에 안은 채 살짝 고개를 숙여 그녀와 눈을 맞췄다. 가로등 불빛에 반사된 그녀의 까만 눈동자가 촉촉하게 빛나고 있었다.

건우는 수연의 동그스름한 이마 위에 한 번, 오뚝 솟은 콧날에 한 번, 붉은 입술에 한 번 차례로 입을 맞췄다.

"아무리 생각해 봐도, 우린 너무 건전해."

건우의 말에 수연이 웃었다. 두 사람 다 혼자 살지 않으니 서로의 집에서 시간을 보낼 수도, 그렇다고 가게를 비우거나 그곳에서 단둘이 뭘 어쩔 수도 없는 건전한 환경이었다. 이토록 건전한 연애를 하게 될 줄은 시작할 때만 해도 예상하지 못했다.

"내일 아침에 눈 뜨자마자 차 계약하러 갈 거야."

"물욕 폭발이네?"

"누구 때문에 어쩔 수 없어."

수연이 건우의 가슴팍에 이마를 콩 찍으며 웃었다.

"건우야. 주말에 수변 공원으로 데이트하러 갈래?"

"그날 벚꽃축제 시작하잖아. 온 동네 사람 다 만날 텐데."

"뭐, 그럼 동네 사람들도 자연스럽게 너랑 나랑 만나는 거 알게 되겠지."

태연한 수연의 반응에 건우는 작게 감탄했다. 하나만 알고 둘은 모르는 자신과 달리, 그녀는 한 수 앞을 내다보고 있었다.

"와, 좋은 생각이다."

뿌듯한 표정을 짓는 수연이 예뻐서, 건우는 또 한 번 쪽 소리가 나도록 입을 맞췄다.

"아, 그리고 다음 달에 우리 엄마 대만 여행 가셔."

"그래?"

갑작스러운 정희의 스케줄 안내에 건우는 멀뚱히 수연을 보며 고개를 끄덕였다.

"못 알아들었지?"

"아니. 잘 들었는데? 어머니 대만 여행 가신다고……."

"응. 잘 알아들었네. 응."

건우는 뭔가 아쉬운 듯한 수연의 표정에 다시 한 번 그녀의 말을 곰곰이 되짚어보다가, 순간 머릿속에서 번뜩이며 지나치는 생각에 정신이 번쩍 들었다.

건우는 설마 하는 마음으로 수연을 바라보았다. 정말 그 말의 의도가 제가 생각하고 있는 그것과 같은 것인지, 도저히 믿을 수가 없었다.

남자친구 얼굴 쳐다보는 것도 쑥스럽다고 말하는 수연인데, 설마…….

건우가 다시 수연에게 사실을 확인하려던 순간, 그녀의 집 대문이 열리더니 정희가 나왔다. 한 손에 쓰레기봉투를 든 정희와 눈이 마주치자, 오히려 그녀가 당황하며 뒤돌아 다시 집 안으로 들어가 버렸다.

"잠깐만."

건우가 수연을 품에서 놓아주자, 그녀가 달려가 정희의 손을 붙잡고 다시 나왔다.

"엄마 왜 도망가? 건우랑 인사해."

"어머니, 안녕하세요."

건우가 공손하게 허리 숙여 인사를 건네자, 정희는 수줍어하며 살짝 고개를 숙여 받아주었다. 그 모습을 지켜보던 수연은 내내 웃기만 했다.

"쓰레기 버리러 나오셨나 봐요."

정희는 고개를 끄덕였다. 건우는 수연을 안고 있다가 정희에게 들킨 게 민망해서, 얼굴이 화끈 달아올랐다.

건우는 매번 수연을 집까지 바래다줬지만 정희와 마주친 적은 없었다. 사귀는 걸 알고 계신 것 같긴 한데 별다른 내색이 없으니 선뜻 나서서 '제가 따님과 교제중입니다.'라고 말하기도 뭣했다.

봄날의 선물 273

반찬을 사러 가도 평소처럼 변함없이 챙겨주었다. 그런데 이렇게 현장에서 걸리고 나니, 당황스러운 건 어쩔 수가 없었다.

"엄마. 내 남자친구야. 잘생겼지?"

'아휴, 말해 뭐 해? 건우 잘생긴 거 모르는 사람도 있어?'

"너 잘생겼대."

"감사합니다, 어머니."

건우는 또 한 번 허리 숙여 인사했다. 말끝마다 허리 숙여 인사하는 건우를 바라보던 수연의 입에서 다시 한 번 웃음이 터졌다.

"이렇게 얼떨결에 인사 주고받는 것도 나쁘지 않네. 그치?"

"나쁘지 않긴. 난 지금 떨려서 죽을 거 같은데."

남의 속도 모르고, 수연은 그저 이 상황이 무척 재밌는 모양이다.

"서로 다 아는 사인데, 뭐, 정식으로 인사하기도 그렇고. 이렇게 대충 정리합시다. 괜찮지, 엄마?"

수연의 물음에 정희가 고개를 끄덕이더니, 건우에게 다가와 옅은 미소를 지었다.

'매일 밤마다 수연이 집까지 바래다줘서 고마워. 둘이 보기 좋다.'

"매일 바래다줘서 고맙대. 우리 둘이…… 보기 좋대."

건우에게 수화를 통역해 준 수연이 정희의 어깨를 감쌌다.

"감사합니다, 어머니. 제가 더 잘할게요."

정희는 쑥스러워하며 손사래를 쳤고, 수연은 여전히 흐뭇한 얼굴로 둘을 지켜보았다.

"얼른 어머니 모시고 들어가."

"먼저 가."

"아냐. 들어가는 거 보고 갈게. 어머니, 먼저 들어가세요."

정희와 수연은 사이좋게 팔짱을 끼고 집 안으로 들어갔다. 수연은 대문을 닫기 전 건우에게 한 번 더 얼굴을 보여주곤 손을 흔들었다.

수연과 함께 걸어온 길을 홀로 다시 되돌아가던 건우는 몇 번이나 뒤를 보았다.

보기 좋은 모녀의 모습에 건우는 왠지 모르게 가슴이 뭉클했고, 그 마음 안에는 약간의 부러움도 뒤섞여 있었다.

Rrrr-

늦은 밤, 막 깊은 잠이 들 무렵 수연의 휴대폰이 요란하게 울렸다. 발신자는 효정이었다.

"어, 효정아."

[자는데 깨웠지? 미안······.]

수연은 벌떡 일어나 앉아 고개를 가로저었다. 한껏 가라앉은 효정의 느른한 목소리에 잠이 싹 달아나 버렸다.

"너 술 마셨어?"

[어. 한잔했다.]

봄날의 선물 275

"어디야?"

[……와줄 거면 말해주고.]

"지금 갈게. 빨리 어딘지 말해."

시간은 새벽 1시를 막 지나고 있었다.

이 시간에 술을 마시고 있다는 효정의 말에, 수연은 뭔가에 홀린 사람처럼 급히 옷을 챙겨 입었다. 무슨 일이 생긴 것만 같아서, 말하기 힘든 무언가를 말하고 싶어 하는 것 같은 예감에 수연은 서둘러 집을 나섰다.

효정이 있다던 단골 호프집에 들어서자, 수연을 알아본 사장이 손가락으로 가장 구석진 곳에 위치한 테이블을 가리켰다. 그곳에는 이미 소주 두 병을 변변한 안주도 없이 비운 효정이 구부정하게 앉아 있었다.

"어? 진짜 왔네? 내 친구 이수연 왔네?"

"시간이 몇 신데 이러고 있어? 옷은 또 왜 이렇게 얇게 입고."

수연은 걸치고 나온 카디건을 벗어 반팔 차림을 한 효정의 어깨에 덮어주었다.

수연이 효정의 맞은편에 앉자 알바생이 잔을 가져다주었다. 명호의 여자친구가 된 그녀는 입술을 오물거리며 걱정스레 효정을 바라보았다.

"우리 바지락 찜 하나만 해줘요."

"네."

알바생이 주문을 받고 돌아가자, 효정이 수연의 빈 잔을 채워주었다.

"언제부터 있었어?"

"한…… 4시간?"

"뭐? 4시간? 근데 왜 나한테 전화 안 했어!"

"그냥. 그런 날 있잖아. 혼자서 술 마시고 싶은 날……. 그런데 갑자기 네가 보고 싶어져서 전화했지."

"잘났다, 인간아."

수연은 단숨에 잔을 비우고, 효정이 먹다 만 먹태를 찢어 입에 넣었다.

"저녁은 먹었어?"

"배 안 고파."

"왜 배가 안 고파?"

"몰라."

평소와 다른 효정의 모습에 수연의 불안감은 점점 커졌다. 태연한 척하려 애썼지만, 자꾸만 마음이 떨렸다.

"잠도 안 와. 아무것도 하기 싫어."

"효정아."

"다 귀찮아."

"왜 그래……. 응?"

효정이 피식 웃더니 두 눈을 감고 두 손으로 이마를 감싸 쥐었다.

"갱년기인가?"

"서른하나에도 갱년기가 오나?"

수연은 시답지 않은 말에도 효정은 피시식 바람 꺼지는 소리를 뱉으며 힘없이 웃었다.

"아니면, 화병인가······."

효정은 거칠게 마른세수를 하곤 소주병을 들었다. 수연은 그 병을 빼앗아 자신의 잔을 채우고 옆으로 밀어 놓았다.

"정효정. 무슨 일인지 말해. 네 얘기 들어주러 왔잖아. 그러니까 말해. 담아두지 말고 말해."

"수연아."

"나 이제 네 옆에서 이렇게 들어줄 수 있어. 이제 울면서 전화하지 않아도 돼. 그러니까 말해봐."

가만히 수연의 얼굴을 바라보던 효정이 고개를 숙이며 결국 눈물을 보였다. 수연은 효정의 옆자리로 가 그녀를 품 안에 끌어안았다.

아주 어렸을 때, 효정은 짓궂은 아이들의 놀림에도 늘 씩씩하고 당차게 굴던 친구였다. 다리병신 아빠와 벙어리 엄마를 두었다며 수연을 놀리던 아이들을 대신 상대하고 그녀를 지켜주던 친구다.

수연은, 아이 셋을 낳고 나니 이젠 그 무엇도 두려울 게 없다던 내 친구가 이렇게 작았나, 왜 이렇게 말라 버렸나 싶었다.

나는 왜 이때까지 그것도 눈치채지 못했는지, 나는 왜 힘들어하는 효정을 혼자 두었나 후회가 되었다.

수연은 미안해서 가슴이 저렸다. 안는 것만으로도 그간 효정이 느꼈을 고통이 고스란히 전해졌다.

"미안해, 효정아. 많이 힘들었지?"

그 말에 목 놓아 엉엉 우는 효정의 울음소리가 수연의 가슴을 헤집었다. 수연은 자신의 팔을 붙잡은 효정의 손이 너무나 간절하게 느껴져서 마음을 쥐어뜯긴 것처럼 쓰렸다.

어쩌면, 효정이 동훈의 외도를 눈치챈 게 아닐까 생각했던 수연은 예감이 틀리지 않은 듯했다.

수연은 효정이 우는 내내 계속 등을 다독여 주었다. 자신의 품에서라도 실컷 울 수 있게 해주고 싶어서, 울지 말란 말을 하지 않았다. 모두 다 쏟아낼 때까지 기다리기로 했다. 예전에 건우가 제게 울어도 된다고 말했던 것처럼, 울고 싶을 땐 우는 게 맞다고 생각했다. 참는 것이 능사는 아니었다.

그렇게 얼마나 오래 울었을까.

하도 울어서 몸이 뜨끈할 정도였다. 효정의 두 눈은 통통 부어 제대로 뜨지 못할 만큼 짓물렀고, 입술도 부풀었다. 효정은 눈물 얼룩으로 엉망이 된 얼굴을 티슈로 간신히 닦아내고, 찬물 한 잔을 들이켠 후에야 떨리는 숨을 몰아쉬며 조심스레 입을 열었다.

효정은 남편의 외도에 대해 제법 담담하게 털어놓았다. 엉망으로 떨리던 목소리는 짐차 사분해졌고, 거칠던 숨소리도 서서히 안정되었다.

이번이 처음이 아니라고 했다. 그전에도 몇 번 이런 일이 있었

봄날의 선물 279

다고 했다. 그래서 이번에도 어렵지 않게 눈치챌 수 있었다고, 매번 조금씩 다른 패턴을 보이긴 하지만 늘 허술했다며 힘없이 웃기도 했다.

이전과 다른 부분은, 아이들에게 너무나 잘해줬다는 것. 하마터면 깜빡 속을 뻔했는데, 겁도 없이 한동네 사는 여자를 만나 제 두 눈으로 목격했다고 했다.

효정의 차에 남아 있던 낯선 여자의 흔적과, 야간 낚시터가 아닌 시내 호프집에서 결제된 카드 내역 같은 허술한 증거가 차고 넘쳐서 더 서글펐다고도 했다. 좀 더 철저하게 속이려고 악착같이 노력하지 않은 남편이, 아내가 외도 사실을 알든 말든 상관없다고 여기는 것만 같아 자존심이 상했단다.

첫 외도는 둘째 아이를 막 낳았을 무렵이라고 했다. 기억을 되짚어보니, 그 무렵은 수연이 막 은행에 취직해서 한창 바빴던 때라 효정과 가장 연락이 뜸했던 시기였다. 수연은 가끔씩 효정이 울면서 전화를 걸어도 제 한 몸 감당하기 바빠서 대충 달래주고 끊곤 했다.

괜찮지 않아도 괜찮은 척하던 건, 수연뿐만이 아니었다. 어쩌면 대부분의 사람들이 그렇게 살아가고 있는 건지도 모르겠다.

"나만 모른 척하면 될 줄 알았어. 오빠는 절대 나랑 아이들을 버릴 사람이 아니니까, 결국 돌아올 사람이니까. 그렇게 늘 돌아오기도 했고. 너도 알잖아. 오빠 책임감 강한 거."

"책임감 강한 사람이 바람을 피워?"

수연이 발끈하자 효정이 힘없이 웃었다.

"수연아, 넌 나보다 똑똑하잖아. 그러니까 네가 알려줘. 내가 어떻게 하면 좋겠니?"

간절한 효정의 물음에 수연은 눈을 질끈 감고 지끈거리는 관자놀이를 손끝으로 꾹꾹 눌렀다. 문제 풀이하듯 답이 딱 떨어지는 것이라면 좋겠지만, 그럴 수 없다는 걸 두 사람 다 알고 있었다. 그렇게 답을 찾을 수 있는 문제라면, 수연은 어떻게든 풀어서 답을 찾아주고 싶었다.

수연은 지난 며칠을 고민했다. 효정에게 말해야 하나 말아야 하나, 말하게 되면 그 후에는 어떻게 되는 걸까 수도 없이 생각해봤지만 결국 최선의 답을 찾지 못했다.

제삼자도 이렇게 골치가 아프고 혼란스러운데, 당사자는 오죽할까.

"내가 헤어지라고 하면, 헤어질 순 있고?"

곰곰이 생각하던 효정이 예상대로 고개를 가로저었다.

"솔직히 자신 없어, 나 혼자 아이 셋 키우는 거. 편모 가정에서 아이들 자라게 하는 것도. 너도 알잖아. 너나 나나 아버지 일찍 돌아가셔서 얼마나 힘들게 컸니."

수연 역시 겪어봤기에 그 아픔이 얼마나 큰지 알았다. 그래서 제 아이에게 만큼은 결내 그런 아픔을 주고 싶지 않은 효정의 마음 또한 충분히 이해할 수 있었다.

"더 늦기 전에 정리하는 게 맞는 걸까? 아니면, 나 평생 이러

봄날의 선물

고 살아?"

"효정아. 난 네 선택을 존중할 거야. 그리고 이것만 알아줘. 넌 절대 혼자가 아니라는 거."

효정은 고개를 끄덕이며 입술을 깨물었다.

남편에게 배신감을 느끼고 그로 인해 마음에 상처를 입은 것보다, 앞으로 어떻게 해야 할지가 더욱더 고민일 것이다. 남편의 외도를 처음 알게 되었을 때도 결국 어쩌지 못하고 여기까지 왔으니까.

수연은 그런 효정을 나무랄 수 없었다. 그녀가 내린 선택을 존중해야 했다. 그 선택을 내리기까지 얼마나 고통스러웠을지, 수연은 감히 짐작조차 할 수 없었다.

당장 헤어지라는 말도, 참고 살라는 말도 할 수 없었다. 수연은 답답한 마음에 자꾸 술잔만 비웠다. 아무리 잘나고 똑똑해도, 친구의 고민에 아무런 조언도 하지 못하는 제 자신이 너무나 한심했다.

그렇게 효정과 수연은 소주 한 병을 더 비웠고, 바지락을 모두 발라 먹었다. 사장은 바지락 찜 국물에 칼국수를 삶아 주었고, 그걸 또 맛있다고 먹으면서 웃기도 했다.

"수연아. 사랑이 이렇게 부질없는 거다. 넌 절대 연애나 결혼 같은 거 하지 마."

"이제 막 연애 시작한 친구한테 잘하는 소리다."

사랑 참 별거 없다는 거 알면서도 기어이 시작하고 만 연애였다. 수연은 건우를 좋아하기로 한 제 선택을 후회하지 않았다. 언젠가 상처받는 날이 온다 해도, 그것 역시 제 스스로 감당해야 할 몫이었다.

"아니다, 아니다. 연애도 하고, 결혼도 해. 영 앤 리치, 톨 앤 핸섬한 도건우 같은 남자는 놓치면 안 되지. 그럼, 그럼."

"완전 취했네."

혼자서 이랬다저랬다 하는 효정이 귀여웠다. 수연은 의자 등받이에 완전히 등을 기대고 앉아 술기운에 휘청거리는 효정을 지켜보았다.

"결혼하면 뭐가 좋아?"

수연의 물음에 효정은 가만히 눈을 깜빡이다가 배시시 웃었다.

"내 편이 있다는 게 좋지. 기댈 구석이 있다는 것도 좋고. 같이 자고, 같이 일어나고, 같이 밥 먹고, 같이 TV 보고, 그런 게 좋더라. 데이트하고 헤어지지 않아도 되고."

내 편. 기댈 구석. 같이.

효정의 입에서 나온 그 단어들이 수연의 머릿속을 맴돌았다. 모두 다 욕심나는 것들이었다.

"아무리 생각해 봐도, 자꾸 좋았던 기억만 더 많이 떠올라. 행복했던 기억만 뚜렷해. 첫 아이 낳을 때 나 죽는 줄 알고 무서웠다면서 벌벌 떨던 오빠 모습, 간신히 뒤집기 하던 큰 애가 꾸물꾸물 기어 다니니까 옆에서 같이 기던 오빠 모습, 아빠 소리에 세

상 다 얻은 사람처럼 웃던 모습······.″

효정은 작게 한숨을 쉬곤 눈을 질끈 감았다.

"애들한텐 둘도 없는 좋은 아빤데, 만약 헤어지게 되면 아이들한테 뭐라고 설명해야 할지도 모르겠고, 헤어질 자신도 없고, 그렇다고 계속 이렇게 살 자신도 없고······. 대체 어떻게 해야 좋을지 모르겠다."

"효정아. 우리 좀 더 고민해 보자. 너랑 아이들이 행복한 쪽으로, 최선의 선택을 할 수 있도록 같이 생각해 보자. 응?"

효정은 옅게나마 미소를 지으며 고개를 끄덕였고, 병에 남은 마지막 술을 탈탈 털어 잔을 채웠다.

"고맙다, 수연아. 그리고······ 미안하다."

"뭐가?"

"잘 살 거라고 큰소리 떵떵 쳐 놓고 이런 모습 보여서."

"네 잘못 아냐. 미안하단 소리 내 앞에서 두 번 다시 꺼내지도 마."

"오오. 요즘 연애해서 말랑해진 줄 알았는데, 성격 여전하십니다?"

효정의 장난스러운 표정과 우스갯소리에 무겁게 가라앉았던 분위기도 차츰 가벼워졌다. 여전히 각자의 머릿속엔 복잡한 생각으로 가득 차 있지만, 늘 그랬듯이 효정과 수연은 괜찮다는 듯, 충분히 이겨낼 수 있다는 듯 씩씩한 척을 했다.

이 순간, 우습게도 수연은 건우가 보고 싶었다. 그에게 당장 달려가 안기고 싶었다. 입 맞추고 싶었다.

하나뿐인 소중한 친구는 상처를 받아 이렇게나 아파하고 있는데, 이 와중에 내 사랑을 확인받고 싶은 아이러니…….

나 참 나쁜 인간이다, 라는 생각이 들었지만 수연으로서는 어쩔 수 없는 노릇이었다.

지이잉-

작은 진동음에 눈을 뜬 건우는 침대 옆 사이드 테이블에 올려둔 휴대폰을 보았다. 메시지를 보낸 사람은 수연이었다.

〈아침에 눈 뜨자마자 보러가도 돼?〉

절로 웃음이 나는 메시지였다.

내가 먼저 보러가겠다는 답장을 적고 있는데, 갑자기 전화가 걸려왔다.

발신번호는 낯선 번호였고, 심지어 외국에서 걸려온 전화였다. 이 시간에 외국에서 건우에게 전화를 걸 사람은 아버지와 어머니뿐이었다. 먼저 전화를 걸기 전에 그쪽에서 먼저 연락을 해오는 일은 극히 드물었기에 건우는 갑자기 가슴이 두근거렸다.

"네. 여보세요?"

수화기 너머에서 건너온 목소리는 낯선 남자의 것이었다. 남자는 영어로 천천히, 또박또박 말했고 건우는 주먹을 꼭 말아 쥔 채 그의 말을 들었다.

건우의 표정은 점차 싸늘하게 굳어갔다.

"I'll be right there."

통화를 끝낸 건우는 한참을 멍하니 휴대폰만 바라보았다. 그러다 이를 악다물고, 눈을 질끈 감았다. 입술 새로 깊은 한숨이 흘러나왔다. 무너지지 않으려 필사적으로 버텨보지만, 발아래 짓밟힌 가을 낙엽처럼 마음이 바스러졌다.

양손으로 얼굴을 감싸고 있던 건우는 힘겹게 일어나 남우의 방으로 향했다. 문을 열고 들어가 잠든 남우의 옆에 앉아 그의 얼굴을 바라보았다.

오랜만이었다. 잠든 동생의 얼굴을 지켜보는 건.

건우 자신을 꼭 닮은, 분신 같은 동생. 그에게 가장 소중한, 하나뿐인 가족.

"남우야."

"으응?"

잠이 잔뜩 묻어난 남우의 목소리가 아이 같았다. 간신히 뜬 한쪽 눈꺼풀이 안쓰러웠지만, 건우는 그의 어깨를 톡톡 다독이며 잠을 깨웠다.

"일어나."

"왜애……."

뒤척이던 남우는 눈을 반쯤 감은 채로 허리를 세웠고, 한참 동안 눈을 끔뻑이더니 건우의 얼굴을 살폈다.

"무슨 일 있어?"

"엄마, 돌아가셨대."

건우의 담담한 말에, 남우는 잠시 숨을 참은 채 그를 빤히 쳐다보았다.

"가자. 엄마 보러."

오랜 시간 동안 보지 못했던 어머니였다. 이제 마음껏 그리워할 수도 없게 다른 이의 아내, 다른 이의 엄마가 된 그녀였다.

그녀는 마지막까지 참 매정했다. 건우와 남우 형제에게는 마지막 인사를 할 기회조차 주지 않고 떠나 버렸다. 마지막 연락 이후 몇 달 만에, 그것도 세상을 떠나고 나서야 비로소 다른 사람을 통해 연락을 보내왔다.

건우는 남우의 방을 나서며 깊은 한숨을 내쉬었다. 두 발에 납덩이가 달린 것처럼 무거워서 한 걸음 내딛는 것조차 쉽지 않았다.

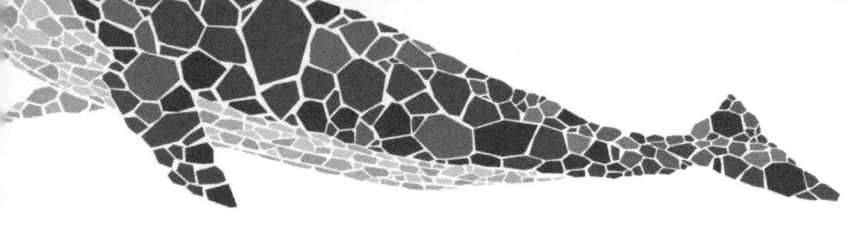

10
Home

 어머니의 부고를 접한 건우와 남우는 어렵게 비행기 티켓을 마련해 다음날 바로 미국으로 떠났다.
 수연은 가게 문을 닫고 '그늘나무' 카페 앞에 서서 굳게 닫힌 출입문을 바라보았다. 그러다 저도 모르게 긴 한숨을 내쉬었다.
 건우가 떠난 지 벌써 열흘.
 경황이 없을 것 같아서 먼저 연락을 하지 않고 기다리는 중이지만, 그가 걱정 되는 건 어쩔 수 없었다. 밥은 잘 먹는지, 잠은 잘 자는지, 많이 힘들진 않은지……. 수연은 그런 것들이 궁금했다.
 미국으로 떠나던 날, 무척이나 혼란스러워 보이던 건우의 모습이 여전히 눈에 밟힌다. 약간 넋이 나간 사람 같기도 했고, 그답지 않게 당황한 모습도 보였다. 늘 보았던 건우의 모습이 아니었기에 수연은 걱정이 앞섰지만, 기다리고 있을 테니 잘 다녀오란 말밖에 할 수 없었다.

위로의 말을 건넬 시간적 여유가 부족했다. 수연은 손 한 번 잡아주고 보낸 게 마음에 걸렸다. 한 번은 꼭 안아주고 보낼걸, 수연은 내내 후회했다. 할머니를 잃었던 그녀에게 그가 건넨 위로의 반의반도 해주지 못한 게 계속 마음에 남았다.

"누나."

돌아보니 명호가 뒤에 서 있었다.

"어, 명호야."

"거기 서서 뭐 해?"

"아……."

"건우 보고 싶어서?"

정곡을 찔린 수연은 말아 쥔 주먹으로 명호의 어깨를 툭 건드렸다.

"누나한테도 아직 연락 없어?"

"너는?"

"나도 마찬가지야. 그냥 기다리는 것밖엔 방법이 없네."

"건우 갈 때, 언제 돌아온다는 말도 없었시?"

"응."

시간이 조금 걸릴지도 모른다는 말을 했었기에 수연은 참고 기다리는 중이다. 그저 잘 돌아와 주길, 그곳에서 너무 힘들지 않기를 바랄 뿐이다.

"가자. 바래다줄게."

"됐어. 오늘은 혼자 갈게."

"건우가 그 정신없는 와중에도 매일 누나 집까지 바래다주라고 신신당부했단 말이야. 약속 지켜야 돼."

건우가 자리를 비운 동안, 명호는 매일 밤 수연을 집까지 대신 바래다주었다. 수연은 오늘도 명호와 함께 걸었다.

"건우 열두 살 때 부모님 이혼하시고, 일 년쯤 지나서 두 분 다 재혼하셨대. 아버지는 캐나다로 떠나고, 어머니는 미국으로 떠나고. 이런 얘기 건우가 안 해줬지?"

"응."

"그럴 줄 알았어. 걔가 상처받고 괴로운 거 혼자 다 끌어안고 사는 미련한 놈이거든. 지가 제일 어른스러운 줄 알아."

언뜻 들으면 흉을 보는 것 같지만, 수연은 명호의 진심을 알고 있다. 그의 말에는 건우에 대한 애정이 담뿍 묻어 있었다.

"애정 없는 결혼으로 꾸려진 가정에서 태어나서, 부모님 무관심 속에 자라는 동안 많이 외로웠다고 하더라. 사랑받으려고 애썼대, 그 어린 게."

부모님의 이혼으로 외로운 시간을 보냈단 이야기를 한 적은 있지만, 부모님의 품 안에서조차 외로웠을 거라곤 생각하지 못했다. 어린 건우가 부모의 관심에 목이 말라 사랑받으려 무던히 애썼을 거라 생각하니 수연은 마음이 무너졌다.

"어렸을 땐 그렇잖아. 부모님한테 칭찬받고 싶고, 인정받고 싶고."

수연은 사소한 것에도 늘 잘한다 칭찬해 주고 치켜세워 주던 할머니가 떠올랐다. 그 덕에 수연은 늘 당당할 수 있었고, 세상에서 자신이 제일 잘난 줄 알던 때도 있었다. 아이들은 그런 것에서부터 자존감이 자라고 단단한 내면을 갖게 되는데, 그는 늘 부모의 칭찬에 목말라 하며 자란 것이다.

"가끔씩 그런 얘길 할 때가 있어. 자긴 사랑받지 못하고 자라서, 어떻게 사랑을 하는 건지 잘 모르겠다고. 그 말만 들어도, 건우가 어렸을 때 얼마나 외로웠을지 짐작이 되더라고."

"……"

"건우 부상으로 농구 그만두고 한창 방황할 때, 내가 억지로 우리 동네에 끌고 내려왔거든. 한 이 주 정도 지내더니 여기서 살고 싶다고 하더라. 누나도 알잖아. 우리 동네 사람들 정 넘치는 거. 처음엔 낯설어하는 거 같더니 금세 적응하더라고. 너무 굶주렸던 건가 싶기도 하고."

수연은 명호에게 진심으로 고마웠다. 건우의 곁에 있어줘서, 그를 이곳으로 데려와 줘서, 그에게 기댈 곳, 의지할 곳이 되어줘서.

그리고 건우를 너른 품으로 안아준 이곳 사람들에게도 고마웠다. 그들 중 한 사람이 자신의 할머니라, 수연은 너무나 고마웠다.

 돌이켜 보면 늘 그랬다. 수연이 지쳐 돌아왔을 때도 이곳 사람들은 그녀를 고생했다며 따뜻하게 품어주었다.

 "군대 다녀와서 학업 마치고 커피 배우더니 이 동네에 살면서 카페를 하고 싶다기에 얼씨구나 하고 바로 자리 잡게 만들었어. 나 잘했지?"

 수연은 옅게 웃으며 명호의 어깨를 다독였다.

 "건우 얼마 전에 서울 가서 아버지 만나고 왔는데, 그날 아버지랑 마지막으로 정리한 거 같더라고. 다신 한국에 오지 않겠다고 했대. 그때 많이 심란해 보였는데, 옆에 누나가 있어서 견뎌내는 것 같더라."

 함께 서울에서 버스를 타고 내려오던 날, 평소보다 조금 무거워 보이던 건우의 표정이 이제야 떠올랐다.

 "난 그날 아무것도 해준 게 없는데."

 "그럴 때 있잖아. 옆에 누가 있어주기만 해도 힘이 될 때. 아마 그랬던 모양이야. 잘 이겨내더라."

 건우는 정말 미련한 사람이었다. 남의 슬픔은 그렇게나 잘 위로하고 다독여 주면서, 왜 본인의 마음은 그저 묻어두고 외면했던 걸까. 수연은 마음이 아팠다.

 "작년이었나? 한 일 년 동안 어머니랑 연락이 안 닿아서 되게 많이 힘들어했거든. 나중에 전해 듣기론 그때 몸이 안 좋으셔서 요양을 하셨다고 했는데, 결국 돌아가셨네."

수연은 긴 한숨을 내쉬며 입술을 질끈 물었다.

"나 같으면 어린 동생 두고 무책임하게 떠나 버린 부모, 어떻게 되든 완전히 잊고 살 거 같은데……. 그 등신 같은 놈은 여전히 마음을 못 내려놔. 말로는 맨날 세상에 저랑 남우 둘뿐이라면서도, 여전히 부모 일이라면 저렇게까지 흔들리는 거 보면 어휴……. 인간이 너무 착해 빠져 가지고 걱정이다."

수연이 알지 못하는 건우의 시간들…….

자신의 생각보다, 어쩌면 명호에게 들은 것보다 훨씬 더 힘들고 고된 시간은 아니었을까.

수연은 그 시간을 건너온 건우가 안쓰럽고, 한편으론 기특했다.

"언젠가 건우가 직접 누나한테 이런 얘길 털어놓을 수도 있고, 끝까지 안 할 수도 있어. 그래도 누나가 이해해 줘."

명호의 말대로 어디까지나 건우가 선택할 일이었다. 숨기거나 감춘다 해도 이해할 수 있었다. 다른 이에게 자신의 아픔을 드러내는 일이 얼마나 힘들고 어려운지 누구보다 잘 알기에, 서운해할 일이 아니었다. 늘 괜찮다고 말하는 거, 수연 역시 그런 사람이기에 잘 알고 있었다.

"고맙다. 말해줘서."

"혹시나 누나가 답답해힐까 봐, 왜 나한텐 말 안 해주나 섭섭해할까 봐 걱정돼서……. 난 누나가 오랫동안 건우 옆에 있어줬음 하거든. 아주아주 오랫동안."

수연은 웃으며 명호의 등을 다독였다.

"건우, 어머니 잘 보내 드리고 무사히 돌아올 거야. 누나 너무 걱정하지 마."

"응. 너도."

지금 수연이 이곳에서 할 수 있는 건 기다리는 일뿐.

건우의 곁에서 위로를 해주고 싶고 함께 있어주고 싶지만, 그럴 수 없는 상황이라면 지금 주어진 것을 잘 해내는 게 최선이었다. 지금 그에게 필요한 게 시간이라면, 그게 자신이 할 수 있는 위로의 방법이라면, 수연은 얼마든지 기다릴 수 있다.

명호를 보내고 집으로 들어간 수연은 마당에 놓인 작은 평상에 앉아 마늘을 까고 있던 정희를 발견하고 곧장 그녀에게 다가갔다.

"엄마."

정희에게 터덜터덜 걸어가 평상에 오른 수연은 뒤에서 그녀의 허리를 꼭 끌어안고 작은 등에 얼굴을 묻었다.

어린 시절, 엄마의 등에 업히면 맡을 수 있던 그 향기는 지금도 여전한데, 나는 어째서 이렇게나 많이 나이를 먹었을까. 왜 나이만 먹고 아직도 성숙한 어른이 되지 못한 걸까. 수연은 누군가 기대 쉴 만큼 단단한 사람이 되지 못한 것 같아서 속상했다.

수연은 제 손을 꼭 잡고 만져 주는 정희의 거친 손길에 왈칵 눈물이 치밀어 견딜 수 없었다.

대체 엄마는 그 아픔을 어떻게 견뎠을까.

매일 울어서 할머니에게 울보 소리를 듣긴 했지만, 정희는 강한 사람이었다. 씩씩하게 수연을 키웠고, 할머니를 도와 억척스레 장사를 했다. 장애를 가진 사람을 향한 편견과 차별 앞에서 무너지지 않았으나, 그런 이유로 놀림을 받는 딸에겐 늘 미안해했다.

수연은 반드시 성공하고 강해져서 그런 엄마를 지켜야겠다고 생각했다. 하지만 결국 수연을 지킨 것은 정희였다. 정희는 수연이 지쳐 쓰러지지 않게 붙잡아주고, 다독여 주고, 안아주며 용기를 북돋아주었다.

"엄마, 고마워."

'응? 갑자기?'

정희는 눈물범벅이 된 딸의 얼굴을 보며 미소를 지었고, 수연은 손으로 눈물을 닦아내며 고개를 끄덕였다.

명호가 말했던, 부모의 관심과 사랑을 받고 싶어 했다던 건우의 어린 시절 이야기가 자꾸만 귓가에 맴돌았다. 수연에겐 너무나 당연하게 여겼던 것들인데, 그에겐 간절했을 것이다. 마음속에 아픔을 감춰두고 웃어보였을 그를, 사람들 틈에서도 늘 외로웠을 그를, 사랑을 받아보지 못해 사랑을 잘 모르겠다던 그를 지금 당장 꽉 끌어안고 싶었다.

'너도 어쩔 수 없는 내 딸인가 봐. 우리 딸이 이렇게 울보였나?'

"피는 못 속여."

정희는 무슨 일인지 캐묻지 않고, 그저 수연의 안고 등을 다독여 주었다.

건우를 만난 후, 좀 더 감정에 솔직해졌다고 해야 할까. 아니면 우는 법을 깨달았다고 해야 할까.

슬프고 가슴 아플 때, 힘들고 지칠 때, 괜찮다고 스스로를 속이는 게 아니라 울어도 된다는 걸 건우를 통해 배웠다. 약한 모습도 괜찮다고, 내려놓는 법을 가르쳐 주었다. 정작 그는 그러지 못했으면서, 수연을 위로해 주었다.

'건우 걱정돼서 그래?'

수연은 고개를 끄덕이며 다시 울먹였다. 입술을 꾹 깨물어 봐도, 후두둑 뺨을 타고 떨어지는 눈물은 막을 수 없었다.

"많이 외로웠대. 사랑받고 싶었는데, 그러지 못했대. 그래도 참 잘 자랐어, 그치?"

건우는 그 누구보다 든든한 사람으로, 기대어도 끄떡없는 사람으로 자라주었다.

'다신 외롭지 않게, 우리가 많이 아끼고 사랑해 줘야겠다.'

"엄마……."

'사람은 사람으로 치유되고, 마음은 마음으로 치유되는 거랬어. 우리가 그렇게 해주자.'

수연은 소매 끝으로 눈물을 훔치며 고개를 끄덕였다.

'나중에 후회하는 일 없도록 사랑할 수 있을 때 많이 사랑해 줘. 엄마는 네 아빠 떠나보내고 더 많이 사랑해 주지 못한 걸 아주 오랫동안 후회했거든.'

수연은 수줍어서, 쑥스러워서, 부끄러워서 건우에게 제대로 표현하지 못했던 수많은 마음들이 떠올랐다.

보고 싶었다.

건우가 당장 눈앞에 나타나 준다면, 수연은 보고 싶었다 말하고 달려가 안길 것이다. 그의 품에 안겨 수백, 수천 번 말할 것이다.

보고 싶었다고.

보고 싶었다고.

아주 많이 보고 싶었다고…….

늦은 밤, 수연은 혼자서 수변 공원을 찾았다.

작고 고요한 도시, 오성을 떠들썩하게 했던 벚꽃 축제의 마지막 날. 여전히 많은 사람들이 밤 산책을 하고 있었다. 일주일 동안 수변 공원을 수놓았던 벚꽃 잎은 지고 없지만, 그 빈자리를 노란 조명이 가득 메워 허전하지 않았다.

수연은 낯선 사람들로 가득한 그곳을 혼자 거닐었다. 건우와 함께 오고 싶었던 곳이지만 올해는 어쩔 수 없이 혼자였다. 하지만 내년에는 반드시 그와 함께 오게 될 거란 이유 모를 확신이 들었다.

그때, 직은 좌판내가 수연의 눈길을 사로잡았다. 아기자기한 인테리어 소품이 가득 놓인 그곳으로 걸음이 저절로 향했다.

"구경하고 가세요."

상냥한 주인의 말에, 수연은 웃으며 가까이 다가섰다.

"제가 다 직접 만든 거예요."

종이로 만든 가랜드, 원목 관절인형, 흔들개비, 드림캐처 등 정성을 다해 만든 소품들이었다. 그중에서 수연이 가장 마음에 들었던 건 스테인드글라스로 만든 돌고래 모양의 선 캐처였다. 다양한 톤의 푸른색이 조화롭게 반짝이는 게 신비롭고 아름다웠다.

"햇빛이 드는 곳에 걸어두면 어둠을 몰아내고 밝고 좋은 기운이 들어와요."

주인의 말에, 수연은 살까 말까 하는 망설임조차 들지 않았다. 그런 신통방통한 기운이 있다면 사지 않을 이유가 없었다.

"이걸로 하나 주시고요, 이것도 하나 주세요."

수연은, 푸른빛을 지닌 돌고래 선 캐처는 건우에게, 노란빛을 지닌 해바라기 선 캐처는 효정에게 선물하고 싶었다. 두 사람에게 앞으로 좋은 기운만 가득하길 바라는 마음과, 외롭고 쓸쓸했던 모든 시간을 몰아내고 행복하고 즐거운 순간만 가득하길 바라는 마음을 담아서 말이다.

주인이 효정의 선 캐처부터 선물 포장을 하는 동안, 수연은 건우 몫의 선물을 손바닥 위에 올려두고 가만히 바라보았다. 앞으로 행복하기만 할 그의 모든 순간에 자신이 함께할 수 있기를 바라는 진심 또한 선 캐처 안에 담았다.

함께한 시간보다 앞으로 함께할 수 있는 시간이 더 길 거라는 무조건적인 믿음, 혹은 반드시 그렇게 만들고 싶은 욕심이 생겼다. 그렇기에 수연은 지금의 기다림마저 서운하지 않았고, 지치지 않았다. 함께 보낸 일상과 기억만으로도 충분히 버틸 수 있었다.

주인에게 돌고래 선 캐처까지 넘긴 후, 수연은 휴대폰을 꺼내 건우에게 메시지를 남겼다.

〈오늘의 추천 - 두 사람〉

건우가 이 메시지를 확인할지, 이 노래를 들을 여유가 있을지 모르지만 수연은 지금 전하고 싶은 제 마음을 담아 메시지를 보냈다.

"포장 다 됐습니다."

"감사합니다."

수연은 조그만 하얀 상자 두 개에 담긴 선물을 건네받은 후, 다시 걸음을 옮겼다.

※

건우의 어머니는 스스로 목숨을 끊었다고 했다.

1년 간 투병 생활을 했다고 알고 있었지만, 실제로는 3년 동안 병을 앓았다고 했다. 병은 소뇌위축증. 전신이 서서히 마비되는 병이었다.

워낙 자존심이 센 사람이었기 때문이었을까. 처음엔 병을 받아들이기 힘들어했고, 가족들의 도움으로 조금씩 극복했지만 최근 1년간은 우울증이 심해져 재활마저 거부하고 요양 생활을 했단다.

그러다 갑자기 유서 두 장을 써두고 휠체어를 탄 채 벼랑 끝에서 바다로 몸을 던졌고, 그녀의 가족들은 사흘 만에 시신을 찾아 내 건우에게 연락을 한 것이다.

유서는 발병 초기에 직접 자필로 작성된 것이었다. 끝이 보이지 않은 투병 생활로 인해 가족들에게 짐이 될까 미안해하는 마음이 구구절절 적혀 있었고, 남겨질 자식들에 대한 당부도 있었다.

그러나 유서 속 그 어디에도 건우와 남우에게 남긴 당부는 없었다. 두 사람에게 재산을 나눠주라는, 짤막한 글 한 줄뿐이었다.

변호사는 건우에게 재산 상속에 대한 이야기를 꺼냈지만 그런 이야기가 그의 귀에 들어올 리 만무했다. 버려졌다는 생각에 잠겨 아무것도 할 수 없었다. 심장은 문드러지다 못해 으깨어져 곤죽이 되어버렸다.

정신없이 장례 일정을 모두 마친 그날 밤, 건우는 남우와 말없이 독한 술을 비우다가 욕실에서 몰래 울었다. 아빠와 이혼을 하기로 했다는 엄마의 일방적인 통보를 전해 듣고 욕실에 숨어 울던 그때처럼, 수건을 입에 문 채 목 놓아 울었다.

그래도 비워지지 않는 서러움.

그렇게 떠나 버린 어머니에 대한 미움과 말로 표현할 수 없는 허탈함에, 한때나마 어머니를 그리워했던 제 자신에 대한 한심함이 더해졌다.

그 모든 감정을 비워내기까지 건우에게는 시간이 필요했다. 그는 자신이 온전해질 때까지, 조금은 멀쩡해질 때까지, 감정을 수습할 수 있을 때까지 호텔 안에 박혀 시간을 죽였다.

괴로움에 몸부림치는 건우와 달리, 남우는 유럽 여행을 선택했다. 충동적인 그의 결정에 건우는 순순히 고개를 끄덕였다. 그 나름대로 치유의 시간이 필요할 거라 생각했기 때문이다.

건우는 부디 긴 여행이 되지 않길 빌며 남우를 보내주었고, 그는 머지않아 돌아가겠다는 약속을 남긴 채 떠났다.

그렇게 보름의 시간을 보낸 뒤, 비로소 건우는 한국으로 돌아왔다. 돌아오자마자 곧장 수연을 찾았다.

너무나 그리웠고, 보고 싶었지만 엉망으로 흐트러진 제 모습을 보여주고 싶지 않아 잠시 망설이기도 했다. 하지만 수연에 대한 그리움을 꺾을 만큼은 아니었다.

수연은 아무 말 없이 두 팔 벌려 건우를 맞아주었다. 건우는 여전히 얼기설기 뭉쳐 버린 감정 덩어리를 어쩌지 못한 채였으나, 울 것 같은 얼굴을 하고 선 그녀를 보자 마음이 금세 무너졌다.

보고 싶었어. 정말 많이 보고 싶었어.

수연은 건우를 안고 그 말을 반복했다. 울음이 묻어난 목소리로 보고 싶었단 말을 하고 또 했다.

건우는 그때 느낄 수 있었다. 자신이 수연에게 다시 돌아왔다는 것을.

마치 나쁜 꿈을 꾸고 일어난 것 같았다. 아무 일 없었던 예전으로 시간을 다시 되돌린 기분이 들었다. 내가 살던 동네와 늘 바래다주던 수연의 집 앞, 그리고 내 품에 안겨 있는 그녀까지 달라진 건 아무것도 없었다.

그래. 난 잠시 나쁜 꿈을 꾼 거야. 긴 밤이 지나고 아침이 되어 현실로 돌아온 거다.

더 이상 지난밤의 악몽을 붙잡고 슬퍼하거나 아파할 필요가 없다. 난 그저 현실을 살면 되는 것이다.

건우는 지금 제 품에 안겨 곤히 잠든 수연의 목덜미에 얼굴을 묻고 깊게 숨을 들이켰다. 달큰한 꽃향기에 저도 모르게 미소를 짓고 말았다.

수연의 맨 어깨에 입을 맞추고 지분거리며 목덜미와 등에도 입을 맞추자, 그녀가 간지러운 듯 몸을 움찔거렸다. 건우는 한 팔로 그녀의 맨 허리를 꽉 끌어안으며 빈틈없이 밀착했다.

수연은 굶주린 맹수처럼 허겁지겁 달려드는 건우를 그대로 받아주었다. 눈이 뒤집힌 미친놈처럼 성급하게 굴었지만 그녀는 괜찮다, 다독였다. 눈물을 흘리면서도 다정히 입을 맞추고 따스하게 안아주었다.

무엇이 건우를 그리 성급하게 만들었는지 알 수 없었다. 갈급해서 견딜 수가 없었다. 수연의 몸 곳곳, 깊숙한 곳까지 각인하고 싶었다. 너만은 내 것이라고, 반드시 그 어떤 경우에도 넌 내 곁에 있어달라고 애원하듯 매달렸다. 몇 번이나 안고 또 안아도 부족하고 채워지질 않았다.

건우는 그런 식으로 수연과 첫 밤을 보내고 싶지 않았기에 지쳐 쓰러져 잠든 그녀를 보며 후회했다. 지금도 그녀의 몸 곳곳에 남은 그가 새긴 얼룩덜룩한 흔적들을 보며 어지러움을 느꼈다.

건우는 또 한 번 수연의 어깨에 입을 맞추고 눈을 감았다.

누군가 날 기다리고 있다는 것, 돌아갈 곳이 있다는 것에 감사했다. 그 사람이 이수연이라는 것이 건우를 안도하게 했다.

건우는 이 밤이 아주 길었으면 좋겠다고 생각하며, 잠을 청했다.

간신히 눈꺼풀을 밀어올린 수연은 제 몸을 휘어 감고 있는 건우의 긴 팔과 다리를 겨우 떼어내고 상체를 일으켰다.

건우는 죽은 듯이 깊은 잠에 빠져 있었다. 수연은 눈을 감고 있는 그의 얼굴 앞에 손을 휘휘 저어봤지만 아무런 반응이 없었다. 혹시나 싶어 그의 코에 손가락을 대보았더니 다행히 고른 숨을 내쉬었다.

어젯밤 건우는 전혀 다른 사람 같았다. 다정하고 상냥한 도건우가 아닌, 어딘가 불안정하고 거칠던 그의 모습은 무척이나 낯설었다.

건우는 금방이라도 뻥 터져 버릴 듯 위태로운 감정 덩어리를 끌어안은 채, 수연의 몸 안으로 억지로 구겨 넣듯이 밀려 들어와 쉼 없이 몸부림쳤다. 수연은 그런 건우를 이를 악물고 받아냈다. 그렇게 몇 번이나 밀고 들어와 끝내 토해내지 못하는 괴로움이 안쓰러워서, 수연은 건우를 꽉 끌어안고 매달리고 또 매달리며 울었다.

끝나지 않을 것만 같았던 긴 밤을 함께 건너는 동안 건우는 아파했고, 그런 그를 보며 수연 역시 아파했다. 수연은 지난 밤 그의 낯선 모습을 충분히 이해할 수 있었다.

잠이 들 무렵, 수연의 목덜미에 얼굴을 묻고 있던 건우가 미안하다 말하던 나지막한 음성이 여전히 귓가에 맴돌았다. 도건우는 어쩔 수 없는 도건우였다. 수연은 그가 너무 미안해하시 않길 바랐다.

"으읏······."

침대 밖으로 내려가려고 바닥에 발을 딛는 순간, 온몸이 욱신거리며 고통이 밀려왔다. 수연은 자신을 이렇게 만들고 곤한 잠에 빠진 건우가 조금 미웠지만, 끝까지 매달리며 보챈 것도 그녀였기에 뭐라 할 말이 없었다.

욕실에 들어간 수연은 거울 앞에 서서 작게 탄식했다. 그의 입술이 지났던 온몸에 울긋불긋한 흔적이 남아 있었기 때문이다. 마치 머리끝부터 발끝까지 모두 씹어 먹어버릴 듯 입을 맞추고 물고 빨고 못살게 굴더니, 결국 이런 결과를 만들었다.

건우의 입술이 머물던 순간들이 하나둘 떠오르자, 아랫배가 뭉근하게 뭉치며 허벅지 안쪽에서 열기가 모이는 것만 같았다. 귀 끝이 빨갛게 달아오른 것을 확인한 수연은 샤워기 꼭지를 열어 쏟아지는 물 아래로 들어갔다.

샤워를 마치고 나오니, 주방에서 달그락거리는 소리가 들렸다. 젖은 머리카락을 수건으로 꾹꾹 눌러 짜며 주방으로 향한 수연의 눈에, 여전히 상의를 탈의한 채로 칼질을 하고 있는 건우가 보였다.

"일어났네?"

"어? 어."

건우는 수연을 쳐다보지도 않고 대답했다. 붉게 달아오른 귀를 보니 이제 와 쑥스러워진 모양이다. 수연은 그의 뒤로 다가가 허리를 끌어안고 등에 뺨을 기대었다. 탄탄한 등 근육이 움찔거리는 게 뺨에 고스란히 와 닿았다.

"잘 다녀왔어."

"이제야 대화를 하네?"

수연은 앞으로 고개를 쭉 내밀어 건우와 눈을 맞췄고, 그제야 그가 웃으며 그녀의 이마에 입을 맞췄다.

"보고 싶었어."

"나도. 그래도 꾹 참고 기다렸어."

"내가 널 기다리고 있다는 생각에 마음 한구석이 든든하더라. 그래서 버틸 수 있었어."

수연을 바라보는 눈빛에서, 한 마디 한 마디 신중하게 꺼내는 말 속에서 건우의 진심이 묻어났다. 수연은 고개를 끄덕였다.

"나는 네가 없는 동안, 네가 내게 얼마나 소중한 사람인지 깨달았어."

"정말?"

"누군가의 행복을 맹목적일 만큼 빌어본 것도 처음이야. 난 정말 네가 행복했으면 좋겠어."

"네가 내 옆에 있으면 돼. 그거면 충분해."

"나는 너를…… 세상에서 가장 행복한 사람으로 만들어줄 거야. 꼭, 그렇게 하기로 다짐했으니까 그렇게 알아."

"와. 떨어져 지내길 잘했네."

수연은 얄밉다는 듯이 건우의 옆구리를 꽉 꼬집으며 미간을 구겼다.

"잘못했어, 잘못했어. 다신 자리 안 비울게."

수연은 싱크대를 등지고 건우의 앞에 마주 보고 서서 그의 두 뺨을 양손으로 감쌌다. 그리고 발꿈치를 세워 입을 맞추고, 두 팔을 그의 목에 감았다.

키가 큰 건우 때문에 계속 발꿈치를 세우고 있어야 하는 불편함을 고맙게도 그가 단숨에 해결해 주었다. 수연을 번쩍 안아 싱크대 위에 걸터앉게 해준 것이다.

건우는 몸을 숙이며 다가와 입을 맞췄고, 수연의 등을 커다란 손으로 감싸며 제게 가까이 끌어당겼다. 무릎 위에 얌전히 놓여 있던 건우의 손이 허벅지를 쓸며 위로 점점 올라오고, 등에 있던 다른 한 손이 옷 안으로 들어오려 할 때, 수연은 그의 어깨를 붙잡아 밀어냈다.

"잠깐만. 나 너한테 줄 거 있어."

"이따 받을게."

열기가 서서히 달아오르기 시작한 건우는 집요하게 수연의 목덜미와 턱에 입을 맞추며 간질였고, 그녀가 이리저리 피하려 발버둥 쳤지만 그의 품을 벗어날 순 없었다.

어쩔 수 없이, 수연은 건우의 어깨를 앙 물어 떼어내고 잽싸게 폴짝 뛰어내렸다.

"빨리."

수연은 건우의 손목을 붙잡아 억지로 끌고 거실로 향했다. 마지못해 끌려온 건우는 온순한 대형견처럼 러그 위에 얌전히 앉아 수연을 바라보았고, 수연은 가방 안에서 작은 상자를 꺼내 그에게 내밀었다.

"자. 선물."

건우는 상자와 수연을 번갈아 가며 보다가 조심스레 상자에 묶인 리본을 풀었다. 수연은 그런 건우의 앞에 마주 보고 앉아 그의 표정을 살폈다.

천천히 상자를 연 건우는 그 안에 담긴 선 캐처를 꺼내 신기한 눈으로 바라보았다.

"선 캐처야. 어둠을 밀어내고 좋은 기운을 불러온대."

수연의 설명을 듣고 난 후, 건우는 팔을 뻗어 창문을 통해 쏟아져 들어온 햇살에 이리저리 비춰 보더니 환하게 웃었다.

"와……. 예쁘다."

마음에 들어 하는 것 같아 다행이었다. 수연은 건우에게 살금살금 다가가 허리를 꼭 끌어안았다.

"앞으로 좋은 일만 가득할 거야."

내가 그렇게 만들 거니까.

건우는 수연의 어깨를 감싸며 그녀의 팔을 위아래로 문질렀다.

"나쁜 꿈을 꿨는데, 이제 다신 그럴 일이 없을 거 같아. 고마워, 수연아."

수연은 고개를 들어 웃고 있는 건우의 입술에 살싹 입을 맞춘 후, 단단한 어깨에 머리를 기댔다.

"인생이 마냥 달콤할 순 없잖아. 앞으로도 계속 단맛, 짠맛, 쓴맛 모두 다 보게 되겠지. 그래도 같이하자. 같이 울고, 같이 웃고, 같이 먹고, 같이 자고."

건우는 고개를 끄덕여 대답했다. 울고 싶지 않은데, 계속 씩씩하게 말하고 싶은데 자꾸만 젖어드는 눈시울이 원망스러웠다. 크게 숨을 몰아쉬며 감정을 고르려 노력했지만 마음처럼 쉽게 되지 않았다.

"근데, 지금 그거 프러포즈야?"

"아니거든!"

수연이 펄쩍 뛰자 건우가 고개를 갸웃거리며 눈물로 젖은 그녀의 눈가를 손끝으로 닦아주었다.

"알았어. 받아줄게."

"아, 뭐라는 거야!"

더 이상 뭐라고 반박할 새도 없이, 수연은 건우의 뜨거운 입맞춤을 받아내야 했다. 입술 새로 흘러 들어오는 그의 따스한 숨을 욕심껏 빼앗고, 빈틈없이 그를 안으며 눈을 감았다.

다양한 모습을 하고 있는 사랑 중, 우리의 사랑은 서로에게 치유이자 위로인 사랑이었다.

만약, 건우가 이곳에 없었다면 다시 시작된 수연의 인생은 지금처럼 행복하지 않았을 것이다. 그가 곁에 있었기에, 그가 가진 건강하고 긍정적인 기운 덕분에 수연은 이토록 행복할 수 있었고, 좀 더 유연하고 솔직한 사람으로 변할 수 있었다. 어느 순간부터, 그를 닮아가기 시작했다.

비록 사랑이란 감정이 나약하고 연약한 것에 불과하지만, 바람 앞의 등불처럼 때론 위태로운 것이라 하더라도, 수연은 건우를 사랑하기로 결심했다. 그리고 반드시, 그와 함께 더 많이 행복해지기로 마음먹었다.

수연의 인생에 비로소 완연한 봄이 찾아왔다.

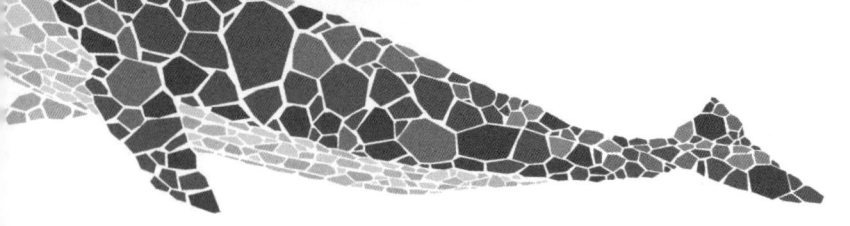

에필로그 1

일 년 후.

해뜰시장 현대화 사업은 계획대로 차질 없이 진행되고 있었다. 지금은 시장 후문에서 정문 방향으로 구역별 인테리어 공사가 한창이었다. 올 추석 전에는 정문 방향 마지막 가게인 해뜰찬까지 모든 공사가 완료될 것이다.

오래된 시장인 만큼 외부 인테리어와 내부 인테리어를 동시에 손보는 가게가 대부분이었지만 수연의 가게는 1년 전 한차례 인테리어 공사와 간판 교체를 진행했기에 시장 중앙 통로 지붕 건설 협조만 하면 되었다.

시장 내 모든 가게의 외부 인테리어 통일 방안을 두고 한동안 고심했지만, 각 가게의 개성을 살리는 방향으로 최종 결정되었다. 깔끔하게 정돈만 해도 충분했고, 큰 비용이 들이지 않게 된 상인들은 대부분 만족했다.

정기 야시장 운영도 자리를 잡아갔다. 매달 첫 주 금요일에만 진행했는데, 구매자와 판매자 모두 반응이 좋아 현재는 격주로 운영 중이다. 그 덕에 외부 손님이 늘었고, 기존 상권도 활성화되었다. 다만 아직까지 성공을 확신하긴 이르기에 청년 모임에서 주기적으로 매출 데이터를 분석하며 꾸준히 관리하고 있었다.

오늘은 시장 후문 쪽에 새로 지은 주차타워의 완공식이 있는 날.

수연은 미선을 도와 완공식에 쓰일 떡을 배달하고 있었다. 몇 달 남지 않은 지방 선거 때문인지, 얼굴 도장을 찍으려는 정치인들로 인해 행사장은 북새통을 이뤘고, 시청 관계자와 시장 상인회 사람들, 시민들이 한데 엉켜 일대가 혼잡했다.

간신히 배달을 마친 수연은 떡을 싣고 밀고 갔던 손수레를 탈탈 끌며 미선의 방앗간으로 돌아가다가, 반가운 사람과 마주쳤다.

"수연 씨."

"이? 안녕하세요!"

현준이었다. 시장 현대화 사업 담당자인 그가 당연히 빠질 수 없는 자리였다.

"이리 주세요. 제가 들어다 드릴게요."

"아니에요. 이렇게 끌고 가면 돼요."

수연이 둥글게 거절하자, 현준도 더 이상 고집을 세우지 않았다.

"행사장 정신없죠?"

"네. 오성 사람들 다 모인 거 같아요."

"선거 얼마 안 남아서 더 그럴 거예요. 정작 주인공은 뒷전이고 저분들이 주인 행세를 하네요."

현준의 말대로, 시장을 이용하는 시민들과 상인들이 기뻐하고 축하해야 할 자리에서 마치 자기들이 이 모든 걸 이뤄낸 양 거드름을 피우는 꼴이 보기 좋진 않았다.

"우리 김 계장님이 제일 고생 많으셨죠."

"아휴, 아닙니다. 상인회분들이 가장 고생하셨죠. 특히 청년 모임에서 상인회 의견을 하나로 모아주시고, 적극적으로 협의해 주신 덕분에 수월하게 진행할 수 있었습니다."

현준의 깍듯한 인사에 수연이 미소를 지었다.

"아참, 현준 씨 좋은 소식 들리던데요?"

"아…… 들으셨어요?"

"결혼 축하드려요."

현준은 오는 5월 결혼을 한다고 했다. 참 반가운 소식이었다. 수연은 한때 자신과 엮여 곤란했던 걸 떠올리면, 지금도 그에게 미안했다.

소문에 의하면 신부는 현재 오성 중학교에서 영어를 가르치는 미모의 교사라고 했다. 수연은 같은 학교에서 방과 후 수업을 하는 건우와 명호를 통해 두 사람의 결혼 소식을 접하게 되었다.

또 다른 소문에 의하면, 건우가 적극적으로 나서서 두 사람을 소개했다는 이야기도 있는데, 건우가 아니라고 잡아떼니 수연으로서는 그의 말을 믿을 수밖에 없었다. 건우는 그런 계략을 짤 만큼 영악한 사람이 아니기 때문이다.

건우의 말을 철석같이 신뢰하는 수연에게 명호는 그를 너무 믿지 말라며 농담처럼 말하긴 했지만, 진실이야 어찌 됐든 결과적으론 잘된 일이라고 생각했다.

"수연 씨는 언제쯤 결혼하실 거예요?"

"저요? 음……."

수연이 뭐라고 대답을 해야 좋을지 몰라 고개를 갸웃거리는데, 갑자기 누군가 그녀의 손을 꼭 잡았다. 놀라서 뒤를 돌아보니 건우가 서 있었다.

"안녕하세요, 계장님. 잘 지내시죠?"

"아, 네."

"행사장 가보셔야 하는 거 아니에요?"

"그래야죠. 안 그래도 지금 막 가려던 참이었어요."

"그럼 저희는 조만간 회의 때 나시 뵙죠."

억지로 등 떠밀린 현준은 마지못해 걸음을 옮기며 연신 뒤를 힐끔거렸고, 그가 저만치 멀어지자 그제야 건우는 꽉 붙잡고 있던 수연의 손을 놓아주었다.

"사람 민망하게 왜 그래?"

"내가 뭘?"

수연이 팔꿈치로 건우의 옆구리를 툭 치자, 그는 진심으로 억울하다는 듯 눈썹을 씰룩이며 그녀의 어깨를 감싸 안았다.

"꼭 그렇게……. 아니다, 됐다. 으휴."

수연은 건우의 팔을 뿌리치고 다시 손수레를 끌고 걸음을 옮겼다. 그러자 건우가 냉큼 손수레를 빼앗아 끌었다.

"말을 왜 하다가 말아?"

"미운 말 나올까 봐."

"나는 네가 무슨 말을 해도 하나도 안 미운데."

건우의 긴 팔이 이번에는 허리에 감겼다. 뿌리칠수록 더욱더 집요하고 강하게 감겨, 수연은 결국 웃음이 터졌다.

늘 그랬다. 건우와는 사소한 말다툼도 두 마디 이상 이어지질 않았다. 뭐만 하면 '내가 잘못했어, 다신 안 그럴게'라고 말한다. 이토록 사과가 쉬운 남자는 난생처음이었다.

그렇다고 진심 없이 말로 때우는 사람은 아니었다. 뭐 마려운 강아지처럼 끙끙거리며 속을 앓고 안절부절못하는 건우의 모습이 안쓰러워서, 수연은 화를 내다가도 매번 스르르 마음을 풀리곤 했다.

"내가 김 계장님하고 단둘이 얘기하는 게 아직도 싫어?"

"어. 싫어. 못 견디겠어."

밀당은커녕 돌려 말하는 법조차 모르는 솔직한 이 남자를 어찌 미워할 수 있을까.

수연은 제 허리에 얹어진 건우의 손 위에 자신의 손을 포갰다.

"결혼 축하한다고 말해줬어."

"그랬더니?"

"뭘 그랬더니야. 그게 전부지."

"거짓말하지 마. 김 계장이 마지막에 한 말 내가 다 들었거든?"

귀도 밝지.

수연은 건우를 힐끗 노려보며 어깨를 으쓱였다.

"난 결혼 언제 할 거냐고 물었는데, 막 대답하려던 참에 네가 온 거야."

"뭐라고 대답하려고 했어?"

"비밀."

"이수연!"

"넌 김 계장님이 아니잖아. 난 김 계장님한테 대답해 줄 거야."

건우는 진심으로 서운했는지 붉고 도톰한 입술을 삐죽였다. 그의 그런 즉각적인 반응이 재미있어서 자꾸만 놀리고 싶은 건지도 모르겠다.

"부럽다."

수연은 혼잣말처럼 작게 속삭인 건우의 말을 못 들은 척하고 계속 걸었다.

건우의 저 말은, 결혼을 앞둔 현준을 향한 것이었다. 그걸 알면서도 수연은 모른 척하는 중이었다.

수연은 미선의 방앗간에 손수레를 반납하고 걷다가, 문득 떠오른 생각에 건우을 바라보았다.

"근데 왜 왔어? 카페는 어쩌고?"

"다빈이 왔기에 잠시 맡기고 나왔지. 너랑 김 계장이랑 단둘이 대화하고 있는 걸 목격했다는데, 내가 어떻게 카페에 가만히 있어?"

"어우, 진짜! 빨리 카페로 뛰어가! 손님 오면 어쩌려고 막 자리를 비워? 이 사장님 안 되겠네?"

수연이 있는 힘껏 두 손으로 등을 떠밀었지만 건우는 힘을 주어 버렸다.

"뽀뽀 한 번만 해주면 얌전히 갈게."

수연은 잽싸게 주변을 둘러본 후 발꿈치를 세워 건우의 뺨에 입을 맞췄다.

"빨리 가."

"나머지는 이따 밤에 받을게."

"쓸데없는 소리 하지 말고 빨리 가!"

수연이 이를 악물고 낮게 으르렁거리며 말하자 건우가 그제야 뛰어갔다. 그는 달리면서도 연신 뒤를 돌아보며 손을 흔들었다. 수연은 저를 보며 환하게 웃는 그에게 차마 미운 얼굴을 보여주고 싶지 않아서 웃으며 손을 흔들어주었다.

다빈은 건우가 장담한 대로 대학에 들어가자마자 남자친구를 사귀었다. 훤칠하고 잘생긴 남자친구 자랑을 매일같이 하더니, 오늘은 기어이 카페로 데려와 건우에게 인사 시켰다.

이 사실을 명호가 알면 '대학 보내놨더니 공부는 안 하고 연애나 한다.'며 펄쩍 뛸게 뻔하지만, 명호도 요즘 결혼 준비로 눈코 뜰 새 없이 바빠서 카페를 찾아오는 횟수가 줄었다.

그나저나, 나 빼고 다 결혼하는 분위기……

그 생각에 건우는 온 몸에 힘이 빠지고 시무룩해졌다.

"언니 얼굴 보고 와놓고 왜 이렇게 기운이 없어?"

다빈이 건우의 얼굴 앞에 손을 휘휘 저었지만 그는 못 본 척하며 카운터 옆 조리대로 향했다.

"뭐 마실래?"

"나 고구마 라떼. 자기야, 자긴 뭐 마실래?"

남자친구에게 딱 붙어서 혀 짧은 소리를 하는 다빈의 모습에 어이가 없었다.

"저도 같은 거 주십쇼, 형님."

넉살 좋은 다빈의 남자친구는 초면임에도 건우에게 형님, 형님 하며 살갑게 굴었다. 건우는 대충 고개를 끄덕이며 다빈이 가장 좋아하는 고구마 라떼를 징싱껏 만들어 두 사람에게 건넸다.

대학에 가지 않겠다고 버티던 다빈은 그나마 관심이 있는 뷰티 계열 학과에 진학했고, 나름 재미를 붙인 듯했다. 어렸을 때부터 외모를 꾸미는 것에 워낙 관심이 많아, 매일 엄마 화장품을 훔쳐 바르고 뾰족 구두를 몰래 신고 나가 굽을 작살 내놓곤 했다는데, 이제 와 다빈은 그때의 경험이 모두 다 조기 교육이었던 셈이라며 뻔뻔하게 우겼다.

마냥 귀엽기만 하던 막둥이가 대학생이 되고, 남자친구를 데려와 인사까지 시켜주니 건우는 왠지 모르게 흐뭇했다.

"명호 오빠 장가가고 나면 오빠 차례인 거 알지? 오빠도 빨리 장가 가. 그래야 그 다음에 내가 빨리 결혼하지."

"얼씨구?"

"옛날부터 귀에 못이 박히게 말했잖아! 나 결혼 일찍 할 거라고. 우진이 군대 가기 전에 결혼할 거야."

"명호랑 얘기 된 거야?"

"나도 이제 성인이거든? 오빠 허락 없이도 결혼할 수 있어."

"흐음……. 그래, 네 맘대로 해."

다빈과 대화를 하다 보면 금세 머리가 지끈거린다. 남자친구는 그런 다빈을 어떻게 감당하는 건지 신기할 노릇이었다. 건우는 이 골칫덩이를 명호에게 넘기기로 하고, 더는 말을 잇지 않았다. 저 철부지 언제 철드나, 싶다가도 그나마 저와 결혼하겠단 소리를 더 이상 하지 않는 건 천만다행이라고 생각했다.

"남우 오빠 올여름엔 들어온대?"

"어. 한 달 정도 들어와 있을 거야."

"잘됐다. 그때 오빠 결혼해라."

건우는 고개를 절레절레 흔들며 다시 조리대로 들어섰다.

남우는 두 달 간의 유럽 여행을 마치고 유학을 결정했다. 안 그래도 남우가 좀 더 공부하길 바랐던 건우였기에, 그는 동생의 선택을 흔쾌히 받아들였다.

작년, 남우는 미국의 세라믹 석사전공과정 중 독보적이라는 뉴욕의 한 종합대학 대학원에 입학했다. 단 8명만 선발한다던 석사과정에 합격해 현재는 전액 장학금까지 받으며 공부 중이다.

건우는 남우가 하고 싶은 건 뭐든 마음껏 하길 바랐다. 무언가에 갇히지 말고, 넓은 세상에서 제 꿈을 펼치며 행복을 찾아가길 진심으로 소원했다.

건우는 자신에게 가장 소중한 가족이자 생각만 해도 눈물겨운 애틋한 동생인 남우를 위해서라면, 그가 어떤 길을 걷더라도 가장 큰 목소리로 응원해 줄 준비가 되어 있었다.

"오빠 진짜 언제 결혼할 건데?"

"결혼을 나 혼자 하니?"

"언니가 오빠랑 결혼 안 해준대?"

"그런 건 아니고, 좀 더 연애 하다가……."

"핑계 같은데. 헐, 불쌍해서 어쩔?"

사람 속을 살살 긁으며 약 올리는 건 어쩜 저렇게 제 오빠와 꼭 닮았는지.

속에서 열불이 치밀었지만 그렇다고 아홉 살이나 어린아이와 유치하게 말다툼을 할 순 없기에, 건우는 이를 앙 다물며 눈을

에필로그

질끈 감았다.

"황다빈, 너 빨리 가. 안 그러면 명호 부른다? 간만에 남매가 심도 있는 대화 좀 나눠볼래?"

"아, 진짜 치사하긴. 간다, 가! 안 그래도 가려고 했거든? 그치, 자기야?"

간신히 두 사람을 카페 밖으로 쫓아낸 후, 건우는 창가 테이블 자리에 앉아 길 건너편 수연의 가게를 바라보았다. 수연은 손님을 향해 환하게 웃으며 대화를 나누고 있었다.

나만 조급한 건가.

나만 안달 난 건가.

요즘 건우가 세상에서 가장 부러운 사람은 결혼을 앞둔 사람, 혹은 이미 결혼한 사람이었다.

사실 건우가 수연과 결혼에 대해 이야기를 안 해본 건 아니다. 프러포즈도 무려 세 번이나 했다.

첫 번째 프러포즈는 작년 여름 함께 제주도로 첫 여행을 갔을 때였다. 건우는 수연의 왼손 네 번째 손가락에 반지를 끼워주고 평생 함께하잔 약속을 주고받았다. 그녀는 물기 어린 눈으로 그를 바라보며 고맙다 말했고, 조금만 더 연애하다가 결혼하자고 했다.

그로부터 석 달이 지나도록 수연은 결혼에 대한 그 어떤 코멘트도 없었다. 수연이 생각하는 '조금'이란 기간과 건우가 생각하는 '조금'은 많은 차이가 있었던 것이다. 하는 수 없이 건우는 또

한 번의 프러포즈를 준비했다.

첫 번째 프러포즈 때 너무 돌려 말한 건가 싶어서, 10월 13일 수연의 생일날 목걸이를 걸어주며 같이 살자고 단도직입적으로 말했다. 올해가 가기 전에 결혼하고 싶다고 하자, 그녀는 뭐가 그리 급하냐며 자연스레 넘어갔다.

그렇게 가을마저 흘려보내고, 세 번째 프러포즈는 첫눈이 내리던 12월의 어느 밤이었다. 더 이상 물러설 곳이 없던 건우는 통장과 각종 재산 문서를 건네며 제발 저를 가져가 달라고 부탁했다. 수연은 어이가 없다는 듯 웃으며, 내년 봄 좋은 날을 찾아보자고 해놓고 4월이 되도록 아무런 말이 없었다.

매번 프러포즈를 할 때마다 받아주는 것 같긴 한데, 아닌 것 같기도 하고 애매했다. 속절없이 흐르는 시간이 아까워서 건우의 마음은 점점 더 급해졌다. 일 년을 꽉 채운 연애 기간 동안, 내내 수연에게 결혼해 달라고 보챈 것만 같아 민망할 정도였다.

그렇다고 이쯤에서 쉽게 물러설 건우가 아니었다. 올봄마저 그냥 넘길 수 없었기에 그는 차근차근 네 번째 프러포즈를 준비 중이다.

건우는 짤막한 한숨을 내쉬며 주먹을 불끈 쥐고 스스로에게 응원을 보냈다.

수연은 효정과 함께 늦은 저녁식사 중이었다. 정희가 끓여주고 간 닭볶음탕을 먹으며, 효정의 꼬드김에 넘어가 캔 맥주를 딱 한 잔씩만 하기로 했다.

"역시, 우리 이모 닭볶음탕이 세상에서 제일 맛있어."

"밥 더 줄까?"

"내가 퍼올게."

효정은 금세 비운 빈 공기를 들고 주방으로 향했다.

작년, 효정은 봄이 채 지나기 전에 별거를 선택했다. 이혼을 결심하기 위한 과정이었고, 한 달 간의 치열한 고민 끝에 이혼을 결심했다. 여름이 끝나기 전, 효정과 동훈은 11년간의 부부 생활을 정리했다.

효정은 홀가분하다고 했지만, 가끔씩 술에 취해 울면서 수연에게 전화를 걸어왔다. 때론 후회했고, 때론 아파했고, 때론 원망하면서 켜켜이 쌓인 감정의 찌꺼기를 조금씩 깎아내었다.

긴 시간 동안 단단하게 굳어버린 그것들은 쉽사리 깎여 나가지 않았고, 효정에게 또 다른 상처를 남기기도 했다. 그럼에도 그녀는 제가 지켜야 할 세 아이를 위해서 이 악물고 버텼다.

이 작은 동네에서 동훈의 외도와 그로 인한 효정의 이혼은 너무나 커다란 사건이었다. 하지만 그 어느 누구도 섣불리 효정에게 괜찮으냐는 물음도, 괜찮을 거라는 어설픈 위로도 건네지 못했다. 효정은 그런 관심쯤은 이미 각오한 것이라며 더 밝게 웃었고 괜찮다고 말했지만 수연은 알고 있다. 전혀 괜찮지 않다는 걸.

이혼 후 효정은 본격적으로 엄마를 도와 해뜰수산 운영 전면에 나섰다. 동훈으로부터 일정 양육비를 받기로 했지만 워낙 가진 것이 없는 그였기에 약속된 위자료조차 제때 받지 못했다. 원래 살던 집도 효정의 것이었고, 타고 다니던 차도 효정의 것이었다. 그는 빈털터리가 되어 오성에서 쫓겨난 것이나 다름없었다.

동훈은 차마 용서를 구할 염치조차 없다며, 그저 미안했다는 사과와 함께 무릎을 꿇고 빌었다. 그의 사과에는 진정성이 없다고 생각한 수연은 그렇게 생각하는 제자신이 너무 냉정하거나 의심이 많은 건가 싶기도 했다.

동훈의 외도는 실수가 아닌 고의였고, 그것도 한 번이 아닌 여러 차례였기에 그의 사과에서 진심이 느껴지지 않았다.

효정은 동훈의 사과에 가슴 아파하기보다, 저만 모른 척하면 다시 일상으로 돌아갈 수 있을 거라 믿으며 미련하게 버텼던 제자신이 가여워서 아파했다. 아무런 잘못이 없는 그녀가 왜 아파하고 힘들어해야 하는 건지, 곁에서 지켜보는 수연의 입장에선 너무나 속상한 일이었고, 그럴수록 동훈이 더 미웠다.

다시 일어서기 위해 발버둥치는 효정을 지켜보는 동안 수연은 수없이 마음이 무너졌지만 그녀의 가장 가까운 곳에서 머물렀다. 함께 밥을 먹고, 술을 마시고, 울면 달래주고, 욕하면 들어주면서 수연 나름대로 위로를 건넸다. 수연은 자신이 알던 것보다 훨씬 더 씩씩한 친구의 모습에서 점차 희망을 볼 수 있었다.

함께했던 시간과 그 시간 속의 추억 또한 여전하기에 금세 그

시간들을 잊을 순 없을 것이다. 효정이 처음 사랑했던 남자였고, 11년을 부부로 살았고, 세 아이의 아버지니까. 얼마의 시간이 더 필요할지, 그것도 알 수 없다. 그 막연함이 효정을 더 두렵게 만드는지도 모른다.

효정의 했던 사랑과 이별을 지켜보면서, 수연은 많은 생각을 했다. 한때는 오직 사랑만을 좇는 어린 효정을 걱정하기도 했고, 행복하게 사는 모습을 보며 부러워하기도 했다.

효정은 동훈을 만나 사랑하는 동안 늘 최선을 다했고, 책임감 있는 모습을 보였다. 세상의 수많은 사랑 중, 효정이 했던 사랑은 책임감이었던 것이다.

그렇기에 효정의 사랑이 실패로 끝났다고 단정할 수 없었다. 어떤 사랑이 옳고 그른지 판단하는 건 제삼자의 몫이 아니다. 사랑은, 모두 다 다른 모습을 하고 있기 때문이다.

효정은 밥 한 공기를 가득 채워 돌아왔다.

"다 먹을 수 있겠어?"

"이 정도야, 뭐. 외로워서 그런가, 먹어도 먹어도 허기가 지네?"

효정의 우스갯소리에 수연은 코웃음을 쳤다.

"너도 이제 결혼해야지. 언제까지 내 하소연이나 들어주면서 살 거야?"

"때 되면 해야지."

"흐음. 내 생각에 그 때는 이미 온 거 같은데?"

수연은 고개를 갸웃거렸다.

"연애 일 년 했으면 충분하지 않아?"

"아직 못 해본 거 많거든?"

"결혼해서 하면 되지. 그리고 너, 건우한테 프러포즈 세 번이나 받았잖아. 진짜 너무한 거 아냐? 건우 너 기다리다가 말라죽겠다."

효정의 말대로, 수연은 어쩌다 보니 건우에게 세 번의 프러포즈를 받았다. 결혼 안 하겠다고 한 적도 없는데, 결혼에 대한 의지를 확인하려는 듯 프러포즈는 자꾸만 반복되었다. 매 계절이 끝날 때마다 받다 보니, 수연은 자신이 그에게 확신을 주지 못한 건가 하는 생각에 미안한 마음이 들었다.

"왜 결혼 안 하는데? 혹시, 나 사는 꼴 보고 나니까 결혼할 마음이 사라진 거야?"

"무슨 말도 안 되는 소리야?"

수연이 노려보자, 효정이 수연의 손을 잡고 살랑살랑 흔들었다.

"자신이 없어서 그래."

건우과 결혼을 하게 되면, 정말 좋은 가정을 꾸리고 싶은데 잘 해낼 수 있을지 가끔씩 엄두가 나지 않았다. 막연히 결혼 생활을 떠올리면, 좋은 아내도 되고 싶고 좋은 엄마도 되고 싶었다. 그와 그녀가 갖지 못했던 완벽한 가정을 이루고 싶었다.

무엇보다 지금 건우에게 향한 제 마음이 늘 변함없길 바랐고,

늘 그랬듯 완벽하고자 하는 욕심이 앞서서 수연을 자꾸만 긴장하게 만들었다.

"뭐든 잘 해내고 싶은 네 욕심 아는데, 그냥 쉽게 생각해. 사랑하는 사람이랑 같이 사는 것뿐이야. 너한테 뭐 대단한 현모양처가 되라는 거 아니라고. 그건 건우도 마찬가지일걸?"

오랜 친구여서인지, 효정은 수연의 속을 훤히 꿰뚫어보았다. 수연은 나지막한 한숨을 내쉬며 고개를 끄덕였다.

"조금이라도 더 오랜 시간 붙어 있고 싶고, 같이 자고 같이 밥 먹고 그렇게 살고 싶은 거지. 나도 그래서 결혼했던 거고."

수연은 웃으며 캔에 남아 있던 맥주를 끝까지 비웠다.

남우가 유학을 떠난 후 혼자 남겨진 건우가 외롭진 않을까 수연은 늘 신경 쓰였다. 더 이상 혼자 두고 싶지 않았고, 외롭게 하고 싶지 않아서 완벽하고 싶은 욕심을 조금씩 내려놓는 중이었다.

"둘이 참 잘 만났어."

"나도 그렇게 생각해."

수연은 자신이 그어놓은 선 안으로 타인을 쉽게 들이지 않는 사람이었다. 냉정하지도, 그렇다고 다정하지도 않은 건조하고 무심한 사람에 가까웠다. 살다 보니 그렇게 변했다. 상처받기 싫고 불필요한 관심을 받고 싶지 않아서, 내 자신을 지키기 위해 그런 사람이 되어갔다.

그러다 어느 날부터인가 견고하게 세워둔 벽에 균열이 가기 시작했다. 조금씩 허물어지던 수연은 결국 한 순간에 와르르 무너졌고 멍하니 그 잔해를 바라보다가 뒤돌아 이곳으로 도망쳤다.

그런 수연 앞에 건우가 나타났다. 거짓말처럼, 마치 이게 운명이라는 듯이.

디폴트값으로 설정해 둔 딱 그만큼만 곁을 주던 수연을 변하게 한 것도 건우였다. 그는 느닷없이 마음의 문을 열고 들어와 그녀를 말랑한 사람으로 만들어 버렸다. 자꾸 용기내고 싶게 만들었다.

"그러니까, 건우 지쳐서 나가떨어지기 전에 꽉 붙잡아두라고."

"알았어, 알았어. 절대 안 놓칠 테니까 걱정 마."

건우를 놓치게 된다면, 다신 그와 같은 사람을 만날 수 없다는 걸 알고 있다. 만약 다음번에 그와 꼭 닮은 사람을 만난다 해도, 그를 사랑하게 될 거라고 장담할 수 없었다. 할머니의 장례식장에서 그를 만난 것도, 그를 좋아하게 된 것도, 결국은 완벽한 타이밍 덕분이었으니까.

수연은 이런 생각이 들면 어김없이 마음이 급해졌다. 건우가 언제나 제 곁에 있을 거란 자만심에 빠져, 오만한 여유를 부린 건 아닌지 말이다. 오늘이 마지막일지도 모른다는 마음으로 매 순간 최선을 다해 사랑하겠다고, 더 많이 사랑하지 못한 걸 후회하는 일이 없도록 사랑하겠다고 다짐해 놓고도 주저하는 겁 많은 제 자신이 한심했다.

매사에 뭘 그렇게 재고 따지는지 모르겠다. 그냥 가보면 될 일인데…….

"올봄에 이모 먼저 시집보내고, 그 다음에 너도 가."

"우리 엄마가 그 얘기 들으면 기절하실걸?"

정희와 병구는 여전히 친구처럼 지내고 있지만 예전과 비교하면 많이 가까워졌다. 미선이 중간에서 적극적으로 두 사람을 밀어주고 있기 때문이다. 효정의 소원인 두 사람의 결혼이 이뤄지지 않을 수도 있지만, 수연 역시 그래도 함께 늙어갈 좋은 연인이 될 수 있지 않을까 하는 기대를 갖고 있었다.

"잘 먹었어. 설거지는 내가 하고 갈게."

"됐어. 얼른 집에 들어가. 애들 기다리겠다."

수연은 정희가 효정에게 주라고 챙겨두고 간 밑반찬이 담긴 찬합을 그녀의 손에 억지로 쥐어주고 가게 밖으로 등 떠밀었다.

"우리 엄마, 늘그막에 손주 셋 뒤치다꺼리 하느라고 엄청 고생하신다. 때마다 밥 챙겨 먹여야지, 학원 챙겨 보내야지……."

"효정아. 우리 효도하자."

"그래. 효도하자."

수연과 효정은 서로의 어깨를 다독이며 웃었다.

효정의 엄마 희란은 사위의 외도 사실을 알고 난 후 먼저 나서서 이혼을 권했다. 엄마에게 미안해서 망설이는 딸의 마음을 조금이라고 가볍게 해주고 싶어서였을 것이다.

희란은 아무 걱정 말라고, 설마 손자 셋과 딸내미를 못 먹여 살리겠냐며 본인이 남의 집에서 식모를 살아서라도 먹여 살릴 테니까 당장 헤어지라고 채근했다. 그런 애비, 그런 남편은 필요 없다고 단호하게 잘라 말했다.

그런 희란의 말에 효정은 좀 더 용기를 낼 수 있었다고 했다. 혼자서 살림과 육아, 경제 활동까지 해야 한다는 현실적인 부담감에 서러워하던 효정의 숨통을 조금이나마 틔워준 것이다.

효정은 이 나이에 또다시 엄마에게 의지하고 말았다며 미안해했지만, 희란은 오히려 그동안 혼자서 속 썩었을 딸에게 더 미안해했다. 바쁜 장사 때문에 혼자서 알아서 크다시피 한 딸은 희란에게도 가장 아픈 손가락이었던 것이다.

다행히 효정의 아이들도 아버지의 부재를 서서히 받아들이는 중이라고 했다. 이제 겨우 다섯 살인 막내가 조금 투정을 부리긴 하지만, 5학년이 된 큰 아이가 잘 다독이며 돌본다고 했다.

아직 어린아이들이 저 때문에 일찌감치 철드는 게 미안한 효정의 마음을 수연은 이해할 수 있었다. 남편 복은 없어도 자식 복은 있다며 쓰게 웃던 그녀의 모습이 수연의 머릿속에 또렷이 남아 있었다.

"수연아, 나 간다."

"조심히 가. 내일 보자."

수연은 손을 흔들며 걸어가는 효정이 시야에서 완전히 사라질 때까지 그 자리에서 힌침을 지켜보았다. 왠지 코끝이 찡했다.

예보에 없던 가랑비가 내렸다.

수연은 건우의 옆에 바짝 붙어서 허리춤의 셔츠를 손으로 꼭 붙잡은 채 땅에서 눈을 떼지 못했다. 언제 갑자기 나타날지 모를 지렁이 때문이었다.

"이수연 내일 아침에 벌벌 떨면서 출근해야겠네?"

"엄마랑 같이 출근할 거야."

건우는 지렁이가 무서워서 새벽 4시에 출근하는 정희를 따라 5시간이나 일찍 나가겠다는 수연이 마냥 귀여웠다.

"근데 지금 지렁이가 문제가 아냐."

"그럼 뭐가 문젠데?"

"밤새 비 맞고 벚꽃 다 떨어지면 어떡해. 우리 내일 밤에 보러 가기로 했잖아."

시무룩해진 수연은 집으로 가는 길에 드문드문 심어진 벚나무를 살피며 작게 한숨 쉬었다. 건우는 수연의 어깨를 감싸고 있던 손으로 그녀의 부드러운 뺨을 조심스레 쓸었다.

"괜찮아. 다 떨어지면 내년에 보러 가면 되지."

"올해는 꼭 너랑 같이 보기로 마음먹었단 말이야."

일 년을 꼬박 기다리며 벚꽃이 피기만을 바라던 수연을 가까이에서 지켜보았기에, 건우는 진심으로 아쉬워하는 그녀를 이해할 수 있었다. 건우는 그런 수연의 뺨에 쪽 소리가 나도록 입을 맞추곤 다시 어깨를 감싸 안았다.

"어디든 나랑 같이 있으면 되는 거 아닌가?"

"음. 그건 그래."

수연이 그제야 예쁜 미소를 지었다. 사랑스러운 그녀의 모습을 지켜보고 있자니 건우는 심장이 간질거려서 견딜 수가 없었다.

"우리 작년에 첫눈 같이 맞았던 날 정말 좋았는데. 그치?"

"아, 내가 너한테 세 번째로 프러포즈 했던 그날?"

건우가 콕 짚어 말하자, 수연이 입안으로 입술을 쏙 말아 넣으며 머쓱해했다.

"얘기가 왜 그쪽으로 튀었지."

혼잣말로 작게 구시렁거리며 딴청부리는 수연이 귀여워서 건우는 자꾸만 더 장난을 걸고 싶었다.

"마음이 따끔거려서 못 살겠어."

건우의 말에 수연이 멈칫했다. 건우를 올려다보는 새까만 눈동자가 그 어느 때보다 말갛게 빛났다.

"이수연이랑 같이 살고 싶어."

군더더기 없는 솔직한 말에 수연이 옅게 웃더니 고개를 숙였다.

"프러포즈야?"

"어. 네 번째 프러포즈야."

건우는 수연의 손에 우산 손잡이를 쥐어준 후 외투 안주머니에서 자그만 선물 상자 두 개를 꺼냈다. 그중 하나를 먼저 그녀에게 건네고 다시 우산을 받아들었다.

"혹시 몰라서 이거 말고 하나 더 가져왔어. 네 번째 프러포즈도 실패하면 바로 다섯 번째 프러포즈도 하려고."

수연은 조심스레 상자를 열었다. 그 안에는 건우가 특별히 주문 제작한, 각인을 새겨 넣은 팔찌가 담겨 있었다.

"다섯 번째 선물은 뭔데?"

"발찌."

"아, 그건 족쇄를 대신한 건가?"

건우는 어깨를 으쓱이며 다섯 번째 프러포즈용으로 준비한 발찌가 담긴 선물 상자도 수연의 손에 올려놓았다.

"와……. 프러포즈 열 번쯤 받으면 나 부자 되겠다."

"부자 되고 싶어서 프러포즈 계속 받는 거라면, 열 번이 아니라 백 번도 할 수 있어. 그러니까……."

"좋아. 결혼하자."

건우의 말을 끊고 수연이 훅 치고 들어왔다. 수연의 입에서 처음으로 나온 '결혼하자'라는 말을 제대로 들은 게 맞나 싶어서 건우는 빤히 그녀를 쳐다보았다.

"다시 한 번 말해봐. 뭘 하자고?"

"결혼하자, 도건우."

건우는 표정 관리를 할 수가 없었다. 그게 될 리 없었다. 밤이 아니었다면 소리를 지르며 온 동네를 미친 듯이 뛰어다녔을지도 모른다.

건우는 벌어진 입을 다물지 못한 채, 지금 이 순간이 꿈이 아니라 현실임을 확인하려 애썼다. 수연의 손을 붙잡고 제 뺨을 톡톡 두들기기도 해보고, 그녀의 손가락을 꼭 깨물어보기도 했다.

"그 말 정말이지? 이거 꿈 아니지?"

수연은 고개를 끄덕였다.

"오래 기다리게 해서 미안해. 일부러 그런 건 아니고, 자신이 없어서 그랬어. 좋은 아내, 좋은 엄마가 될 자신은 여전히 없는데…… 모르겠다. 어떻게든 되겠지."

건우는 그대로 수연을 품에 안았다. 수연은 무언가를 충동적으로 결정하는 사람이 아니었다. 하지만 지금 그녀가 꺼낸 '어떻게든 되겠지' 같은 말은 평소의 이수연이라면 절대로 하지 않을 말이었다. 그래서 쉽게 믿어지지 않았고, 그래서 더 감격스러웠다.

"올봄이 가기 전에, 뭐 대단하게 할 거 없이 사진 한 장 찍고 혼인신고 하자."

"그래. 그러자."

수연은, 분명 올봄이 가기 전이라고 했다. 건우는 그거면 충분했다.

물 한 잔 떠놓고 기도를 올려도 상관없고, 시장 한복판에 주단을 깔고 뒤구르기로 입장하라고 해도 뭐든 할 수 있었다. 평생을 함께하겠다는 약속이 중요한 것이지, 허례허식은 필요치 않았다.

"근데 웨딩드레스도 안 입을 거야?"

"하얀 원피스면 돼. 그건 네가 사줘."

"구두도 사줄게. 그거 신고 나한테 시집와라."

수연은 고개를 끄덕이며 입술을 동그랗게 모아 내밀었고, 건우는 그 순간을 놓치지 않고 잽싸게 입을 맞췄다.

"내가 행복하게 해줄게."

사랑이 담뿍 묻어 있는 수연의 따스한 시선에 가슴 깊은 곳에서 무언가 울컥 치밀었다. 건우는 수연의 약속을 꼭 붙잡은 채, 그녀의 이마에 입을 맞췄다.

수줍음 많고 쑥스러움이 많던 수연은 점차 감정을 표현하는 데 있어서 후해졌다. 특히 좋아한다는 말이나 보고 싶었다는 말은 참지 않고 곧장 해주곤 했다. 감정에 솔직해지는 수연 덕분에 건우는 자신이 그녀에게 얼마나 많은 사랑을 받고 있는지 끊임없이 확인받을 수 있었다.

수연을 만난 후, 계절의 흐름이 무의미하던 건우에게 새로운 봄이 찾아왔다. 그녀와 함께한 그의 봄은 처음 만난 새로운 세계였고, 오직 이수연 한 사람으로 인해 모든 것이 달라졌다.

수연과 함께 보낸 건우의 첫 번째 사계절은 매일이 설렘으로 가득했다. 이제 두 번째 봄 앞에 마주 섰다. 지난봄과는 다른 봄을 맞이하게 될 것이고, 일 년 후에는 또 다른 봄을 맞이하게 될 것이다.

"수연아."

"응?"

"사랑해."

수연이 웃으며 눈을 지그시 감았고, 건우는 그녀에게 입을 맞쳤다. 우산을 두드리는 빗방울 소리와 사방에서 시끄럽게 울어대는 개구리 소리는 배경음악으로 삼기엔 지나치게 자연친화적이라 로맨틱한 입맞춤은 오래가지 못했지만, 그래도 그들은 마냥 좋았다.

건우는 수연을 가만히 바라보았다. 무려 네 번의 프러포즈 끝에 승낙을 받아내, 가슴이 터질 듯이 벅차오른 이 기쁜 마음을 어찌 할 수 없는 게 안타까웠다. 그녀를 안아보고, 입 맞추는 것 밖엔 할 수 있는 게 없었다.

"어? 엄마다. 엄마!"

뒤돌아보니 수연의 말대로 정희가 대문을 열고 막 나오는 길이었다. 수연이 부르자 정희가 웃으며 손을 흔들었고, 건우는 수연과 함께 그녀에게 다가가 허리 숙여 공손하게 인사했다.

'매일 집까지 바래다주느라 고생이다.'

"너보고 고생이 많대. 나 매일 집까지 바래다주는 거."

"그래서 저희 같이 살려고요."

건우의 말에 깜짝 놀란 정희가 두 눈을 크게 뜨고 수연과 그를 번갈아 가며 보았다.

'이번엔 진짜야?'

"진짜냐고 물으셔."

"네. 진짜예요. 올봄에 결혼하새요. 방금 수연이가 저한테 프러포즈 했어요."

정희는 박수를 치며 진심으로 기뻐했다. 작년 첫 번째 프러포즈 후 일찌감치 결혼 허락을 받아둔 참이라, 정희는 종종 둘이 언제 결혼할 거냐고 채근하기도 했다.

"속 시원하시죠?"

정희는 격하게 고개를 끄덕이며 건우의 손목을 잡아당겼다.

'해물파전 부치려던 참이야. 먹고 가.'

"해물파전 해준다고 먹고 가래."

"안 그래도 파전 먹고 싶었는데, 잘됐다."

건우는 정희가 이끄는 대로 대문을 넘어 집 안으로 들어갔다.

기꺼이 가족이 되어준 수연과 정희, 그리고 할머니까지.

그동안 이들에게 받은 사랑을 어떻게 보답할 수 있을까, 건우는 기분 좋은 고민을 반복했다. 든든한 사위이자 아들이 되고, 남편이 되면 조금이나마 보답할 수 있을까?

"건우야."

"응?"

"내일 아침에 나 데리러 오면 안 돼?"

"당연히 되지. 안 그래도 그 말 기다리고 있었어."

정말로 정희를 따라 새벽에 출근하려는 건 아닐까 걱정했는데, 다행히 수연이 그에게 부탁을 해왔다. 건우는 수연이 더는 그런 걸 신세지는 것이라고 생각하지 않길 바랐다.

수연이 웃으며 건우의 손을 꼭 잡았다. 꼼지락거리던 수연의 가는 손가락이 건우의 손가락 사이로 빈틈없이 파고 들어와 손깍지를 꼈다. 건우는 제 마음도 꽉 차는 것 같아서 가슴이 간질거렸다.

아주 오래전부터 텅 비어 있던 건우의 마음속은 이제, 수연으로 가득 차올랐다.

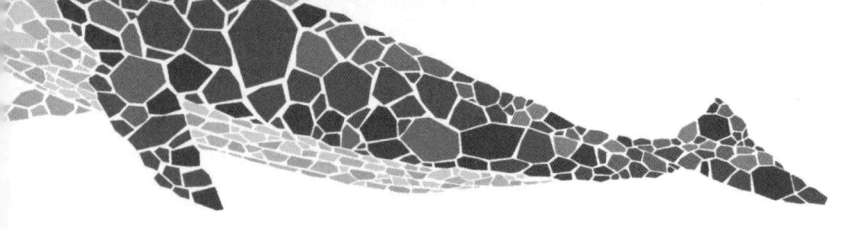

에필로그 2

녹음이 우거진 산비탈을 따라 조금 더 올라가니 키 작은 나무들이 옹기종기 모여 선 언덕이 나타났다. 그곳은 하루 종일 해가 잘 드는, 수연의 할머니가 잠들어 있는 수목장을 치른 숲이었다.

"할머니가 산을 좋아하셨어."

수연은 할머니의 작은 비석 옆에 올라온 풀을 뽑고, 그 자리에 색이 화려한 조화를 꽂았다.

"나도 할머니 따라서 남우랑 나물 뜯으러 가곤 했는데."

건우는 할머니의 나무 앞에 작은 돗자리를 펴고, 관리사무소에서 빌려온 상을 펼쳤다.

"손녀보다 낫네."

수연의 말에 건우는 어깨를 으쓱이며 들고 온 아이스박스를 열었다. 할머니가 생전에 좋아하던 밤 막걸리 한 병과 미숫가루 라떼, 사과 하나 배 하나, 정희가 부쳐 준 전 한 접시와 효정의 엄마가 챙겨준 조기 구이를 꺼내 상에 올렸다.

"절할까?"

건우의 물음에 수연은 고개를 끄덕이며 옆으로 비켜섰다. 그는 돗자리 위에 올라가 가만히 나무를 보더니 이내 절을 올렸다. 수연은 건우가 든 빈 잔에 막걸리를 가득 채워주었고, 그는 그것을 상에 올렸다.

"할머니. 저 내일 수연이랑 결혼해요."

다정한 건우의 목소리에 수연은 저도 모르게 울컥하고 말았다. 그녀는 옆으로 돌아서서 입술을 꾹 깨물어야 했다.

올봄을 넘기지 않겠다는 약속을 지키기 위해, 수연은 5월의 마지막 날 건우와 결혼을 하기로 했다.

"살아계셨으면, 정말 많이 기뻐하셨을 거야."

"음. 할머니는 김 계장님을 더 좋아했던 걸로 알고 있는데?"

수연은 고개를 가로저었다.

"아냐. 나 서울에서 내려올 때마다 네 칭찬만 하셨어. 참한 총각이라고. 엄청 예쁘다고."

"정말?"

건우는 수연의 말을 못 믿겠다는 듯 갸웃거리며 잔에 담긴 막걸리를 할머니의 나무 주변에 뿌려주었다.

에필로그

"할머니한테 약속했어. 잘 살겠다고."
"잘했어."

수연은 환하게 웃는 건우의 손을 꼭 잡으며 손가락 사이사이에 빈틈없이 깍지를 끼웠다.

결혼 전, 할머니에게 인사를 드리고 싶다던 건우의 말을 따르길 잘했다는 생각이 들었다. 이렇게나 마음 씀씀이가 곱고 생각이 깊은 사람이니 사람 보는 눈 하나는 기가 막혔던 할머니가 그토록 예뻐했겠구나, 싶었다.

할머니가 살아계실 때 진작 건우를 만났다면 좋았을걸.

그때 만났어도, 이 사람을 사랑하게 되었을까?

수연은 할머니의 나무 옆에 웅크리고 앉아 작은 목소리로 무언가 조곤조곤 말하는 건우의 뒷모습을 바라보며 조용히 웃었다.

건우라면, 결국 사랑에 빠졌을 것 같았다.

할머니를 만나고 돌아온 건우와 수연은 명호와 효정을 만나 함께 저녁 식사를 하고, 자연스레 단골 호프집으로 자리를 옮겼다.

내일 결혼하는 사람에게 술자리는 너무한 거 아니냐고 항의해 봤지만, 두 사람은 눈도 깜짝하지 않았다.

"결혼사진만 박는 거라며. 딱 두 잔씩만 마셔."

명호의 끈질긴 요구에 하는 수 없이 첫 잔을 받아 든 건우와 수연은, 시원하게 건배를 나누고 단숨에 잔을 비웠다.

두 사람은 내일, 동네에 하나뿐인 사진관에서 결혼사진을 촬영하고 동사무소에서 혼인신고를 하는 것으로 결혼식을 대신하기로 했다.

수연은 약속대로 건우가 사준 하얀 원피스를 입고, 그가 사준 웨딩슈즈를 신고 그의 신부가 되기로 했다.

"수연아. 아쉽지 않겠어?"

"그게 내가 꿈꾸던 결혼식이었어."

부부가 되는 순간은 그리 거창할 필요가 없다고, 허례허식보다는 서로의 마음가짐이 가장 중요한 것이라고 수연은 생각했다.

사진을 찍으며 순간을 기억하고, 혼인신고로 결혼의 무게를 실감하는 것으로 마음을 다잡는 거면 충분하다고 여겼다. 고맙게도 건우는 수연의 생각에 동의해 주었다.

"건우는 아닐 수도 있잖아."

"저는 수연이가 좋으면 뭐든 다 좋아요."

"얼씨구."

건우의 대답에 효정은 고개를 절레절레 흔들며 빈 잔을 모두 채웠다.

"난 아직도 믿기지가 않아. 우리 오성의 자랑 이수연 누나가 내 친구 도건우랑 결혼을 하다니……."

"나는 두 사람이 이렇게 될 줄 알았어."

"와, 효정이 누나 거짓말하는 거 봐! 나한테는 김 계장님이랑 더 잘 어울…… 읍!"

"자자. 마셔."

효정은 명호의 입에 억지로 닭 날개를 물리며 입막음을 했고, 건우는 그런 그녀에게 서운했는지 입술을 삐죽이며 잔을 비웠다.

사실 수연도 가끔씩 믿기지 않을 때가 있었다. 건우와 결혼을 하는 것도, 결혼이란 걸 하는 것 자체도 신기했다. 아마 그가 아니었다면 그녀의 인생에 결혼은 없었을 것이다.

"아참, 내 정신 좀 봐."

효정은 메고 왔던 가방을 뒤적이더니, 리본으로 묶은 종이 가방을 꺼내 수연에게 내밀었다.

"수연아, 결혼 축하한다. 이건 내 선물."

"아, 누나 치사하게 혼자 준비 했어?"

"쯧쯧. 저렇게 센스가 없어서야."

명호와 효정이 투닥거리는 사이, 수연은 리본을 풀고 종이 가방을 들춰보았다. 그 안에는 예쁜 포장지로 포장된 선물 상자가 들어 있었다.

"이게 뭔데?"

수연의 물음에도 효정은 대답 없이 그저 웃기만 했다.

"빨리 열어봐. 뭔지 궁금하다."

건우의 재촉에 포장지에 붙은 테이프를 떼고 그 안에서 상자를 꺼낸 수연은 조심스레 뚜껑을 열어보았다. 얼마나 좋은 선물이기에 이렇게 꽁꽁 싸맸나, 생각을 하며 제품 위에 덮인 유산지를 걷어내던 수연은 내용물을 확인하고 멈칫할 수밖에 없었다. 그 모습을 지켜보던 효정이 배꼽을 쥐며 웃었다.

"야, 정효정!"

수연이 이를 악물고 으르렁거리며 효정의 이름을 부르자, 건우가 더 이상 참지 못하고 상자를 가져가 내용물을 꺼냈다.

"이게 뭐……."

건우의 손에 들린 것은, 망사 슬립이었다.

입으면 엉덩이를 겨우 가릴 수 있을 정도로 짧았고, 안 입은 거나 마찬가지일 정도로 속이 훤히 들여다보이는 재질이었다. 옷으로써 전혀 제 기능을 하지 못하는, 옷의 모양을 한 요망한 물건이었다.

"신혼부부를 위한 나의 선물."

효정이 눈을 찡긋거리며 수연의 어깨를 툭툭 쳤고, 수연은 건우가 들고 있던 요망한 물건을 낚아채 종이 가방 안에 감추듯 쑤셔 넣었다.

"선물 감사합니다, 누나."

"지금 뭐라는 거야!"

"선물을 받았으면 감사 인사를 해야지."

건우는 순진한 척 새까만 눈동자를 반짝이며 효정의 입에 손수 안주를 넣어주었다. 그 모습을 지켜보고 있던 수연은 기가 막히고 어이가 없어서 뒷목을 움켜잡을 수밖에 없었다.

"참고로 그거 쫙 당기면 잘 찢어지는 재질이야."

"사용법까지 알려주시고, 정말 감사합니다."

이것들이 진짜!

수연이 건우의 옆구리를 꽉 꼬집으며 인상을 찌푸리자, 다들 깔깔대며 웃었다. 수연의 얼굴만 한껏 열이 올라 발그레 익어버렸다.

"지금 나만 더워?"

"어. 너만 얼굴 빨개."

그 말에 건우가 수연의 얼굴을 향해 손부채질을 해주었다.

수연은 건우에게 이따 두고 보자며 경고의 시선을 보냈지만, 그는 뭐가 그리 좋은지 허허 웃기만 했다.

"이야, 허니문 베이비 가나요?"

"두 사람 아들딸 가리지 말고 많이 낳아. 우리 동네 첫 아이부터 지원 빵빵한 거 알지?"

명호와 효정의 찰떡 호흡에 수연은 혀를 내두르며 잔을 비웠다. 약속한 두 잔을 모두 비웠지만 여전히 술이 당겨 난감했다. 내일 사진 촬영을 위해서라도 참아야 하는데, 입안이 바짝 타들어가 참기 힘들었다.

"저는 딸이었으면 좋겠어요. 수연이 꼭 닮은 딸이요."

"음. 굉장히 도도하고 새침하겠는데?"

건우의 말을 듣고 있던 효정이 수연의 얼굴을 빤히 보았다.

"수연이 너는?"

"나는 아들딸 상관없이 건우를 닮았으면 좋겠어. 아빠 닮아서 밝고 사랑스러운 아이."

수연은 제가 말하고도 순간 움찔했다. 너무도 자연스레 건우를 아빠라고 칭한 것에 놀란 것이었다. 건우 역시 그 단어가 탁 걸렸는지 놀란 눈으로 그녀를 바라보더니, 이내 미소를 지었다.

"건우야. 나중에 우리 사돈 맺자."

한 달 전에 먼저 결혼한 명호의 아내는 이미 임신 8주 차를 넘겼다고 했다. 아직 성별이 나오지도 않았는데 정혼을 청하는 그를 보며 수연은 웃지 않을 수 없었다.

"꿈도 야무지네. 어디 감히 내 딸을 넘봐?"

건우의 단호한 대답에 명호와 효정, 수연이 동시에 얼어붙은 듯 그대로 행동을 멈췄다.

아직 생기지도 않은 딸을 며느리 감으로 넘본 사람이 되어버린 명호가 가장 억울해했고, 효정은 웃느라 정신이 없었다. 수연은 아주 잠시 동안, 딸을 둔 아빠가 된 건우의 미래를 상상해 보았다.

일찍이 아버지를 잃었던 수연이기에 그에 대한 기억이 많이 남아 있진 않지만, 사진처럼 머릿속에 또렷하게 박힌 몇 가지 장면은 있었다.

수연을 무릎에 앉히고 책을 읽어주던 아버지, 냇가에서 가재를 잡아주던 아버지, 퇴근길에 실방 묻힌 쌔배기 노릇을 사다가 손에 쥐어주던 아버지, 잠투정을 하는 그녀를 업고 마당을 거닐며 섬집아기를 불러주던 아버지…….

에필로그

어린 수연에게 한없이 다정하고 따뜻했던 아버지였다.

건우도 제 아버지 못지않게 다정하고 따뜻한 부모가 될 것 같았다. 그런 그를 지켜보는 일은 분명 수연에게도 큰 위로가 될 터였다.

집으로 가는 내내 건우는 생기지도 않은 딸에 대한 이야기를 끊임없이 쏟아냈다.

주로 걱정이 많았다. 널 닮아서 너무 예쁜 아이가 태어나면 안 된다는 둥, 이 동네 모든 남자 아이들이 우리 딸만 좋아하면 어쩌냐는 둥……. 그런 고민을 하는 건우의 표정이 너무나 진지해서, 수연은 차마 웃지도 못했다.

"황명호 생각할수록 어이가 없네. 감히 내 딸을……."

"명호가 딸을 낳고 우리가 아들을 낳을 수도 있어."

그러니 벌써부터 걱정하지 말라고 다독였지만, 건우는 여전히 명호가 했던 말에 분이 풀리지 않았는지 못마땅한 표정을 지었다.

"이러다 진짜 딸 낳으면 볼만하겠다."

"수연아. 우리 딸이 남자친구 데려오면 어쩌지? 결혼한다고 하면, 아아……."

건우는 급기야 딸의 결혼까지 내다보며 괴로워했다. 수연은 그런 그의 모습이 너무도 사랑스럽고 귀여워서 견딜 수가 없었다. 그녀는 건우의 허리를 두 팔로 감싸 안았다.

"그런 걱정은 나중에 하고, 우리 행복한 상상부터 하자. 아빠 되면 꼭 해보고 싶은 거 있어?"

"있지, 그럼. 엄청 많아."

건우의 표정이 금세 밝아졌다. 그는 수연의 어깨를 감싸 안으며 이마에 입을 맞췄다.

"놀이동산도 갈 거고, 자전거도 가르쳐 줄 거야. 아, 수영도 가르쳐 줘야겠다."

"농구는?"

"농구는 안 돼. 힘들어."

단호한 대답에 수연은 웃고 말았다.

"책도 많이 읽어줄 거고, 네 생일 케이크도 같이 만들 거야. 어린이집 등하원도 같이 해야겠다. 집에 오는 길에 아이스크림도 사 먹고, 떡볶이도 사 먹고. 그래도 되지?"

"당연하지. 아빠 하고 싶은 거 다 해도 돼."

수연의 허락에 건우는 진심으로 행복한 듯 말갛게 웃었다.

"칭찬도 아주 많이 해주고 싶어. 사랑한다는 말도 계속 해줄 거야. 그리고 많이 안아줘야지. 무서운 꿈을 꾸는 날엔 옆에서 같이 자줄 거고…… 절대 외롭지 않게 해줄 거야."

두서없이 늘어놓은 이야기들 모두가 어린 건우의 소원이었던 것만 같아서 수연은 마음이 시큰했다. 그와 동시에, 그 모든 순간을 그와 함께하게 될 거라 생각하니 가슴이 벅찼다.

"그럼 나는 아무것도 안 해도 돼?"

에필로그

"낳아주기만 해. 내가 다 키울게."

"우와. 너무 반가운 말이다."

수연은 건우의 단단한 어깨에 머리를 기댔다.

"하아……. 상상만 해도 진짜 행복하다."

진심이 가득 묻어난 그 말이 수연의 가슴에 콕 박혔다. 반드시 그 행복을 건우에게 안겨주고 싶은 욕심이 생겼다.

"어린이집 갈 때 머리카락도 내가 묶어주고 싶어. 앞으로 틈틈이 연습을 좀 해둬야겠다."

건우는 수연의 머리카락을 장난스럽게 하나로 모아 잡고 뺨에 쪽 소리가 나도록 입을 맞췄다.

"벌써 다 왔네."

수연의 집 앞에 멈춰선 두 사람은 마주 보고 선 채로 잡고 있던 손을 이리저리 흔들며 아쉬움을 달래야했다.

"우리 내일 결혼하면, 이제 밤마다 안 헤어져도 되니까 너무 좋아."

수연은 고개를 끄덕이며 건우에게 다가가 품 안으로 파고들었다.

신혼집을 따로 구하려고 했지만, 홀로 남게 될 정희가 걱정된다며 건우가 수연의 집으로 들어와 살겠다고 해서 그녀가 지내던 2층을 두 사람의 공간으로 꾸몄다. 이미 건우의 짐도 다 들어왔는데, 그는 굳이 정식으로 결혼한 후에 집에 들어오겠다며 생이별을 자처했다.

건우의 말대로, 내일부터는 이렇게 밤마다 헤어지지 않아도 된다. 한 집에서 살을 비비면서 같이 잠들고, 같이 눈을 뜨게 될 것이다.

"혹시나 해서 하는 말인데, 아이가 생겨도 내가 가장 사랑하는 사람은 너야."

수연은 태어나 처음으로 사랑 고백을 받는 것처럼 심장이 요란하게 뛰었다. 맞닿은 가슴으로 서로의 심장박동이 고스란히 전해졌다.

"나도."

건우의 나지막한 웃음소리가 귓가에 닿았다. 수연은 고개를 들어 건우를 바라보았고, 그는 서서히 고개를 숙여 입을 맞췄다. 다정하고 상냥한 입맞춤에 발끝이 오그라들 만큼 간지럽고 달았다.

"수연아."

"응?"

"우리 집으로 갈래?"

건우의 은근한 유혹이 너무나 자연스러워서, 수연은 하마터면 고개를 끄덕일 뻔했다.

수연은 말아 쥔 주먹으로 건우의 어깨를 톡톡 두들기며 눈을 흘겼다.

"남우 있잖아. 하루만 참아."

남우는 바쁜 학기 도중에도 형의 결혼을 축하해 주기 위해, 사흘의 시간을 만들어 미국에서 들어온 참이다.

건우는 아쉬운 듯 작게 한숨을 내쉬며 수연의 머리카락을 귀 뒤로 넘겨주고 눈을 맞췄다.

"결혼식을 안 해도 이렇게 떨린데, 결혼식까지 하는 사람들은 얼마나 떨리고 긴장될까?"

"명호 결혼식 날 봤잖아. 다리 풀려서 넘어지는 거."

"진짜 꼴사나웠지."

"너 그날 엄청 크게 웃어서 명호가 복수할 거라고 이를 박박 갈았는데. 어쩌나? 명호가 복수할 방법이 없네?"

"걘 나한테 안 돼."

건우는 어깨를 으쓱이며 우쭐거렸다. 수연은 명호의 결혼식 날 사회를 보던 건우가 마이크 앞에서 박장대소하는 바람에 명호의 얼굴이 새빨개졌던 기억이 떠올라 웃고 말았다.

"늦었다, 수연아. 들어가서 푹 쉬어."

"응. 너도."

"좋은 꿈꾸고."

인사를 나누고도 아쉬워서 두 사람 모두 서로의 손을 놓지도 못하고, 먼저 발길을 돌리지도 못했다.

"이제, 10시간 남았어."

수연의 말에 건우가 환히 웃었다.

오늘 밤이 지나고 아침이 오면, 이전과는 전혀 다른 새로운 날이 시작될 것이다.

감당하기 버거울 정도의 커다란 설렘을 안고, 과연 오늘 밤 잠을 이룰 수 있을지…….

수연은 떨리는 가슴을 다독이며 건우에게 입을 맞추고 손을 흔들었다.

※

오성 해뜰사진관 앞은 이른 아침부터 모여든 사람들로 문전성시를 이루었다.

"잠깐만 이쪽으로 나와봐요. 나도 좀 보게."

"이야, 수연이 진짜 예쁘다! 카페 사장은 전생에 나라를 몇 개나 구했기에 저렇게 예쁜 각시를 얻었대?"

"어머나! 수연이 좀 봐! 빛이 나네, 빛이 나!"

"카페 사장도 엄청 멋있는데? TV에 나오는 배우 같구먼."

"에이, 배우에 비할 바가? 내 눈에는 배우보다 훨씬 더 잘나 보이는데."

"저렇게 나란히 서 있으니까 진짜 부부 같네. 아주 잘 어울려!"

모여든 사람들은 모두 건우와 수연의 결혼사진 촬영을 구경하러 온 것이었다.

다들 한 마디씩 소감을 내놓으니, 선우와 수연은 촬영 도중 웃음을 참지 못해 애를 먹었다.

"자, 이번에는 둘이 마주 보고 서서 손을 잡고 지그시 눈을 맞

찍어볼까?"

 사진관 아저씨의 적극적인 디렉팅에, 수연과 건우는 순순히 포즈를 취했다. 손잡고 찍은 사진 한 장만 남기려고 했는데, 아저씨는 그래도 그게 아니라며 나중에 서운해서 안 된다고 추가 촬영을 권했다.

 건우는 하얀색 스탠드칼라 셔츠에 핏이 딱 떨어지는 베이지색 팬츠로 코디했고, 수연은 건우에게 선물 받은 무릎까지 오는 하얀색 민소매 원피스를 입고, 진주알과 깃털이 수놓인 예쁜 웨딩 슈즈를 신었다.

 수연은 개망초 꽃을 엮어 만든 부케를 손에 들었고, 건우는 개망초 꽃 한 줄기를 귓등에 꽂으면 예쁠 것 같다는 사진관 아저씨의 의견을 수렴해, 생략한 부토니에 대신 세 송이의 개망초 꽃을 귓등에 얹었다.

 "아주 좋습니다. 이번에는 손가락에 반지 한번 끼워보자. 신랑이 먼저 끼워볼까?"

 건우가 수연의 앞에 한쪽 무릎을 꿇고 앉아 왼손 네 번째 손가락에 반지를 끼우자, 사진관 아저씨의 셔터 소리가 한층 빨라졌다. 밖에서 그 모습을 지켜보던 관람객들도 꺄르륵 웃으며 박수를 보냈다.

 결혼반지는 남우가 직접 만든 것이었다. 금속공예를 하는 친구에게 급하게 배워서 준비한 거라며 선물로 건넨 것이 두 사람의 공식적인 결혼반지가 되었다.

"내가 이 동네에서 사진을 사십년 넘게 찍었는데, 이렇게 훌륭한 모델은 처음이야."

아저씨는 연신 감탄하며 예술혼을 불태웠고, 수연과 건우도 그의 열정에 발맞춰 최선을 다해 임했다.

"힘들지 않아?"

무릎 부상으로 농구를 그만두었던 건우였기에, 수연은 그가 오랜 시간 무릎을 굽히고 있는 게 마음에 걸렸다. 건우는 오히려 환하게 웃으며 수연의 손등에 입을 맞췄다.

"그거야! 바로 그거!"

또 한 번 셔터소리가 빠르게 지나갔다.

"우리 5분만 쉬었다가 할까?"

백발이 성성한 아저씨는 이마에 맺힌 땀을 손수건으로 훔치며 잠시 한숨을 돌렸고, 그사이 수연은 건우를 의자에 앉게 하고 그의 다리를 조물조물 주물러 주었다.

"수연이 백일 사진 찍어준 게 엊그제 같은데, 네 결혼사진을 찍고 있으니 참…… 기분이 묘하다. 하하."

아저씨의 시원한 웃음소리에 수연도 고개를 끄덕이며 미소를 지었다.

사진관 아저씨는 수연의 백일 사진을 비롯해 돌 사진, 유치원 졸업사진, 첫 증명사진 등 기념이 되는 모든 순간을 촬영해 준 분이었다. 그뿐 아니라 정희의 결혼사진, 할머니의 영정사진도 그의 카메라에서 탄생했다.

에필로그

수연의 가족이 행복했던 순간과 슬펐던 순간, 더 나아가 이 동네 사람들의 모든 순간을 기록해 준 사람이었다.

"아저씨랑 악수 한 번 하자."

아저씨가 다가와 먼저 손을 내밀자 수연은 일어나 그의 손을 잡았다. 그 순간, 갑자기 눈물이 울컥 치밀어 막을 새도 없이 후두둑 떨어졌다. 그 모습을 지켜보던 정희는 휴지로 수연의 눈물을 닦아주다가 덩달아 눈시울을 붉혔다.

"울기는 왜 울어? 이 좋은 날. 행복하게 잘 살아."

"감사합니다, 아저씨."

"애기 낳으면 아저씨가 백일 사진 공짜로 찍어줄게."

수연은 애써 웃으며 고개를 끄덕였고, 아저씨는 건우에게도 다가가 악수를 청했다.

"수연이 행복하게 해줘야 돼. 알지?"

"네. 명심하겠습니다."

건우의 씩씩한 대답이 마음에 들었는지, 아저씨는 그의 어깨를 다독인 후 다시 카메라를 집어 들었다.

"그럼 이번엔 가족사진을 한번 찍어볼까? 수연이 엄마도 같이 서봐요."

아저씨의 제안에 정희는 손사래를 쳤지만, 건우는 그녀를 한 가운데에 세웠다.

"아이고, 보기 좋다! 수연이 엄마 참 곱네. 활짝 웃어봐요! 좀 더 활짝!"

수연은 정희의 손을 꼭 잡았고, 건우는 그녀의 팔에 팔짱을 걸었다.

수연은 다시 눈물이 날 것 같았지만, 촬영을 망치면 안 된다는 일념으로 이를 악물고 참았다.

부디 사진이 예쁘게 나와주면 좋겠지만 세 사람 모두 울음을 참느라 얼굴이 일그러져서, 아무래도 아저씨가 베스트 컷을 고르기 힘들어질 것 같아 벌써부터 미안한 마음이 들었다.

동사무소에 들러 혼인신고를 마치고 집에 돌아왔을 땐, 수연의 집 앞마당은 발 디딜 틈 없이 손님들로 가득했다.

"아이고, 신랑 신부 왔네!"

누군가의 외침에, 수연과 건우는 집에 들어서자마자 각자 다른 사람의 손에 붙들려 강제로 헤어져야 했다.

시장 상인회에서 내어준 행사용 대형 캐노피 아래 여러 개의 테이블과 의자가 빼곡하게 놓여, 손님을 접대하는 데 부족함이 없었다.

미선은 떡을 해왔고, 희란은 회를 내어오고, 명호네 정육점에서는 수육을, 해뜰청과 사장님은 과일을, 해뜰슈퍼 사장님은 음료수와 술을 아낌없이 내주었다. 수연과 건우가 속해 있는 청년 모임에서는 잔치국수를 준비했고, 시장 사람들 대부분 산지에 쓰일 먹거리를 직접 준비해 왔다.

아저씨들이 모여 앉은 테이블로 끌려간 건우는 여기저기서 주는 술을 다 받아 마시느라 혼이 쏙 빠졌고, 아주머니들이 모여 앉은 테이블로 끌려간 수연은 시끌벅적한 수다 지옥에 갇히고 말았다.

효정과 남우, 명호를 비롯한 젊은 사람들은 분주하게 음식을 나르고, 어딘가에서는 흥에 겨운 음악이 흘러나왔다. 오성 스타일의 피로연, 말 그대로 잔치였다.

수연과 건우를 향한 축하와 덕담이 넘치도록 오갔다. 수연을 배 속에 있을 때부터 보아온 사람들과, 이방인 건우를 반갑게 품어준 따뜻한 사람들은 각자의 방식으로 둘의 결혼에 행복을 빌어주었다.

수연은 건우와 함께 이곳에서 살아가게 될 것이다. 언젠가 태어날 그들의 아이도, 수연이 그랬던 것처럼 부족함 없이 사랑받게 될 것이다. 그 생각을 하니, 마음이 한결 푸근해졌다.

"저 옷만 갈아입고 금방 다시 올게요."

수연이 슬그머니 자리에서 일어나 빠져나오는 동안, 고맙게도 미선이 건우를 빼돌려 주었다.

"다들 먹고 마시느라 정신없으니까, 들어가서 쉬다가 천천히 나와."

미선이 눈을 찡긋거리며 두 사람의 등을 떠밀었고, 그제야 수연과 건우는 집 안으로 들어갈 수 있었다.

"어우, 죽겠다. 나 5분 동안 소맥 열 잔도 넘게 받은 거 같아."

건우는 2층에 올라가자마자 소파에 벌렁 드러누우며 두 손으로 얼굴을 가렸다. 아닌 게 아니라, 건우는 얼굴은 물론이고 목덜미까지 붉게 열이 올라 있었다.

"편한 옷으로 갈아입자."

"응. 그래야지."

느른한 목소리로 대답한 건우는 주섬주섬 단추를 풀었지만, 한꺼번에 취기가 오르는지 자꾸 헛손질을 했다. 하는 수 없이 수연이 다가가 건우의 단추를 풀어주었고, 그런 그녀를 바라보던 그의 눈빛이 순식간에 달아올랐다.

"왜, 왜?"

"용감하네."

건우가 수연의 손목을 잡아당기자, 그의 힘을 이기지 못하고 딸려간 그녀는 그의 위에 올라탄 꼴이 되어버렸다.

반쯤 감긴 눈으로 자신을 그윽하게 바라보는 건우의 시선이 너무나 노골적이라, 수연은 그에게 입을 맞추려 다가갔다.

"안 돼."

"왜?"

"술 냄새."

수연을 막아 세운 건 건우였다. 그는 입술을 한 손으로 감싸 쥔 채 고개를 가로저었다.

신중 고문인가. 이렇게 쏘개어 안고 있으면서 입도 못 맞추게 하다니.

도건우답지 않은 참을성에 감탄하면서도, 수연은 동시에 서운

한 마음이 들었다.

수연은 건우의 손을 거두고 그에게 입을 맞췄다. 건우는 절대로 입술을 열어주지 않았지만, 수연은 집요하게 시도했다. 혀끝으로 입술 새를 살살 가르기도 하고, 입술 안쪽 연한 살로 부드럽게 빨아 당겼다가 지그시 누르길 반복하며 손으로는 그의 옆구리를 간질였다.

"으으, 하지 마."

건우가 이리저리 고개를 돌렸지만 수연은 포기하지 않고 양손으로 그의 뺨을 꼭 붙잡은 채 계속해서 입을 맞췄다. 그러자 이내 포기한 그가 슬그머니 입술을 열어 그녀를 받아들였다.

"다시 내려가 봐야 하는데."

"지금 내려가면, 우리 둘 다 술독에 빠지고 말 거야."

입술을 맞댄 채 말을 하니, 맞닿은 입술이 자르르 떨려 못 견디게 간지러웠다. 서로 웃음을 참지 못해 큭큭 거리면서도 키스는 포기하지 않았다.

수연이 굴러 떨어지지 않게 한 팔로 감싸고 있던 건우는 손바닥으로 그녀의 등과 허리를 부드럽게 쓸며 지그시 눈을 감았다. 수연은 그런 건우를 위에서 내려다보며, 엄지로 그의 반듯한 눈썹을 매만졌다.

"세상의 모든 축복을 다 받은 기분이야. 이렇게 행복해도 되나, 싶을 정도로 행복해."

낮게 가라앉은 건우의 음성이 수연의 마음을 뭉근하게 울렸다. 그녀는 건우의 부드러운 머리칼을 매만지며 그의 심장 위에 귀를 대었다.

"네가 좋은 사람이라서 그래. 네가 너무 예뻐서, 다들 행복한 사람이 되길 축복해 주시는 거야."

"예쁜 건 내가 아니라 이수연인데."

"도건우가 더 예뻐."

수연은 건우의 심장박동을 들으며 눈을 감았다.

"너랑 같이 있으면, 네 좋은 기운이 나한테까지 전해져. 그래서 네가 좋아졌어. 궁금했고, 가까워지고 싶고."

한 사람을 향한 호기심이 사랑으로 자라, 결국 깊은 뿌리를 내렸다. 수연의 인생에 결코 찾아오지 않을 것만 같던 사랑이, 그렇게 찾아왔다.

"건우야, 사랑해."

"내가 더 많이."

수연은 고개를 들어 또 한 번 건우에게 입을 맞추었다. 그의 커다란 손이 옷 안으로 파고드는 게 느껴졌지만 말리지 않았고, 오히려 그녀도 그의 옷 안에 손을 밀어 넣었다.

결국 두 사람은, 해가 질 때까지 집 밖을 나가지 않았다.

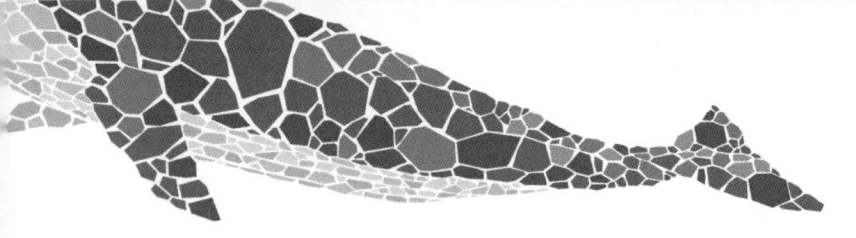

에필로그 3

쩌죽을 것 같던 무더위도 말복이 지나고 나니 한풀 꺾였다. 귀를 쨍하게 울리던 매미 소리는 여전했지만, 그렇게 서서히 여름이 물러나고 있었다.

마지막 발악을 하듯 소란스레 울어대는 매미 소리에 잠에서 깬 수연은 시계부터 확인했다.

새벽 5시가 겨우 지난 이른 새벽.

다시 잠을 청하려던 수연은 비어 있는 옆자리를 확인하곤 벌떡 일어나 앉았다.

"어디 갔지?"

수연은 긴 머리카락을 한데 둘둘 모아 틀어 묶고, 2층 곳곳을 둘러보았다. 그러나 어디에도 건우는 없었다.

혹시나 하는 마음에 1층으로 내려가 보니 주방에 선 건우가 눈에 들어왔다.

"뭐 해?"

"어? 일찍 일어났네?"

수연은 건우의 뒤로 다가가 허리를 끌어안고 그의 등에 얼굴을 마구 비볐다.

"아침 차리게?"

"오늘 장모님 출국하잖아. 든든히 아침 드시고 가야지."

정희는 오늘 미선의 부부, 병구와 함께 미국으로 여행을 떠난다. 미국에서 공부 중인 남우가 개강 전 관광을 시켜주겠다며 그들을 초청한 것이다.

"뉘 집 사위가 이렇게 착할까."

건우의 탄탄한 엉덩이를 토닥토닥 두드리자, 그가 돌아서서 수연을 빤히 보았다.

"뭐야. 지금 신호 보낸 거야?"

수연은 새벽부터 욕정에 불타오르는 건우의 뜨거운 시선을 외면하며 근육이 꽉 잡힌 등에 이마를 콩 박았다.

하여간 못 말려. 시도 때도 없이 신호를 보내는 건 본인이면서.

"씻고 올게."

"같이 씻자고?"

"아이, 진짜."

에필로그

건우의 팔뚝을 짝 소리가 나게 때린 수연은 도망치듯 욕실로 뛰어갔다.

수연이 샤워를 마치고 나왔을 땐, 건우가 모든 요리를 마친 후였다.

"몇 시에 출발해?"

"7시."

건우는 정희 일행을 직접 공항까지 바래다주기로 했다. 정희가 한사코 거절했지만, 사위의 고집을 꺾진 못했다.

"어? 엄마 일어났네?"

정희는 이른 새벽부터 미소를 지으며 방에서 나왔다. 생애 첫 미국 여행을 앞두고 간밤에 설레어 푹 잠들지 못했는지, 눈 아래가 퀭했다.

"엄마 사위가 아침 차렸어. 얼른 먹자."

'진짜? 역시 우리 사위가 최고네.'

"사위 최고래."

건우는 정희의 칭찬에 어깨를 으쓱였다.

세 식구는 식탁에 둘러 앉아 건우가 준비한 아침 식사를 마주했다.

"설레서 잠 못 잤구나?"

'그것보다, 간밤에 할머니랑 냇가에서 밤새 다슬기 줍는 꿈을 꿨더니 피곤해 죽겠어.'

"좋겠다. 꿈에서 할머니도 만나고. 난 할머니 한 번도 못 만났는데."

막 수저를 집어 들던 정희는 수연의 투정에 어깨를 다독여 주었다.

"장모님 꿈에서 할머니 만나셨대?"

"어. 밤새 같이 다슬기 주우셨대."

"내가 올갱이 된장국 끓일 거 알고 그런 꿈 꾸신 거 아냐?"

건우의 말에 웃음이 터진 정희는 고개를 끄덕이며 올갱이 된장국에 밥 한술을 크게 떠서 말았다.

"짐은 빠진 거 없이 다 챙겼지?"

'이미 일주일 전에 챙겨뒀어. 건우가 몇 번이나 확인도 해줬고. 내 팔자에 이게 웬 호강인가 싶다. 미국을 다 가보다니.'

"사위 잘 둬서 그래."

'맞아. 우리 사위 덕이야.'

정희가 건우를 칭찬할 때면 수연은 자기가 칭찬받은 것처럼 기분이 좋았다. 수연은 정희가 수화로 한 말을 건우에게 빠짐없이 전해주었다.

"장모님. 가서 좋은 거 구경 많이 하시고, 맛있는 거 많이 드시고 푹 쉬다가 오세요. 여기는 걱정 마시고요."

'응. 그럴게.'

"병구 삼촌도 잘 챙겨주시고요."

건우의 부탁에 정희는 뺨을 붉히며 부끄러워했다.

'얼른 먹자.'

에필로그 363

국에 만 밥을 입안에 마구 밀어 넣는 정희의 모습에 자꾸 웃음이 새어 나왔다. 수연과 건우는 이번 여행을 통해 정희와 병구 사이가 좀 더 가까워지길 소원하며 밥공기를 비웠다.

정희의 부재로 해뜰찬은 오늘부터 일주일 간 뒤늦은 여름휴가를 맞게 되었다.

수연은 효정을 만나기 위해 해뜰수산으로 향했다. 가는 동안 시장에서 마주친 많은 사람들이 미국 여행을 떠난 정희를 부러워하기도 하고, 해뜰찬의 긴 휴가에 아쉬움을 표하기도 했다. 대부분의 사람들은 이제 쉬어가며 일할 때도 되었다고, 그동안 고생이 많지 않았냐며 말을 거들기도 했다.

그 모든 이야기를 들어주다 보니 시장 입구에서 해뜰수산까지 걸어서 고작 3분도 되지 않는 짧은 거리를 30분이나 걸려서 도착할 수 있었다.

"효정아."

수연이 가게 안에 들어서자, 효정이 환하게 웃으며 그녀를 반겨주었다.

"잠깐만 기다려. 이것만 마저 하고."

가게에 있던 손님 역시 해뜰찬의 단골손님이라, 수연은 가벼운 안부를 주고받았다. 그사이 효정은 손질을 마친 갈치를 비닐에 담아 건넸고, 값을 치르는 동안 수연은 매장 한쪽에 놓인 플라스틱 의자를 선풍기 앞에 끌어다 놓고 앉아서 땀을 식혔다.

"휴가라면서 넌 왜 나왔어? 날도 더운데."

"너랑 이거 같이 먹으려고."

수연은 효정의 눈앞에 까만 비닐봉지를 흔들었다.

"그게 뭔데?"

"라볶이."

"으이그."

학창시절, 효정과 지겹도록 먹었던 우리분식의 라볶이였다. 효정이 접시 두 개와 냉면기를 챙겨오는 동안 수연은 나무젓가락을 쪼개두었다. 그러곤 라볶이가 담긴 일회용 위생봉투의 꽁꽁 묶인 매듭을 풀고 비닐봉투 입구를 열어젖혀 둥그런 냉면기 테두리에 걸어 고정했다.

"나한테 만들어달라고 하지."

"이런 건 사 먹어야 맛있어."

수연은 삼각형으로 자른 얇은 어묵으로 라면을 감싸 한 입에 넣고 호로록 빨아당겼다. 매콤달콤한 양념이 입에 닿는 순간, 무더위에 달아났던 입맛이 되돌아오는 것 같았다.

"엄마는 출발 잘 하셨어?"

"지금쯤 인천공항에 도착했을걸?"

건우는 티켓 체크인까지 챙겨주고 온다고 했다. 정희의 해외여행이 미선의 부부와 함께했던 대만 패기지여행이 유일했는지라, 그는 먼 미국까지 가야 하는 정희를 물가에 내놓은 어린아이처럼 걱정했다. 아마도 비행기가 뜨는 것까지 확인하고 올 것 같았다.

"잠을 뒤척여서 컨디션이 좀 안 좋아 보이긴 했는데, 비행기 안에서 푹 자면 나아지겠지."

"왜? 설레서?"

"밤새 꿈속에서 할머니랑 다슬기 주우셨대."

"아, 진짜?"

떡 하나, 라면 한 젓가락을 접시에 옮겨 담던 효정이 갑자기 접시를 탁 내려놓고 수연을 빤히 쳐다보았다.

"야, 이수연."

"왜?"

"그거 태몽 아니야?"

입에 떡 하나를 넣고 오물거리던 수연은 멍하니 눈꺼풀만 깜빡거렸다.

"잠깐만 기다려 봐."

"야! 어디가!"

효정은 쏜살같이 가게를 뛰어나갔고, 그런 그녀의 뒷모습을 바라보던 수연은 손에 쥐고 있던 젓가락을 내려놓고 찬물 한잔을 단숨에 비웠다.

정말 태몽이었을까?

수연은 휴대폰을 꺼내 달력부터 확인했다. 이번 달 생리가 아직 오지 않았다. 예정일을 넘기는 경우가 허다해서 대수롭게 여기지 않았는데, 효정의 말을 듣고 다시 생각해 보니 손바닥에 땀이 쫙 올라왔다.

순간 심장이 철렁 내려앉았다. 엊그제 먹었던 와인 한 잔도 떠오르고, 일주일 전에 먹었던 맥주 한 캔도 떠올랐다.

그때, 가게 안으로 후다닥 달려온 효정이 헉헉 거친 숨을 몰아쉬며 약국 이름이 적힌 비닐봉지를 내밀었다.

"자. 이거 집에 가서 해봐. 생리 안 한 지 이 주 넘었으면 아침, 저녁 상관없이 확실하게 나올 거야."

봉투 안에는 세 개의 임신테스트기가 들어 있었다. 이걸 사 오려고 벼락같이 뛰어갔다 온 모양이다. 수연은 테이블에 아무렇게나 놓여 있던 동그란 부채로 땀이 송글송글 맺힌 효정의 얼굴을 부쳐 주었다.

"아니면 어떡하지? 아니, 맞으면 어떡하지?"

"뭘 어떡해. 아니면 더 노력하면 되고, 맞으면 좋은 거지."

마음의 준비를 충분히 하고 있었다고 생각했는데, 막상 닥치니 심장이 미친 듯이 벌렁거렸다. 왜 이렇게 겁이 나는지 수연은 이해할 수 없었다.

"예민한 줄 알았는데, 너 은근히 무디다?"

"그러니까. 내 몸인데, 내가 모를 수도 있나?"

"당연하지. 나 첫째 때는 11주 만에 알았잖아."

긴장을 풀어주려고 효정이 웃으면서 말했지만, 수연은 웃을 수가 없었다.

배 속에 정말 아이가 생긴 거라면…….

분명히 임신을 기다려 왔는데, 말로 설명하기 힘든 이 낯설면서도 반갑고, 부담스러우면서도 설레는 복잡한 감정을 어떻게 감당해야 할지 난감했다. 감정이 뭉텅이로 한데 엉켜 수연을 혼란에 빠뜨렸다.

아이가 와주길 기다린다고 해놓고, 좀 더 세심하게 몸의 변화를 살피지 못한 제 자신이 한심하게 느껴졌다. 수연은 어쩔 줄 몰라 하며 당황하는 제 자신이 부끄럽고, 아이에게 미안했다.

수연은 당장 건우가 보고 싶었다.

늦은 저녁이 되어서야 집에 돌아온 수연은 소파에 누워 효정이 쥐어준 약국 비닐봉지만 만지작거렸다. 당장 테스트를 해볼까, 아니면 건우가 오면 할까 망설이는 중이었다.

효정은 아이 셋을 낳은 선배라고 으스대며, 이제 드디어 내가 너에게 가르쳐 줄 것이 생겼다고 기뻐했지만, 수연은 그녀가 하는 말이 제대로 귀에 들리지 않았다.

건우는 간절히 아이를 원했다. 수연 역시 그를 닮은 아이를 갖길 바랐기에 따로 피임을 하지 않았다. 결혼한 지 이제 겨우 3개월이 다 되어가는, 시도 때도 없이 서로의 몸을 탐하는 불타는 신혼이라 아이가 곧 생길지도 모른다고 생각을 하긴 했지만 막상 마주하니 현실감이 없었다.

수연은 눈을 꾹 감았다. 일단 건우가 올 때까진 아무것도 하고 싶지 않았다.

그동안 자각하지 못한 건지, 아니면 모든 증상을 임신에 끼워

맞춰 생각해서인지 모르겠지만, 갑자기 몸이 나른했다. 수연은 아랫배가 당기는 것 같기도 하고, 속이 울렁거리는 것 같기도 했다.

※

"야야, 수연아. 찬데 그래 자면 몬 쓴다. 방에 드가서 자래이."
할머니의 목소리에 수연은 눈이 번쩍 떠졌다. 일어나 보니 할머니는 거실 바닥에 앉아 고구마줄기를 벗기고 있었다.
"할머니……."
얼마만에 보는 할머니인지……. 눈물이 왈칵 치밀었다.
"와 우노. 무서운 꿈 꿨나?"
수연은 손등으로 눈물을 훔치며 일어나 그녀의 앞에 마주 보고 앉았다.
"할머니, 간밤에 엄마랑 다슬기 주웠다며? 왜 나는 안 데려갔어? 내가 할머니를 얼마나 보고 싶어 했는데……."
"니 힘들까봐 그랬지. 몸도 무거운데 뭐 한다꼬 니까지 다슬기를 줍노."
"나 하나도 안 무거운데?"
"으이구, 헛똑똑이구마."
할머니는 수연의 볼을 실짝 꼬집어 낭겼다.
"자. 할매가 니 좋아하는 복숭아 따왔다. 무라. 얼라 궁뎅이같이 토실토실하니 이뿌재?"

할머니는 광주리 안에서 아주 크고 탐스러운 복숭아를 꺼내, 손수 껍질을 벗겨 수연에게 내밀었다. 달콤한 복숭아 향기가 진동했다.

"이제부터 니는 이쁜 것만 무라. 알긋나?"

복숭아를 한 입 깨무니, 과즙이 주르륵 흘러내렸다. 수연이 태어나서 지금까지 먹어본 그 어떤 복숭아보다 달고 맛있었다.

"우와! 진짜 맛있다. 할머니 사는 데는 복숭아도 엄청 맛있나 봐."

수연의 말에 할머니는 그저 허허 웃으며 그녀의 뺨을 쓰다듬었다. 못이 배겨 딱딱하고 거친 손길 역시 할머니의 것이었다. 너무도 익숙하고 그리웠던 손길에 수연의 두 눈에선 하염없이 눈물이 흘렀다.

※

"……자기야. 자기야? 왜 울어, 응?"

귀에 익은 목소리에 힘겹게 눈을 뜬 수연은 제 앞에 선 건우를 확인하고 긴 한숨을 내쉬었다.

"아……."

꿈이었구나. 역시 꿈일 것 같았어.

수연은 눈물을 닦으며 몸을 일으켜 세웠다.

"슬픈 꿈 꿨어?"

"그건 아닌데……."

사무치게 그리웠던 할머니였기에, 꿈속에서 잠시 만난 것만으로도 반가워서 눈물이 쏟아졌던 모양이다. 수연은 할머니의 냄새, 목소리, 손길이 여전히 생생했다.

"방에서 자. 안아다 줄게."

"아냐. 잠깐 졸았던 거야."

"졸기는. 입맛까지 쪽쪽 다시면서 내가 몇 번이나 불러도 모르고 자던데."

수연이 머쓱하게 웃으며 두 팔을 활짝 벌리자, 건우는 곧장 그녀에게 다가와 품에 안아주었다.

"꿈에서 할머니 봤어."

"장모님 꿈에만 나왔다고 샘내더니. 할머니가 너 서운하지 말라고 얼굴 보여주셨나 보다."

"복숭아를 하나 주셨는데, 너무 맛있었어."

"사다 줄까?"

"아니."

건우는 수연의 이마와 콧등, 입술에 차례로 입을 맞췄다.

"나 화장실 좀 다녀올게."

"다녀와. 난 1층 욕실에서 씻을게."

건우의 품을 빠져나온 수연은 약국 비닐봉지를 손에 꼭 쥐고 2층으로 향했다. 막 계단을 오르려는데, 식탁 위에 놓인 종이봉투가 눈에 들어왔다.

"저건 뭐야?"

"호두과자 사 왔어. 너 좋아하잖아."

건우는 고속도로를 탈 때면 휴게소를 그냥 지나치지 않고 매번 호두과자를 사다주었다. 그의 다정함이 문득 그녀의 마음을 쿡 찔렀다.

다시 2층으로 올라가던 수연은 또 한 번 눈물이 쏟아질 것만 같아서 입술을 꾹 깨물며 눈물을 삼켰다.

3분 후.

수연은 세면대를 붙잡고 엉엉 소리 내어 울었다. 울음이 멈추질 않았다. 이토록 감정이 격해진 적이 없는데, 스스로 감당이 안 될 정도였다. 왜 이렇게 눈물이 나는 건지 생각할 겨를도 없었다. 도무지 이해할 수 없는 상황이었다. 수연은 결국 바닥에 주저앉아 버렸다.

"수연아!"

수연의 울음소리가 1층 욕실에서도 들렸는지, 건우가 샤워를 하다 말고 뛰어나온 듯 물에 흠뻑 젖은 채 하반신만 샤워타월로 묶어 가리고 나타났다.

"왜 그래, 응? 무슨 일이야?"

건우는 수연을 품에 안고 연신 다독여 주었다. 그녀는 그의 단단한 품에 안겨 남은 눈물을 마저 쏟아내다가, 엉거주춤 일어나 세면대 위에 올려두었던 임신테스트기를 건넸다.

"이거."

"이게 뭔……."

임신테스트기를 건네받은 건우는 그것을 한참이나 멍하니 바라보다가 이내 환하게 웃었다. 그러곤 수연의 두 뺨을 양손으로 감싸고 입을 맞췄다.

"이수연, 너……."

건우는 결국 끝까지 말을 잇지 못했다. 수연의 눈, 코, 입술, 이마를 가리지 않고 몇 번이나 입맞춤을 퍼부었다. 한참 동안 그렇게 입을 맞추던 그의 입매가 자잘하게 떨리더니, 그의 눈에서도 기어이 눈물이 뚝뚝 떨어졌다.

아이처럼 일그러진 눈매가 빨갛게 달아올랐고, 수연은 그런 건우를 안고 너른 등을 다독였다.

건우가 지금 느끼고 있는 감정이 어떤 것인지, 굳이 말로 설명하지 않아도 수연에게까지 고스란히 전해졌다. 이 순간을 얼마나 간절히 기다려왔는지 잘 알기에, 수연은 머지않아 아빠가 될 그를 가장 먼저 축하해 주고 싶었다.

"축하해, 건우야."

"고마워, 수연아. 고마워……."

수연은 건우의 목을 두 팔로 감싸 안으며 입을 맞췄다. 뜨끈하게 열이 오른 그의 입술 틈으로 새어 나온 따스한 숨을 욕심껏 빼앗으며, 수연은 천천히 눈을 감았다.

건우는 제 품에 안겨 쌔근쌔근 잠이 든 수연의 얼굴을 가만히

에필로그

바라보았다. 창문 너머 스며든 환한 달빛이 그녀의 매끈한 뺨 위에 닿아 반짝반짝 빛나고 있었다.

건우는 한없이 사랑스러운 수연의 뺨에 한 번, 고른 숨을 내쉬는 말랑 입술에 한 번 입을 맞췄다. 그러곤 사이드 테이블에 올려두었던 임신테스트기를 집어 들고 이리저리 살펴보았다.

이곳에 두 줄이 생기면 임신이라는 게, 보면 볼수록 신기했다. 마치 이 임신테스트기가 '아빠, 나 엄마 배 속에 있어!'라고 인사를 건네는 것 같은 착각마저 들었다.

건우는 사이드 테이블에 놓인 또 다른 임신테스트기를 차례로 집어 들었다. 이미 수십 번도 더 보고 또 봤으면서, 여전히 손에서 놓질 못했다.

세 번의 테스트 모두 선명한 핑크색 두 줄을 만들었고, 수연과 건우는 임신 사실을 거듭 확인했다. 불안해하는 건우에게 아이가 '아빠, 나 진짜로 엄마 배 속에 있으니까 걱정 마!' 하고 대답해 준 것만 같았다.

건우는 수연의 맨 어깨에 입을 맞추며 조심스레 그녀의 납작한 배를 어루만졌다. 혹시나 손을 얹어두면 무거울까 봐 겁이 나서 살살 만져 보기만 했다.

애타게 기다리던 임신 소식이었다. 마냥 기쁠 줄만 알았는데, 건우는 기분이 묘했다. 긴장이 되고, 과연 좋은 아빠가 될 수 있을지 문득 걱정이 앞섰다. 부모에게 사랑받으며 자라지 못한 자신이 아이에게 좋은 아빠가 될 수 있을지, 제대로 된 사랑을 줄 수 있을지, 겁이 나기도 했다.

혹시나 무심코 한 행동에 상처받진 않을까, 아프진 않을까, 벌써부터 그런 생각이 파고들었다. 분명 자신 있다고 큰소리를 쳤는데, 마주한 현실 앞에 건우는 점점 작아지고 있었다.

"내가…… 잘 할 수 있을까?"

앞으로 배워야 할 게 많은 부족한 아빠지만, 이런 아빠라도 너는 괜찮겠니?

최선을 다할 테니까, 믿고 기다려 줄 수 있겠어?

"잘 할 수 있어. 내가 알아."

"수연아."

잠든 줄 알았던 수연이 건우의 귓가에 속삭이며 품 안으로 파고들었다. 건우는 그런 그녀의 등을 가만히 다독이며 도톰한 입술에 입을 맞췄다.

수연의 말 한 마디에 기운이 났다. 바닥을 드러냈던 자신감이 서서히 차올랐다.

믿어주는 수연이 있기에, 사랑하는 그녀가 있기에 건우는 뭐든 다 할 수 있을 것 같았다.

※

임신 5개월 째, 수연은 시도 때도 없이 잠이 몰려왔다. 특히 지금처럼 건우가 머리카락을 빗겨줄 땐 도저히 견딜 수가 없었다.

"졸리면 자."

건우의 말에 수연은 고개를 가로저으며 머리를 꼿꼿하게 세우고 버텼다. 지금의 이 행복을 한낱 잠과 바꿀 수 없었기 때문이다.

건우는 내년 봄, 벚꽃이 필 무렵 태어날 딸을 위해 머리 묶는 연습에 한창이었다. 머리를 묶고 다닐 만큼 자라려면 아직 몇 년은 더 기다려야 할 텐데도, 그는 연습을 게을리 하지 않았다. 손끝이 야문 그는 곧잘 해냈다.

"다 됐다. 거울 봐봐."

요즘 어린아이들 사이에서 땋은 도넛 머리가 유행이라는 얘기를 어디서 듣고 와서 저녁 내내 수연의 머리카락으로 실습을 하고 있었다. 머리 땋는 솜씨도, 동그랗게 말아 머리끈으로 마무리하는 솜씨도 제법 훌륭했다.

"훌륭해. 아주 훌륭해."

수연이 엄지를 치켜들자 건우는 흐뭇하게 웃으며 테이블 위에 늘어놓은 빗과 머리끈을 정리했다.

임신테스트기로 임신을 확인한 후, 수연은 그로부터 일주일 후에야 미국 여행을 마치고 온 정희의 손을 잡고 산부인과를 찾았다. 그날 수연은 물론이고 정희와 건우까지 모두 펑펑 눈물을 쏟아서, 지금도 정기 검진을 하러 가면 담당의가 울보 가족이라며 놀렸다.

심장소리가 말발굽 소리가 나면 딸이고, 기차 소리가 나면 아들이라는 썰을 어디서 주워듣고 온 건우는 한동안 주변 사람들에게 초음파 동영상을 들려주며 말발굽 소리가 난다고 말하라며 강요를 하기도 했다. 수연의 귀에도 기차 소리로 들렸지만, 아이는 다행히도 건우가 간절히 바라던 딸이었다.

"배 안 고파?"

"별로."

"가래떡 구워줄까?"

"응."

"잠깐만 기다려."

건우는 냉큼 주방으로 달려가 냉장고에 넣어둔 가래떡을 그릴에 올렸다.

수연은 입덧이 그리 심한 편은 아니었지만 오랫동안 지속되어 괴로워했다. 먹고 싶은 음식도 한정적이라 가족들의 애를 태웠다.

수연이 요즘 삼시 세끼 밥 대신 먹는 건 가래떡이었다. 그 때문에 건우는 매일 아침 미선의 방앗간에 들러 가래떡을 사다 날라야 했다. 새벽에 갓 뽑은 가래떡은 따뜻할 때 꿀에 찍어 먹고, 적당히 마른 가래떡은 그릴에 한 번 구워 간장에 찍어 먹는 걸 좋아했다.

그런 수연의 모습에 미선은 유난이라며 혀를 끌끌 차면서도 매일 새벽미디 가래떡을 뽑아 건우 편에 보내주었다.

입덧만큼이나 괴로운 건, 극과 극으로 널뛰는 감정기복이었다. 이유 없는 짜증을 건우와 정희는 묵묵히 받아주었고, 원래

에필로그 377

다 그런 거라며 오히려 다독여 주기까지 했다.

수연은 어린 나이에 엄마가 된 정희에 대한 생각을 하는 날이 많아졌다. 호르몬의 변화로 감수성이 예민해진 탓인지, 가끔씩 정희 얼굴만 봐도 눈물이 나고, 손만 잡아도, 컵에 물만 따라줘도 눈물을 쏟았다. 울보 엄마의 딸답게, 저 역시 울보 엄마가 되어가는 것 같았다.

"가래떡 구이 나왔습니다."

건우는 먹음직스럽게 구운 가래떡 세 개를 작은 접시에 담고, 참기름을 몇 방울 떨어뜨린 간장을 종지에 담아 가져다주었다. 그는 가래떡을 간장에 콕 찍어 건넸고, 수연은 아기 새처럼 입만 벌려 베어 먹었다.

"괜찮아?"

"맛있어."

그 한 마디에, 건우는 환한 미소를 보여주었다.

건우는 정말로 낳는 거 빼곤 모든 걸 다 할 작정인지, 육아 공부에 한창이었다. 수연은 그런 그가 믿음직스러워서 마음이 놓였다.

온 가족이 힘을 모아 차근차근 한 아이의 부모가 될 준비를 하고 있다. 열심히 배워가면서, 잘 해낼 수 있을 거라고 서로를 응원하고 칭찬하며 용기를 북돋았다.

수연은 건우가 구워준 가래떡 세 개를 다 먹고, 그가 어렵게 구해온 복숭아까지 먹고 나니 속이 든든해서 기분이 좋아졌다.

때마침 우연히 돌린 TV 채널에서는 두 사람이 가장 좋아하는 영화가 방송 중이었다. 수연은 건우의 어깨에 머리를 기댄 채 TV를 보았다.

"이게 행복이지."

수연의 말에 건우가 동의하며 웃었다.

행복은 생각보다 가까이에 있었다. 그리 거창하지도, 요란하지도 않았다. 배부르게 먹고, 사랑하는 사람과 좋아하는 것을 함께하는 것, 이보다 행복한 일이 또 있을까?

제대로 울 줄도 몰랐다. 괜찮은 척 하기 바빠서 제 마음 하나 돌볼 줄 몰랐다. 그런 수연에게 건우는 울어도 된다고 말했고, 따스한 품을 내어주었다.

빈껍데기가 되기 직전에 돌아온 고향에서 새로운 삶을 시작하고 건우를 만난 뒤, 수연은 제 스스로도 놀랄 만큼 많은 것이 변했다. 그를 좋아하게 된 후 좀 더 나은 사람이 되고 싶었던 마음과 그를 닮고 싶었던 욕심이 그녀를 여기까지 이끌었다. 사랑을 받고, 사랑을 주는 게 무엇인지 그를 통해 배웠다.

곧 아이가 태어나게 되면, 수연에게는 또 한 번 변화가 찾아올지도 모른다. 그 변화가 막연히 두렵고 걱정스러웠는데, 그 시간을 이겨내고 나니 이젠 기다림 마저 설렘으로 가득했다.

"우리 마검 쐬러 나가자."

"너무 춥지 않을까?"

"눈 밟고 싶어. 가자. 응?"

수연의 부탁에 건우는 고개를 끄덕였다. 대신 종아리까지 내려오는 긴 기장의, 가장 두꺼운 패딩으로 그녀의 몸을 꽁꽁 감쌌다. 그의 손을 잡고 집 밖으로 나서는 그녀의 걸음걸이는 뒤뚱뒤뚱 펭귄 같았다.

"하아. 좋다."

깊게 숨을 들이쉬니 폐부 깊숙이 파고드는 시원한 겨울 밤공기에 기분이 상쾌했다. 낮에 내린 눈이 아직 곳곳에 남아 있어서, 수연은 일부러 눈을 밟으며 걸었다. 뽀독뽀독 발아래 닿는 느낌이 좋아서 자꾸만 웃음이 새어 나왔다.

"딱 한 바퀴만 돌자. 감기 들어."

건우는 수연의 옷매무새를 재차 꼼꼼히 확인했고, 그녀는 그의 그런 다정한 모습에 여전히 가슴이 설렜다.

"슬기가 아빠랑 산책해서 엄청 행복하대."

태몽이 다슬기라서 태명이 슬기가 된 아이의 이름을 입에 담기만 해도 건우의 입가에는 예쁜 미소가 번졌다. 건우는 혹시나 그녀가 넘어지진 않을까, 긴장의 끈을 놓지 않으며 손을 꼭 붙잡았다.

"엄마 힘들게 하지 말고 얌전히 지내다가 만나자."

건우는 입버릇처럼 아이에게 당부했다. 하지만 운동선수 출신인 아버지의 피를 이어받아서인지, 아이의 태동은 벌써부터 남달랐다. 꽤 활발한 아이인 것 같았다.

"빨리 봄이 왔으면 좋겠다."

"효정이가 그랬어. 배 속에 품고 있을 때가 제일 편하다고."

"그래도 난 빨리 만나고 싶어. 아니다! 아빠가 말 잘못 했어! 빨리 나오지 말고, 주수 다 채워서 건강하게 나와."

올겨울이 지나고, 수변공원의 벚나무 길이 벚꽃으로 가득할 때쯤 찾아올 우리의 선물.

기다림은 전혀 지루하지 않았다.

"어? 저기 장모님 아냐?"

건우가 손가락으로 가리킨 곳으로 고개를 돌리니, 작은 인영이 흐릿하게 보였다.

"옆에 아저씨 맞지?"

"병구 삼촌 맞는 거 같은데?"

가로등 불빛으로 인해 긴 그림자가 드리워져 자세히 보이진 않지만, 이 시간에 정희와 함께 있을 남자는 오직 병구뿐이었다.

수연은 잽싸게 건우의 손을 잡아당기며 뒤로 돌아섰다.

"자기야, 우리 빨리 들어가자."

"그래그래. 자리 피해 드리자."

두 사람의 오붓한 데이트를 방해하고 싶지 않았기에, 수연과 건우는 서둘러 집 안으로 들어갔다.

2층으로 올라가자마자 패딩 점퍼를 벗은 수연은 그새 빨갛게 언 건우의 볼을 두 손으로 감싸 온기를 전했다.

수연은, 항상 그녀를 먼저 돌보느라 본인을 챙기는 데 소홀해진 건우가 안쓰러웠다. 임신한 후로 그를 잘 챙겨주지 못하다 보니, 미안한 마음도 컸다.

"왜?"

"어쩜 이렇게 잘생겼을까, 신기해서 보는 거야. 눈 호강 중."

건우가 웃으며 입술을 쭉 내밀었고, 수연은 순순히 입술을 허락했다.

가볍게 시작했던 입맞춤이 진득해지고, 점점 깊숙하게 밀고 들어오던 건우의 호흡이 낮게 가라앉자, 수연은 그의 어깨를 살며시 감싸 쥐며 조심스레 밀어냈다.

"방으로 가자."

맞닿은 시선이 크게 일렁였고, 이내 건우는 고개를 끄덕였다. 그는 그대로 수연을 안아 침실로 향했다.

수연은 오늘 밤이 아주 길었으면 좋겠다고 소원하며, 건우의 목을 두 팔로 단단히 감았다.

完.

작가 후기

구상을 시작할 때 가장 먼저 했던 생각은, 밝고 긍정적인 기운이 가득한 사람을 만나 덩달아 행복해지는 누군가의 이야기를 쓰자, 였습니다. 위로와 힐링이 되는 이야기를 짓고 싶었어요. 어쩌면 그 위로와 힐링이 제게 가장 필요해서 시작했는지도 모르겠습니다.

이방인이었던 건우에게 해뜰시장 상인들이 보내는 관심과 애정이 어쩌면 부담이 될 수도 있었을 텐데 관심과 애정이 고팠던 그는 그것을 기꺼이 받아들였고, 태어나기 전부터 모두의 관심을 받으며 나고 자랐던 수연은 모든 것을 내려두고 다시 고향으로 내려와 비로소 텅 비워진 마음을 채울 수 있었습니다.

이른 봄 세상을 떠난 할머니로부터 시작된 두 사람의 인연은, 어쩌면 할머니가 아끼던 두 사람에게 선물로 남겨준 것이 아닐까요. 물론 할머니는 김현준 계장 PICK이긴 했지만요.^^

쓰고 싶었던 이야기를 쓸 수 있어서, 작업하는 내내 무척이나 즐겁고 행복했습니다.

이야기를 짓는 내내 가장 큰 힘이 되어준 스무디 놀이터 가족님들과 동료 작가님들, 쓰고 싶은 이야기 마음껏 써보라고 응원해 주신 청어람 조윤희 님, 그리고 출간까지 애써주신 청어람의 관계자분들 모두 감사합니다.

행복전도사를 덕질 중이라 제 인생의 모토도 '행복하자'가 되었습니다. 그렇게 마음먹고 나니, 작고 사소한 것에도 마냥 행복해지더라고요.

작가 후기 말미에 항상 '당신의 사랑을 응원합니다.'라고 적었는데, 바꾸기로 했습니다.

당신의 행복을 응원합니다.

2018년 8월
지은이 김선민 드림.